**Marlene Menzel** wurde 1992 in Berlin geboren. Bereits in [illegible] spannenden Geschichten. Ab 2018 arbeitete sie als selbstständige Vollzeit-Autorin und veröffentlicht inzwischen als Marlene und Marion Mai Mäser sowie unter Klarnamen regelmäßig romantische und spannende Heftromane für Bastei Lübbe. Zum dp Verlag verschlug es sie 2021 gleich in mehreren Genres, unter anderem im Bereich Cosy Crime. Im folgenden Jahr begann ihre Arbeit beim Klarant Verlag, für den sie regelmäßig Ostfrieslandkrimis schreibt.

**Marlene Menzel** wurde 1992 in Berlin geboren. Bereits in ihrer Kindheit entdeckte sie die Liebe zum Schreiben und zu spannenden Geschichten. Ab 2021 arbeitete sie als selbstständige Vollzeit-Autorin und veröffentlicht inzwischen als Marlene von Mainau, Mel Maroon sowie unter Klarnamen regelmäßig romantische und spannende Heftromane für Bastei Lübbe. Zum dp Verlag verschlug es sie 2023 gleich in mehreren Genres, unter anderem im Bereich Cosy Crime.
Im folgenden Jahr begann ihre Arbeit beim Klarant Verlag, für den sie regelmäßig Ostfrieslandkrimis schreibt.

# Das Geheimnis von St. Benet's

Erstausgabe Januar 2024



Das Geheimnis von St. Benet's

ISBN 978-3-98998-001-3
E-Book-ISBN 978-3-98778-690-7

Covergestaltung: ARTC.ore Design / Wildly & Slow Photography
Umschlaggestaltung: Anne Gebhardt
Unter Verwendung von Abbildungen von
stock.adobe.com: © Kathy Huddle, © Anterovium
shutterstock.com: © Michael Warwick, © Ryzhkov Oleksandr,
© Irene Miller, © Fahroni
depositphotos.com: © MVolodymyr
Lektorat: Katrin Gönnewig
Satz: dp DIGITAL PUBLISHERS GmbH
Druck und Bindung: Books on Demand GmbH, Norderstedt

*Für Marco*

# Prolog

*Lancashire, 2022*

Kalter Wind fegte durch das verlassene Borough im Norden Englands und wirbelte Susan unangenehm um die Nase, während sie auf das große schmiedeeiserne Friedhofstor zuging. Ihr Spaziergang von der nächsten Busstation hierher hatte eine halbe Ewigkeit gedauert. Wäre das Auto nicht gerade in der Werkstatt gewesen, wäre sie deutlich angenehmer gereist. *Selbst schuld*, sagte sie sich. *Du wolltest dich wieder mehr bewegen und warst zu knausrig für ein Taxi.*

Vorsichtig setzte sie einen Fuß vor den anderen, um nicht auszurutschen. Hier draußen sagten sich Fuchs und Hase Gute Nacht, denn das Leben spielte sich eindeutig in den südlicheren Gemeinden ab.

Schneeverwehungen bedeckten die selten befahrenen Straßen, und kaum ein Mensch verließ freiwillig sein kuscheliges Cottage. Die Backsteinhäuser waren unter dicken Schneedecken verborgen, und hier und da rauchte es aus dem Schornstein. Von den wilden englischen Gärten und saftigen grünen Wiesen, für die der Ort bekannt war, war weit und breit nichts zu sehen. Auch der Pendle Hill und seine Schafweiden waren in ein hübsches weißes Gewand gekleidet.

Susan schlug den Mantelkragen hoch und versteckte ihre bebenden Finger wieder in den Taschen, in denen sie nach ihren Zigaretten wühlte. Ihre Anspannung durfte sich nicht bemerkbar machen, sobald sie die Kirche betreten hatte.

Eine Weile sah sie nur durch das Gitter und rauchte ihre Zigarette. Sie ließ ihren Blick über den ruhigen Friedhof wandern, der ebenfalls mit einer Schneeschicht bedeckt war.

Der Geruch von Holz und Ruß stieg ihr in die Nase, weil die meisten der Einwohner ihre Kamine anheizten. Manchmal knackte oder tropfte es irgendwo, doch der auffrischende Wind schluckte bald auch diese Geräusche.

Einzelne Kreuze ragten aus der dichten weißen Decke heraus, die erst unter einer großen Tanne endete, deren Äste schwer herabhingen. Susan erspähte Tierspuren im Schnee, der ansonsten unberührt war.

*Nicht einmal die Wege sind freigeräumt*, dachte sie kopfschüttelnd. Ein feines Lächeln umspielte ihre Mundwinkel.

Dieser Nathan Shaw – oder wie auch immer Hughings langjähriger Totengräber hieß – schien sich lieber um andere Dinge zu kümmern als um die Belange der Kirche und ihrer Gläubigen. Noch ein Grund mehr, St. Benet's endlich den Garaus zu machen. Susan hatte die besten Voraussetzungen für ihren Zukunftsplan.

Ein Knacken neben ihr ließ sie herumfahren. Der Wind bewegte die kahlen Zweige eines Baumes, die wie dürre Arme nach ihr zu greifen schienen. Sie hielt die

Luft an und lauschte, aber der Schatten, den sie sich eben noch an der Friedhofsmauer eingebildet hatte, tauchte nicht wieder auf. *Vielleicht nur eine streunende Katze*, dachte sie angespannt und drückte ihre Zigarette mit der Schuhspitze aus. *Selten dämlich, hier allein rauszufahren, und dann auch noch ohne Auto. Was, wenn er mir gefolgt ist …*

Es war erst achtzehn Uhr, aber sie hatte das Gefühl, mitten in der Nacht angereist zu sein. Niemand ließ sich blicken, und der Himmel war pechschwarz. Für Mitte Dezember nichts Neues.

Ein Rabe saß auf einem Grabstein und beobachtete argwöhnisch jede von Susans Bewegungen. Als sie ihre Finger um die kalte Klinke der großen Pforte legte, kreischte er und flog davon. Ihr lief eine Gänsehaut über den Rücken. *Ein schauriger Ort. Na, zum Glück bringst du bald etwas Leben hier rein. Dieses Kaff hat nur auf eine Frau wie dich gewartet.*

Wie lange hatte sie Pendle nicht mehr besucht? Vier Monate oder schon ein halbes Jahr? Damals war es jedenfalls noch hell und warm gewesen. Dieses Mal würde ihr der alte Reverend ganz sicher nicht mehr durch die Finger rutschen.

Susan sah hinauf zum Kirchturm von St. Benet's, an dem ein großer heller Stern hing, der die Einwohner auf Weihnachten einstimmte. Sein Licht reichte kaum bis zum ersten Grabstein.

Sie fühlte sich unwohl auf dem verlassenen Friedhof und beeilte sich, durch den tiefen Schnee zu waten und unter das rettende Dach der Kirche zu kommen. Ihre Füße wurden nass, und sie fluchte leise.

Plötzlich trat sie ins Leere und strauchelte. Beinahe fiel sie in eine Grube, konnte das Gleichgewicht aber halten. Wo der Weg begann und wieder aufhörte, konnte sie aufgrund von Dunkelheit und Schnee nicht genau erkennen.

Susan lachte heiter, um die Anspannung loszuwerden, die sie wie eine Hand im Nacken gepackt hielt. *Nun falle ich auch noch fast in ein frisches Grab! Verrückter könnte dieser Tag nicht werden!*, dachte sie kopfschüttelnd und suchte sich den sichersten Pfad an dem Loch vorbei.

Erst vor der großen hölzernen Pforte atmete sie wieder aus. Das unangenehme, nasse Klatschen in ihrem rechten Schuh ließ sie seufzen. *Hoffentlich erkälte ich mich nicht auch noch. Das kann ich jetzt gar nicht gebrauchen.* Danach straffte sie die Schultern, streckte ihre Brust raus und hob das Kinn ein Stück an. Diesen Auftritt hatte sie lange geübt. Mit einem Lächeln betrat sie das Gotteshaus.

Sie brauchte nicht lange, um den Reverend zu finden, denn er kniete vor dem Altar und schien ins Gebet vertieft zu sein.

»Peter, wir müssen reden! Es ist dringend!«, rief sie barsch. Er sollte nicht meinen, dass sie Rücksicht walten ließ, nur weil er ein alter Mann und ein Geistlicher noch dazu war. Mit der Kirche konnte Susan ohnehin nichts anfangen.

Hughings Oberkörper zuckte, und sein Rücken versteifte sich. Er hatte sie gehört, hielt den Blick jedoch starr auf das große Kreuz gerichtet.

Susan setzte sich gelangweilt auf eine Kirchenbank und wartete ab. Was blieb ihr auch anderes übrig?

Schon jetzt war sie genervt. Sie beobachtete eine junge Messdienerin mit großen schwarzen Locken, die auf und ab ging, um irgendwelchen Arbeiten nachzukommen. Im Anschluss vertrieb sich Susan die Zeit mit einem Handyspiel, nachdem sie ihren feuchten Schuh ausgezogen und zum Trocknen neben sich gestellt hatte. Als sie eine Bewegung wahrnahm, sah sie auf.

Hughing war aufgestanden und sprach kurz mit der Ministrantin. Er schickte sie weg, sodass sie endlich allein waren. Sein Blick ruhte nun ganz und gar auf Susan. »Wie kann ich Ihnen behilflich sein, Miss Mcanally?« Sie sah ihm an, dass er sich um eine freundliche Miene bemühte. Am liebsten hätte er sie wahrscheinlich rausgeworfen.

Sie klopfte neben sich auf die Bank und bildete sich ein kleines Schmunzeln auf seinen Lippen ein, während sein Blick ihren losen Schuh streifte. Als er sich hinsetzte, knackten seine Gelenke.

Susan grinste. »Sie wissen ganz genau, weswegen ich hier bin, Reverend.« Sie zog sich den roten Schal vom Hals und legte ihn in ihren Schoß. Er war das Einzige, was etwas Farbe in diese trostlose Kirche brachte.

Hughing atmete hörbar aus und verschränkte die Finger vor dem Bauch, als wollte er beten. Sicher musste er sie beschäftigen, um Susan nicht an die Gurgel zu gehen. Sie fragte sich, ab welchem Moment ein stoisch ruhiger Mann wie er wohl die Fassung verlor. Selbst ein Pfarrer hatte seine Grenzen und war auch nur ein Mensch.

»Ich weiß nicht, wie oft ich es Ihnen noch erklären soll, Miss Mcanally. Diese Gemeinde braucht ihre Kirche. Sie steht hier bereits seit Hunderten von Jahren.

Diesen Ort der Ruhe können Sie nicht einfach räumen, wie es Ihnen beliebt. Die Einwohner kommen hierher, um Frieden zu finden und um zu beten, ihre Angehörigen zu beerdigen und Hochzeiten zu feiern. Lassen Sie ihnen bitte diesen besonderen Fleck Erde.«

Susan grinste noch etwas breiter. »Sie haben Angst um Ihren Platz in der Gesellschaft. Aber früher oder später werden wir alle ausgetauscht. So ist der Lauf des Lebens.«

»Nicht meiner und nicht der einer Kirche. Gott hat kein Verfallsdatum.« Sein ernster Blick wanderte wieder zum Kreuz. Tiefe Schatten legten sich auf sein Gesicht.

»Oh, Peter«, säuselte Susan gespielt mitleidig und legte ihm eine Hand auf die dürre Schulter. Sie hatte das Gefühl, direkt einen Knochen zu berühren statt einer Soutane, in der ein lebendiger Mann steckte. »Die Kirche mit ihren verstaubten, frauenfeindlichen Ansichten ist nicht das, was die zukünftigen Einwohner von Pendle wollen. Ein modernes Begegnungszentrum könnte auch Nichtgläubige anlocken und wieder etwas Schwung ins Borough bringen. Sie sehen ja, wie wenig hier draußen passiert. Kein Wunder, dass höchstens ein paar Hexenverehrer herkommen, um den Pendle Hill unsicher zu machen.«

Hughing schmunzelte kurz. »Wir leben von diesem Tourismus, so verrückt er auch sein mag.«

Susan verdrehte die Augen. »Sie wollen mir weismachen, dass Sie froh über diese Spinner sind? Als Mann Gottes?«

»Jeder Mensch glaubt an etwas. Ich schreibe ihm nicht vor, wie er denken soll. Meine Kirche steht allen offen, selbst wenn man nach *E.T.* sucht.« Er zwinkerte.

Seine lockere Art brachte Susan langsam aus der Fassung. Sie hatte geglaubt, ihn mit ihrem Überraschungsbesuch überrumpelt zu haben, aber der Alte schauspielerte besser als gedacht.

»Peter«, sagte sie eindringlich und appellierte an seinen Verstand. »Pendle muss endlich einen Aufschwung erleben. Bitte seien Sie vernünftig, oder möchten Sie mit ansehen, wie diese Gemeinde langsam zu Staub zerfällt? Es gibt kaum Zuwachs, und das Durchschnittsalter der Einwohner ist meines.«

»Also Ende zwanzig?«

Susans Lachen hallte von den hohen Kirchenwänden wider. Die Flammen der Kerzen flackerten, und unheimliche Schatten tanzten auf den Bänken. Wie konnte man bloß freiwillig so viel Zeit hier verbringen? Es roch nach Weihrauch, und die Kälte kroch langsam ihre Beine hinauf. Kirchen waren ihr immer schon zuwider gewesen. Als überzeugte Single-Feministin beugte sie sich weder einem herrischen Mann noch einem Gott, an dessen Existenz sie nicht glaubte.

»Sie alter Schmeichler«, antwortete sie glucksend. Ihr Blick wanderte automatisch zu ihren Händen, denen man ihr wahres Alter längst ansah. Aber auch mit Ende fünfzig waren ihre besten Jahre noch lange nicht vorbei. »Sehen Sie denn immer noch nicht ein, dass die Zeiten der Kirche vorüber sind? Der Trend geht weg davon. Ihre Gemeinde wird Sie als Ansprechpartner nicht verlieren, sobald das Begegnungszentrum gebaut ist. Ich habe mir bereits ein Konzept überlegt und finde, dass Sie eine große Rolle spielen könnten. Die Stelle wird ordentlich honoriert.« Susan wühlte in ihrer Tasche und reichte ihm eine Broschüre.

Hughing bewegte sich kein Stück und sah sie nur an. Er hatte diese einnehmende Art. Ein einziger Blick aus seinen scharfsinnigen, blauen Augen reichte, um Susan zu verunsichern. Eine Frau, die sich sonst von niemandem einschüchtern ließ – oder zumindest so tat. Um als Geschäftsfrau zu bestehen, musste sie stark sein. Das hatte ihr Silva mehr als ein Mal verdeutlicht.

»Woher wollen Sie wissen, was diese Menschen brauchen, Miss Mcanally? Ich lebe seit meiner Jugend jeden Tag unter ihnen, höre mir ihre Sorgen und Nöte an und versuche zu helfen, wo ich kann. Sie hingegen sind eine Fremde, zu denen sie erst Vertrauen aufbauen müssen.«

Susan nahm den Faden sofort auf und nutzte ihn für ihre Zwecke. »Und genau deshalb kommen jetzt Sie ins Spiel. Haben Sie es nicht satt, den lieben langen Tag auf dieser Kanzel zu stehen und eine halb gefüllte Kirche zu bespaßen?«

»Und wenn es nur eine einzige Person wäre ... Es ist nicht nur mein Beruf und erst recht kein Spaß, sondern meine Bestimmung. Der Herr hat mir eine Aufgabe hier auf Erden gegeben. Ich bin sein Diener.«

»*Diener*, wenn ich dieses Wort schon höre!«, schimpfte sie und stopfte die Unterlagen zurück in ihre Tasche. »Sie sind genauso stur wie Ihr Kollege aus Great Mitton.«

»Meinen Sie Josh Palmer aus der St. Michael's Church? Ich hätte nicht gedacht, dass er bei diesem lukrativen Angebot standhaft bleibt, ist er doch mehr an der Bezahlung als an seiner Berufung interessiert.«

Susan bildete sich einen knurrenden Unterton ein.

»Leben Sie lieber in der Neuzeit statt im Mittelalter, Reverend. Sie wissen, dass dieses Zentrum gebaut wird, ob mit Ihrer Erlaubnis oder ohne. Ich wollte Ihnen nur entgegenkommen.«

»Das sind Sie, aber ich lehne dankend ab.«

*Wieso muss er immer so verflucht sympathisch dabei bleiben?*, dachte sie verärgert.

Susan legte ihre Hand auf seinen Arm und krallte sich in der Soutane fest. »Pendle braucht diesen Aufschwung, und das sieht John Birming ganz genauso. Es gibt kein Zurück mehr für die St. Benet's Church. Begreifen Sie das doch endlich! Ich werde morgen früh mit den Anträgen ins Rathaus gehen und meine Pläne vorstellen. Und noch nie hat jemand zu Susan Mcanally Nein gesagt, das können Sie mir glauben.«

»Ich schon, und ich bleibe bei meinem Nein. Drohen Sie mir etwa?«

Sie setzte ein liebreizendes Lächeln auf, das auf ihn wahrscheinlich fies wirkte. »Aber nicht doch. Ich möchte Sie nur nicht in Ihr eigenes Unglück rennen lassen. Es ist ein Freundschaftsdienst, dass ich heute hier bin. Sie sollen nicht erst aufwachen, wenn Bagger und Abrissbirne vor dem Friedhofstor stehen.«

Hughing runzelte die Stirn. »Aber wieso gehen Sie damit zu Birming? Ist er nicht bloß der Assistent des Bürgermeisters?«

»Sein Stellvertreter, richtig. Er wird seinen Vorgesetzten dazu bewegen, zuzustimmen. Es ist nur eine Frage der Zeit. Ihrer maroden Kirche bleibt nun nicht mehr viel davon.« Susan schlüpfte in ihren kalten Schuh, stand auf und funkelte von oben auf ihn herab. Von hier konnte sie die kahle Stelle auf seinem schlohweißen Kopf noch etwas besser sehen. »Denken Sie bitte über mein Angebot nach. Sie könnten der Gemeinde auf diese Weise erhalten bleiben und weiterhin mit Menschen zusammenarbeiten. Ist es Ihnen nicht wichtig, was die Leute wollen?«

»In erster Linie geht es ihnen darum, Frieden zu finden und einen Ansprechpartner zu haben. St. Benet's ist und bleibt ein wichtiges Glied dieser Gemeinde. Das Gebäude ist uralt und ein fester Bestandteil des Stadtbildes. So einfach werden Sie Ihre verrückten Pläne von einem Abriss und Neubau sicher nicht durchbringen, Werteste. Außerdem werden Sie sich auf jede Menge Papierkram gefasst machen müssen. Einen ganzen Friedhof versetzt man nicht so ohne Weiteres.« Er lächelte selig.

»Das werden wir ja sehen«, zischte sie. »Ich habe mich belesen und kenne meine Rechte. John Birming ist derselben Meinung wie ich: Ein Friedhof macht sich direkt am Pendle Hill ohnehin besser. Die Touristen wären gut beschäftigt, wenn sie auf Geisterjagd gehen. Niemand wird das Begegnungszentrum stören.«

Hughings Augenlid zuckte. Nun hatte sie ihn doch erwischt! Susan grinste siegesgewiss. Die Vorstellung, dass die Verstorbenen seiner Gemeinde als Touristenmagnet ausgenutzt werden sollten, störte ihn merklich. Er fasste sich dennoch schnell.

»Nur um das Kirchengebäude ist es schade«, redete sie weiter und genoss jeden Dolchstich, den sie diesem unbeugsamen Pfarrer versetzen konnte. Endlich fühlte sie sich wieder mächtig. Wie sie dieses Gefühl liebte! »Das wird wohl nicht wiederaufgebaut. Aber was soll's. Dafür wird die Zukunft endlich Einzug finden und diesem gottverlassenen Borough ein bisschen Strahlkraft zurückbringen.« Sie zuckte betont gelangweilt mit den Schultern.

Hughing erhob sich schneller, als sie für möglich gehalten hätte. Er kniff die Augen zusammen. »Hören Sie, Miss Mcanally, das hier ist nicht irgendein lustiges Kinderspiel. Ich finde Ihre Art und Weise weder witzig noch angebracht. Sie kommen in das Haus Gottes und bedrohen mich und meine Gemeinde mit Ihrem Plan.«

»Ich drohe nicht, ich bereite meine Gegner bloß gern auf ihren Untergang vor.« Sie warf sich das eine Ende ihres Schals elegant über die Schulter. »Wir sehen uns spätestens vor Gericht, Reverend. Beten Sie lieber dafür, dass man nicht auch noch Pendles Friedhof dem Erdboden gleichmacht.«

»Sie werden niemals damit durchkommen«, raunte er. »Dieser heilige Ort steht seit vielen Jahrzehnten unter Denkmalschutz. So einfach kann man die Gesetze nicht umgehen, wie Sie das glauben. Da können noch so viele Bürgermeisteranwärter und Rechtsverdreher kommen. St. Benet's bleibt!«

Er machte keine Anstalten, Susan zur Tür zu begleiten, sondern wies ihr den Ausgang.

***

Zufrieden mit sich und ihrem Gespräch verließ Susan die Kirche. Inzwischen ärgerte sie sich nicht mehr darüber, dass der alte Pfarrer ihr großzügiges Angebot abgelehnt hatte. Sie würde ihn sowieso nicht gebrauchen können, sobald das Begegnungszentrum erst einmal stand.

Noch auf dem Friedhof zückte sie ihr Handy und rief Silva an. Ihr Assistent war ebenso wenig überrascht wie sie, dass Hughing nicht mitspielte und sich gegen den Abriss wehrte. Er lebte noch weit in der Vergangenheit und würde auch immer so weitermachen, solange seine Messe besucht wurde. Einen alten Baum verpflanzte man eben nicht.

»Wir können starten. Ich werde morgen mit dem Bürgermeister sprechen und mir diese Unterschrift holen. Ich lasse nicht zu, dass uns irgendjemand in die Quere kommt. Dieses ... Gesindel weiß nicht, mit wem es sich hier anlegt. Und der Alte hat sie nicht mehr alle, wenn er mein Angebot ablehnt. Er bekommt einen Tag Bedenkzeit.« Sie drückte ohne ein Abschiedswort auf den roten Hörer und steckte das Telefon wieder weg.

Susan meinte, Stimmen zu hören, die der Wind zu ihr herüberwehte. Es klang wie ein Streit unter Männern, aber sie war sich nicht sicher und achtete nicht weiter darauf.

Sie fuhr herum, als es ganz in ihrer Nähe knirschte. Für die Katze von vorhin hatte es sich zu schwer und laut angehört. Gab es hier draußen Bären? Es war irgendwo von der zugeschneiten Tanne gekommen. Vielleicht ein Ast, der abgebrochen und dumpf zu Boden gefallen war. Den säuselnden Wind schloss sie aus und suchte andere Erklärungen für das eigenartige Knirschen im Schnee. Fast hatte es sich nach Schritten angehört, doch hier draußen trieb sich im Moment niemand herum – niemand außer ihr.

Höchstens dieser unzuverlässige Totengräber würde sich um ein paar Angelegenheiten kümmern. Da er es allerdings nicht einmal schaffte, den Weg freizuräumen, wäre ihm alles andere wahrscheinlich auch egal.

Susan stieß warme Atemwolken aus und schnürte den Mantel enger. Dann beschleunigte sie ihre Schritte lieber, um von diesem Ort zu verschwinden. Obwohl sie nicht abergläubisch war, lief ihr ein Schauer über den ganzen Körper.

Sofort sehnte sie sich nach einer heißen Milch mit Honig, ihrer gemütlichen Couch, auf der sie sich in einer Decke einkuscheln würde, und nach ihrem Kamin, der in diesem Winter noch kein einziges Mal angefeuert worden war. Es wurde höchste Zeit, ins Warme zu kommen, nachdem sie ebenso in der Kirche gefroren hatte und ihre nassen Zehen immer starrer wurden.

Susan biss sich auf die Zunge und taumelte nach vorn, als sie einen heftigen Schlag auf ihrem Hinterkopf spürte. Vielleicht ein herabfallender Ast, der sie unglücklich getroffen hatte.

»Autsch!«, rief sie überrascht und stöhnte vor Schmerz auf.

Die Worte vergingen ihr, als ein zweiter Aufprall folgte. Sie ging in die Knie und fasste sich instinktiv an die pochende Stelle. Ihre Hände waren dunkel verklebt, und der Schnee unter ihr besudelt. *Blut! Ich blute!*

Keuchend kroch sie durch den Schnee, dessen Kälte sie kaum noch fühlte. Stirn und Wangen erhitzten sich, und sie hatte das Gefühl, dass ihr Schädel jeden Augenblick platzte. Ihr war noch nie so heiß gewesen wie in diesem Moment. »Hi...lfe!«, krächzte sie mit letzter Kraft.

Ein weiterer Schlag hinderte sie an der Flucht. Susan gurgelte und würgte, als sie das Blut nun auch noch schmeckte. Sie spuckte in den Schnee.

Kälte und Schmutz waren ihr auf einmal egal. Sie wollte bloß noch weg von hier! Fort von diesem Teufelsort! Weg von ihrem brutalen Angreifer!

Susan versuchte aufzustehen, strauchelte aber. Ihr Kopf schmerzte höllisch, und es kam ihr vor, als würden Hunderte Bienen darin im Kreis schwirren. Wieder fiel sie zu Boden und landete mit dem Gesicht im Schnee. Schwarze Punkte tanzten vor ihren Augen, und es drohte eine Ohnmacht.

Sie sammelte sich. »Neeeein!«, schrie sie, so laut sie konnte. »Hilfeeee! Ist ... Ist hier denn niemand? Ich brau...che Hilfeeee!« Aus ihrem Mund drang nicht mehr als ein klägliches Jaulen, das man genauso gut für den Wind hätte halten können.

Niemand würde sich an diesem Winterabend auf den Friedhof begeben und sie retten. Es war aussichtslos. Susan weinte und flehte um Gnade, als sie sich mühsam umdrehte.

»Aber ... wieso?«, krächzte sie die Gestalt im Schatten an, die etwas Großes in der Hand hielt. Ihr Angreifer konnte nur einer sein. Wer sonst sollte sie so sehr hassen? »Peter, du mieser kleiner ...« Weiter kam sie nicht, als sich die Person aus dem Schatten löste und ins Licht trat. Den blutigen Stein hob sie weit über den Kopf und ließ ihn ein letztes Mal auf Susan niedersausen.

Er traf sie an der Stirn. Susan hörte ein Knacken, das ihr das Blut in den Adern gefrieren ließ. Sie konnte sich nicht mehr bewegen, geschweige denn etwas sagen. In ihrem Kopf herrschte nichts als Stille. Selbst der brennende Schmerz verschwand in diesem einen Augenblick. Nur Sekunden später wurde alles schwarz.

# 1. Kapitel

***Lancashire, 2023***

»Alethea, könnten Sie nach Mr Pearls Grabgestecken sehen? Er sagt, dass ein großer Kranz abhandengekommen sei. Das wäre dann der dritte in diesem Monat.« Reverend Hughing seufzte tief.

Thea stellte die Schubkarre ab und warf ihre Arbeitshandschuhe hinein. Sie wischte die verschwitzten Hände an ihrer Latzhose trocken und ging auf die andere Seite des St. Benet's Churchyard. Dank ihrer festen Schuhe mit den griffigen Sohlen konnte sie wunderbar über Schnee gehen, ohne auszurutschen.

Thea sah hinauf in den grauen Himmel. Sogar die Luft roch bereits nach Schnee, ohne dass man etwas davon sah. Lange würde es nicht mehr dauern.

Sie bemerkte sofort, dass einer der Trauerkränze fehlte. Der verwirrte Mr Pearl hatte es sich also nicht bloß eingebildet.

Seine Frau Thelma war vor zwei Wochen beerdigt worden. Er hatte darauf bestanden, dass die Kränze so lange blieben, bis die Arbeit an ihrem Grabstein beendet war, der derzeit von einem Steinmetz aus der Gegend gefertigt wurde und das karge Holzkreuz ersetzen würde.

Thea zählte noch einmal durch und versuchte, sich an das Begräbnis zu erinnern, für das sie ein Loch ausgehoben hatte. Für gewöhnlich schloss sie das Grab nach der Trauerrede des Pfarrers und richtete die Kränze und Schleifen so an, dass sie nicht wegwehten und auch sonst keine Schäden davontrugen.

*Schon wieder dieser Waschbär*, dachte sie entrüstet. Erst vorige Woche hatte sie das Tier auf dem Friedhof erwischt und die Tage darauf immer mal wieder seine Spuren entdeckt. Er schien es auf die Eicheln und Nüsse abgesehen zu haben, die manche Leute in ihre Kränze flochten. Thea wunderte sich trotzdem, dass jedes Mal der komplette Kranz verschwand und sie auch keine Reste mehr von ihm fanden.

Sie arrangierte die restlichen Gestecke neu, damit es schön aussah und der trauernde Mr Pearl vorerst besänftigt war.

Thea sah zum Grab ihres Vaters hinüber, auf dem wieder einmal weiße Lilien lagen. Seit sie wusste, dass Fiona Healy als Nathans gute Freundin dahintersteckte, war sie beruhigter. Dennoch machte sich ein mulmiges Gefühl in ihr breit.

Sie hatte ihren Vater kaum kennengelernt und ihn immer verteufelt, weil er seine Familie im Stich gelassen hatte, um in Pendle zu leben. Der Gedanke, dass er ein beliebter Mann mit allerlei Freunden gewesen war, während ihre Mutter gegen den Krebs gekämpft hatte, missfiel ihr.

Reverend Hughing stellte sich neben sie und brachte Thea sofort auf andere Gedanken. »Ich muss Sie leider darum bitten, heute noch ein weiteres Grab auszuheben. Bevor der Boden zu weit gefriert, sollten wir die anstehenden Beerdigungen besser in kurzer Abfolge stattfinden lassen. Ich habe bereits mit den Verwandten der beiden Verstorbenen gesprochen. Sie sind einverstanden, dass wir die Trauerfeiern vorziehen, ehe der erste Bodenfrost kommt. Natürlich bezahlt Ihnen die Gemeinde Ihre Überstunden.«

Thea winkte ab. »Um das Geld geht es mir nicht.«

»Nicht? Um was dann?«

Sie lächelte zaghaft. »Bei der Arbeit kann ich meinen Kopf wunderbar abschalten. Ich habe zuletzt ein paar Dinge erfahren, die zu viel für mich waren und erst einmal verarbeitet werden müssen.«

»Möchten Sie bei einer Tasse Earl Grey darüber reden? Das ist doch Ihr Lieblingstee, oder? Soweit ich mich erinnere, mit einem Schuss Milch?« Hughings blaue Augen musterten sie aufmerksam. Er schien ihr direkt auf die Seele zu sehen. In seiner Gegenwart fühlte sich Thea seltsam ertappt, aber auch unheimlich wohl. Vielleicht hatte sie ihn deshalb noch immer nicht wegen ihres Vaters gefragt.

*Callan hatte recht. Du bist bloß wieder zu feige für die Wahrheit*, dachte sie. *Dabei kennst du sie inzwischen. Was hält dich also noch zurück, die Karten auf den Tisch zu legen?*

Sie lächelte etwas mehr. »Das haben Sie sich ganz richtig gemerkt, aber ich brauche die Zeit neben der Arbeit für die Renovierung. Im Frühling wollen wir uns dann den Garten vornehmen.«

Er nickte verständnisvoll. Sie suchte in seinem faltigen Gesicht nach Antworten, die sie nicht bekam. Peter Hughing war immer schon ein verschwiegener, mysteriöser Mann voller Geheimnisse gewesen. Sosehr sie sich auch anstrengte, Thea wurde nie schlau aus ihm.

Sie sahen beide hoch, als die ersten Schneeflocken gen Erde fielen und auf ihren Schultern und Schuhspitzen schmolzen. »Der Winter ist endlich da«, sagte er fast feierlich und rieb sich die Hände. »Das bedeutet schöne Abende am warmen Kaminfeuer.«

Thea schmunzelte. Er konnte noch so sehr ein weiser Greis sein, doch das innere Kind hatte er sich immer erhalten. »Wem sagen Sie das, Reverend.«

Er stoppte an der Kirchentür und drehte sich noch einmal um. »Bevor ich es vergesse: Morgen früh brauche ich Sie gleich noch einmal für ein Grab.«

Thea runzelte ihre Stirn. »In Pendle sterben die Menschen ja wirklich wie die Fliegen. Sicher, dass dieser Ort nicht verflucht ist? Einer meiner Follower ist fest davon überzeugt, aber ich halte ihn für einen Spinner.«

Hughing lächelte wissend. »Sie meinen ›Wookieeboy‹, nehme ich an? Wenn ich nur wüsste, was ein ›Wookiee‹ sein soll ...«

Thea riss die Augen weit auf. Es störte sie nicht, dass sich eine Schneeflocke direkt auf ihre Nase setzte. »Sie lesen meinen True-Crime-Blog? Ich war schon erstaunt, als ich gehört habe, dass Harrison es tut, aber von Ihnen hätte ich das wirklich nicht erwartet.«

»Ich möchte genauso sehr wie unser Sergeant auf dem Laufenden bleiben. Schließlich lebe ich ebenso in diesem Borough. Oder trauen Sie mir etwa nicht zu, dass ich ein Notebook bedienen kann? Ich habe sogar ein mobiles Telefon.« Er nickte und streckte den Rücken durch.

»Na, dann können Sie sicher auch googeln, was ein ›Wookiee‹ ist. Jedenfalls ist sich mein Abonnent sicher, dass hier etwas nicht mit rechten Dingen zugeht, so viele Tote, wie es in der letzten Zeit gegeben hat.«

»Da ist was dran, wobei Hope Fernsby bereits vor fünfzehn Jahren starb. Aber an Flüche glaube ich nicht, nur an Strafen Gottes. Vielleicht hat der Herr Größeres mit uns vor und prüft Pendle. Wer weiß? Die Wege Gottes sind unergründlich.«

»Amen.« Thea zitterte und verschränkte die Arme vor der Brust. Sie hätte ihre Jacke mitnehmen sollen. Der dünne Pullover bot ihr kaum Schutz vor den fallenden Temperaturen.

Es würde nicht mehr lange dauern, bis der Boden gefroren war und sie hauptsächlich mit dem kleinen Bagger arbeiten musste, um ein Grab auszuheben.

Er drehte sich schon weg, als Thea ihn noch einmal aufhielt. »Um welchen Auftrag geht es morgen früh? Wer ist denn gestorben?«

»Niemand. Zumindest nicht vor Kurzem.«

»Aber ich soll doch ...« Perplex deutete sie auf die Gräber.

Thea beobachtete, wie Bernie und Agnes McAllister Blumen ans Grab ihrer Mutter legten. Das taten sie immer einmal im Monat. Ja, selbst zwei scheußliche Personen wie sie hatten geliebte Menschen verloren, um die sie trauerten.

Agnes sah auf und schenkte Thea einen hasserfüllten Blick, ehe sie ihren Bruder mit sich zerrte, als wäre er ihr Haustier. Offenbar konnte sie Thea immer noch nicht verzeihen, dass sie die lukrative, aber illegale Hundezucht der beiden aufgedeckt hatte.

Hughing hob beschwichtigend seine Hände. »Dieses Mal geht es nicht um ein frisches, sondern um ein altes Grab vom letzten Jahr. Wir müssen den Sarg umbetten und einen neuen Platz dafür finden.«

»Stimmt etwas damit nicht?«

»Die Familie O'Connor wünscht sich einen anderen Platz für ihren verstorbenen Verwandten. Derzeit ruht er mitten am Weg, aber sie möchten ihn lieber dort unter der Tanne beerdigen.«

Thea schluckte, als sie seinem Fingerzeig folgte. Sie hatte bis jetzt noch nie ein Grab verlegt, sondern nur neue ausgehoben und wieder verschlossen.

Hughing musste ihren zweifelnden Blick bemerkt haben. »Machen Sie sich keine Sorgen. Eine Umbettung ist nichts anderes, nur dass Sie dieses Mal etwas mehr Zeit brauchen. Schließlich muss der Sarg erst exhumiert werden.«

»Aber gibt es nicht so etwas wie die Totenruhe? Darf ich ihn einfach ausbuddeln?«

»Es gibt tatsächlich eine Ruhezeit. Normalerweise bettet man den Verstorbenen auch nicht mehr um, bis diese vorüber ist, aber in unserem Fall haben sich auch die Bodenverhältnisse im letzten Jahr zu sehr geändert. Deshalb hat sich die Gemeinde bereit erklärt, dem Wunsch der Angehörigen nachzukommen. Die Umbettung ist bereits gestattet worden. Sie möchten ihn außerdem in ihrem Familiengrab beisetzen lassen statt allein. Ich finde den Gedanken tröstend, dass die O'Connors selbst im Tod alle beisammenbleiben möchten.«

*Ich würde mich nie in Nathans Grab beerdigen lassen*, dachte Thea und sah wieder zu seinem kargen Stein nahe der Mauer. »Und wie hole ich den Sarg wieder aus dem Loch? Ich meine ... Obelix bin ich gewiss nicht.«

Hughing lächelte schief. »Niemand verlangt, dass Sie in einen Kessel voller Zaubertrank fallen. Särge haben unten kleine Füße, die für ausreichend Abstand zum Boden sorgen, damit die Seile beim Herunterlassen auch wieder herausgezogen werden können.«

»Wieso lässt man sie nicht einfach mit im Grab?«

»Exhumierungen sind dafür viel zu selten. Die Seile würden entweder verrotten oder als Kunststoffreste auf ewig im Erdreich verbleiben.«

Thea verstand und nickte langsam. »Also wird es entweder unnötig teuer oder umweltschädlich. Und wie gehe ich vor? Sie sprachen von diesen Füßchen.«

»Zunächst wird die Erdschicht oberhalb des Sarges entfernt, danach die an den Seiten. Sie können dann bereits versuchen, den Sarg mit dem Greifer unseres Baggers aus der Erde zu heben. Ich gehe in diesem besonderen Fall davon aus, dass der Sarg gut erhalten ist. Schließlich ist es erst ein Jahr her, dass Mr O'Connor beerdigt wurde. Wenn es eines Tages mal nicht mehr möglich sein sollte, weil sein Zustand schlechter geworden ist, setzen wir Seile ein. Geht auch das nicht, müssen Sie wohl oder übel per Hand arbeiten.«

»Per Hand? Ich soll die Leichenreste also anfassen?«, rief sie erstaunt. Fast machte sich ein wenig Begeisterung in ihr breit. Sie fand das Thema unglaublich spannend und faszinierend. Vielleicht sollte sie darüber auf ›Churchyard Crimes‹ schreiben.

»Einen direkten Kontakt wird es aufgrund von Schutzmaßnahmen natürlich nicht geben. Aber seien Sie unbesorgt: Zur letzten Umbettung kam es in den frühen 70er-Jahren. Da waren Sie noch nicht einmal auf der Welt. Selbst die ältesten Gräber auf diesem Friedhof werden erhalten und nicht umgesetzt. Ab und zu wird eines aufgelöst, aber das passiert erst, sobald auch keine Knochen mehr da sind.« Er seufzte leise. »Ich erinnere mich zum Beispiel an letztes Jahr. Ich musste mich gegen eine fehlgeleitete Person wehren, die den gesamten Friedhof an den Fuß des Pendle Hill verlegen wollte, um die Touristen zu begeistern.« Er rollte mit den Augen. Es war eindeutig, was er von ebenjener Person hielt.

Thea wurde neugierig. »Um wen handelt es sich?«

»Eine gewisse Susan Mcanally. Sie hatte ein wagemutiges Bauprojekt im Kopf. Da sie nicht wiederkam und sich auch nicht mehr gemeldet hat, gehe ich davon aus, dass ihr Antrag, wie erwartet, abgelehnt wurde.«

Thea steckte ihre kalten Finger in die Taschen ihrer Latzhose und wippte vor und zurück, während sie sich unterhielten. Dass Hughing so gar nicht zu frieren schien, obwohl er nur eine dünne Soutane trug, wunderte sie. In diesem knöchrigen alten Mann steckte mehr Zähheit, als sie gedacht hatte.

»Die meisten Verwandten leben bis heute in Pendle und pflegen ihre Zahlungspflichten. Sie werden also höchstwahrscheinlich nicht noch einmal mit dieser Aufgabe betraut werden«, sagte er und schloss das Thema damit. »Falls Sie Hilfe brauchen, wissen Sie ja, wo Sie mich finden.«

Trotzdem war sie nicht begeistert, ein Grab auszuheben, das ihr Vater geschlossen hatte. Es brachte sie nur näher an ihn heran. Thea hatte auch jetzt wieder das Gefühl, dass er sie heimlich beobachtete. Sie bildete sich den Pfeifengeruch ein, den sie noch aus der Kindheit kannte. Manchmal stellten sich ihre Nackenhaare wie aus dem Nichts auf. Entweder spielte ihr jemand einen guten Streich, oder Nathan Shaw war tatsächlich von den Toten wiederauferstanden, wie es ihre Freunde behaupteten.

»Ich hole den Bagger und werde erst einmal die beiden Gräber für die kommenden Trauerfeiern ausheben«, antwortete sie eifrig. »Wie viel Zeit bleibt mir, Mr O'Connor umzubetten?«

»So viel, wie Sie wollen. Das eilt nicht. Allerdings sollte der Sarg nicht mitten auf dem Friedhof stehen bleiben, wenn Sie Feierabend machen. Das wäre pietätlos. Manch einer würde sich zu Tode erschrecken, und noch mehr Gräber möchte ich Ihnen dieses Jahr ungern zumuten, Alethea. Sobald Sie morgen fertig sind, bleibt das die einzige Aufgabe für den Tag.«

»Ich kümmere mich um alles.«

Er lächelte. Sie machte ihre Sache gut und hatte sich in den letzten Monaten daran gewöhnt, sehr körperlich zu arbeiten. Thea hatte seither mehrere Pfunde abgenommen und fühlte sich jeden Tag ein bisschen fitter. Sie bildete sich sogar kleine Muskelberge auf ihren Armen ein, aber sobald sich Oakley daneben stellte und seine spielen ließ, lachte sie über sich selbst.

Doch auch wenn es ihr körperlich gut ging, so blieb immer noch dieser Wirbelsturm in ihrem Kopf und ein Riss in ihrem Herzen, wenn sie auch nur ein einziges Mal zum Grab ihres Vaters sah.

***

Myrna wischte sich den Schweiß von der Stirn. Callan reichte ihr die nächste schwarze Schindel hoch, mit der sie das löchrige Dach ausbesserte. Nun würde ganz sicher kein Wasser mehr eindringen wie im vergangenen Herbst, als es nach einem starken Regenfall in Myrnas Gesicht getropft hatte, während sie schlief.

»Was steht als Nächstes an?«, fragte Callan, der ihre Leiter hielt und ihr schon den gesamten Vormittag half.

Sie setzte sich auf die Dachkante und ließ die Beine baumeln. Eigentlich hatte sie vor, Hank zu besuchen, der sie im Pub brauchte, aber es standen noch viele Kleinigkeiten an, um das alte Chamberling-Anwesen winterfest zu machen. Erste Schneeflocken landeten bereits auf dem Haus. Myrna warf dem zugewachsenen Grundstück dahinter erst recht keinen Blick zu. Wahrscheinlich würden sie das gesamte nächste Jahr brauchen, um endlich Ordnung in ihren verwilderten Garten zu bringen. Wer wusste schon, welche Geheimnisse dort draußen noch zutage kamen?

»Also, Fenster, Böden und Wände sind so weit fertig. Auch das Dach sieht endlich robust aus. Aber wir sollten langsam die Möbel und den verrußten Kamin im Erdgeschoss in Schuss bringen. Außerdem muss die Veranda frisch gestrichen werden.«

Callan deutete ein Gähnen an, und seine grünen Augen funkelten. Das taten sie immer, wenn er auf das große, mysteriöse Tunnelsystem unter dem Haus zu sprechen kam, das ihnen schon so manches Abenteuer beschert hatte. »Lass uns lieber die restlichen Akten aus dem Labyrinth holen und durchgehen. In den Zeilen könnte sich der Weg zum Goldschatz verbergen.«

Myrna stieg vorsichtig die Leiter herab und wuschelte ihm durch die rote Lockenmähne. Zum Glück war er bis jetzt noch nicht darauf gekommen, es ihr heimzuzahlen, wenn sie ihn wieder einmal neckte.

Callan wischte ihre Hand weg und richtete seine Frisur ein wenig zu eitel.

*Typisch Teenager*, dachte Myrna amüsiert. Dennoch hatte sie einen Narren an ihm gefressen.

Callan fummelte noch immer an seinen Locken herum. Als er fertig war, richtete er den Blick auf sie und stemmte die Hände in die Seiten. »Du weißt, dass es wahr sein muss.«

»Wieso? Die verstaubten Akten selbst könnten der Schatz sein, den man im Laufe der Jahrzehnte fälschlicherweise als Gold bezeichnet hat. Du kennst doch das Stille-Post-Prinzip.«

»Zuerst möchte ich sehen, was da steht. Ihr erlaubt mir nicht einmal den kleinsten Blick, solange nicht alle Kisten in der Bibliothek stehen. Und gefühlt braucht ihr ewig dafür. Lasst Oakley, Harrison und mich lieber helfen, dann sind wir schneller. Dass es da unten ein verborgenes Archiv gibt, wissen sie schließlich.«

Myrna seufzte und krempelte ihre Ärmel hoch. Ihr war heiß, obwohl der Winter über das Städtchen hereinbrach. Aus dem Internet kannte sie Bilder von dieser Gegend, die jedes Jahr in ein herrliches weißes Gewand gekleidet wurde. Perfekt zum Schlittenfahren auf dem Pendle Hill. »Ich weiß nicht. Das sollte trotz allem immer noch Theas Entscheidung sein. Es ist ihr Haus.«

Callan machte eine wegwerfende Geste. »Unsinn! Ihr wohnt seit letztem Herbst gemeinsam hier, und wir drei haben einen Schlüssel für das Haus. Also dürfen wir ein und aus gehen, wie wir wollen. Das hat Thea selbst gesagt.«

Myrna knickte ein. Seit ihrem letzten Fall hielt sie ihre Mauern ohnehin nicht lange aufrecht. »Na gut, dann holen wir die nächsten Kartons eben gleich heute hoch. Thea wird sich sonst ewig sträuben. Aber wir werden die Akten nicht ohne sie durchgehen. Wir sind ein Team.«

Callan grinste schief und nickte eifrig. Er konnte es allem Anschein nach nicht erwarten, endlich wieder in die düsteren Tunnel unter dem Chamberling-Anwesen zu gehen. Und das, obwohl er dort unten beinahe gestorben wäre. Dann auch noch gemeinsam mit Jolene und Lucretia, mit denen wohl niemand aus Pendle gern begraben werden wollte.

Myrna ließ den Blick schweifen und sah passenderweise Jolene auf der anderen Straßenseite vorbeihumpeln. *Wenn man vom Teufel spricht* ... Sie stützte sich noch fester auf ihren Gehstock als sonst. Seit sie sich mit ihrer Feindfreundin Lucretia zerstritten hatte, waren die beiden nur noch einzeln zu sehen. Myrna wusste nicht, ob sie schadenfroh oder mitfühlend sein sollte. Und noch immer musste sie Jolene auf eine heikle Angelegenheit ansprechen.

Callan folgte ihrem Blick. »Hast du sie nicht längst gefragt? Was sagt sie zu dem Vorwurf, Hank umgefahren zu haben?«

»Nichts, weil ich sie noch nicht fragen konnte.«

»Sie wohnt doch gleich da vorne.« Er zeigte auf ein altes Cottage. Das schiefe rote Backsteinhaus daneben bewohnte Lucretia. »Was hindert einen Inspector wie dich an einer Befragung?«

Myrna seufzte und legte ihre Hände auf seine Schultern. »Da ich persönlich involviert bin, ist das nicht so einfach, wie du denkst. Außerdem habe ich ein paarmal ein Gespräch mit ihr begonnen, aber sie wehrt mich jedes Mal ab. Du kennst dieses grantige Tratschweib ja.«

»Na, dann schick eben Thea zu ihr. Sie wird sich ganz sicher nicht den Mund verbieten lassen, so vorlaut und direkt, wie sie ist.«

Myrna spürte einen Stich in der Brust. Es tat weh, sich einzugestehen, dass sie ihren Biss verloren hatte. Sie fühlte sich gestrandet. Es gab Tage, da starrte sie minutenlang in den Spiegel und dachte über all ihre Fehler nach, statt nach vorne zu sehen und einfach weiterzumachen wie bisher.

Sie riss sich los und ging voraus in die zweigeschossige Bibliothek. Sofort umströmte sie der Geruch von alten Büchern, Pergament und Geschichte. Myrna zog ein Buch aus der obersten Regalreihe und wartete auf das bekannte Schaben. Sie konnten dabei zusehen, wie sich das Regal an der Wand nach links verschob und eine geheime Tür freigab, die Thea am ersten Tag in diesem Haus durch Zufall entdeckt hatte. Seitdem trugen sich allerlei mysteriöse Dinge zu. Myrna zückte einen Schlüssel für das Vorhängeschloss und öffnete es.

Muffige Luft schlug ihnen entgegen, als sie die Tür aufzog. Sie starrten in einen steinernen Gang, von dem drei weitere Holztüren abgingen.

Callan schnappte sich die alte Laterne, die neben dem Ohrensessel stand, und entzündete sie. Zur Not hätten sie noch ihre Handytaschenlampen dabei, aber Empfang gab es dort unten nicht.

Myrna schluckte. Kaum setzte sie einen Fuß über die Schwelle, brachen die Erinnerungen von ihrem letzten Besuch im Labyrinth über sie herein. An ihre panische Flucht durch die finsteren Tunnel. Sie brauchte einen Moment, um weiterzugehen.

»Was ist denn los? Denkst du an *ihn*?«, fragte Callan in ihrem Rücken. Er musste den Namen nicht aussprechen, um die Erinnerung wachzurufen.

Myrnas Hals wurde eng. Sie brachte nicht mehr als ein Nicken zustande, das Callan wahrscheinlich nicht einmal sah. Dennoch hatte er verstanden und hakte nicht nach, sondern ging voran in die Dunkelheit, als Myrna keine Anstalten machte.

»Hey, warte auf mich!«, rief sie und hielt ihn am Arm zurück. »Wir hatten eine Abmachung: Niemals allein da runter.«

»Du hast dich selbst nicht daran gehalten. Erinnerst du dich?« Er rollte mit den Augen.

»Ja, aber das war ein Notfall.«

Callan fasste sie bei den Schultern und sah ihr tief in die Augen. Das Licht der Laterne flackerte unheimlich auf seinem blassen, sommersprossigen Gesicht. »Du brauchst keine Angst mehr zu haben, Evans. *Er* sitzt im Gefängnis.«

Sie beließ seine Hände da, wo sie waren, drehte aber den Kopf weg. So eingeschüchtert kannte sie sich sonst nicht. Myrna war immer tough, stark und intelligent gewesen. Doch der letzte Vorfall hatte sie so sehr aus der Fassung gebracht, dass sie sich vorkam wie ein kleines Kind, das man gemaßregelt hatte. Sie fühlte sich elend und wachte nachts schweißgebadet auf.

»Manchmal glaube ich, dass ich den falschen Beruf gewählt habe«, sagte sie leise und senkte den Blick.

Callans Griff wurde fester. »Alle Ziegen in Gorey sollen ihn zur Hölle jagen!«, rief er plötzlich.

»Wie bitte?« Myrna schmunzelte, auch wenn sie weiterhin traurig war.

»Nur ein kleiner irischer Fluch.« Callan lächelte und ließ sie los. »Er kann dir nichts mehr tun. Denk daran. Du musst dir das immer wieder selbst sagen.«

Myrna nickte angespannt, aber weniger bedrückt als davor. Es tat gut, dass sie Freunde hatte, die sie nicht verurteilten, sondern ihr halfen. Sie war selbst bloß zu schwach, um sich ihre Fehler zu verzeihen.

»Trotzdem meine ich manchmal, fehl am Platz zu sein. Sieh dir doch an, was ich euch beiden durchgehen lasse. Ständig fahrt ihr mir in die Parade und stört meine Ermittlungen.«

»Die durch unsere Mithilfe immer zu einem Ende gekommen sind. Wir haben die Fälle gelöst und ein paar Mörder hinter Gittern gebracht. *Churchyard Crimes* ist das beste Ermittlertrio seit ... seit ...«

»*Drei Engel für Charlie*?« Myrna war froh, endlich wieder lachen zu können. »Ihr seid beide verrückt, aber dafür liebe ich euch.«

Callan legte seinen Arm um ihre Schultern. Bei seiner Größe ein Leichtes. »Und nun Kopf hoch, Evans. Dich kann doch sonst kein Mensch erschrecken, erst recht kein Mann. Lass uns diese verstaubten Kisten hochholen und wenigstens das Rätsel vom Chamberling-Haus lösen. Wir sollten das hier erledigt haben, bevor uns der nächste Mordfall vor die Füße fällt.«

Myrna nickte entschlossen. »Keine Ausreden mehr.«

Callan lächelte. »Keine Ausreden mehr.«

***

Jolene harrte vor Lucretias Haus aus, bis diese es endlich verließ. Fast gab sie die Warterei auf, doch plötzlich öffnete sich die Tür ihrer Nachbarin, und deren knallroter Igelkopf tauchte auf, als sich Lucretia bückte, um die Zeitung von heute Morgen aufzuheben. Übersehen konnte man sie nicht, obwohl sie höchstens fünf Fuß maß.

»Lu, können wir reden?«

Lucretia zuckte zusammen und verengte die Augen. Sie ließ die Zeitung zurück auf die Türschwelle fallen. Ihr Gesicht wurde noch ein Stück faltiger. »Was willst du schon wieder hier?«

»Ich wohne gleich nebenan, falls du das vergessen hast.«

»Das weiß ich, aber was willst du vor *meinem* Haus?«

»Das Gleiche wie sonst.« Jolene seufzte. »So hartherzig kenne ich dich gar nicht. Ja, ich habe Fehler gemacht.«

»Hast du.«

»Aber Fehler kann man auch wieder geradebiegen.«

»Wie willst du das anstellen? Du hast mich auf dem Friedhof zurückgelassen, als uns dieses Monster verfolgt hat. Ich bin mit einem Herzinfarkt im Krankenhaus gelandet.« Lucretia liebte es wohl, in der Wunde zu bohren. Sie schien noch immer sehr getroffen zu sein.

Jolene machte einen Schritt auf sie zu, aber ihre Freundin hob die Hand, damit sie stehen blieb. »Nicht jetzt und nicht hier. Lass mir meinen Seelenfrieden, Jojo.«

Jolene schluckte ihren Ärger über den verhassten Spitznamen hinunter. »Du weißt, wo du mich findest, falls du reden magst.«

»Weiß ich, will ich aber nicht.« Sie schloss die Tür vor ihrer Nase.

Wütend fasste Jolene ihren Gehstock und humpelte zurück zu ihrem eigenen Häuschen. »Verfluchtes Knie!«, schimpfte sie leise vor sich hin. »Verfluchte Familie Shaw! Verfluchte Lucretia! Ihr seid es alle nicht wert, sich über euch zu ärgern. Hrmpf ...«

Sie fummelte gerade ihren Schlüssel aus der Manteltasche, als sie ein Räuspern hinter sich hörte.

Jolene drehte sich um und kniff argwöhnisch die Augen zusammen. Vor ihr stand ein Teenager mit bunt gefärbten Haaren – noch schrecklicher als Lucretia – und grinste sie breit an. Sie hatte sich zwei kurze Zöpfe zu beiden Seiten gebunden, die auf und ab hüpften, wenn sie den Kopf bewegte. Ihre Augen blickten ganz begeistert drein, als würde sie ihre geliebte Großmutter besuchen.

Sie war Jolene sofort suspekt. Sicher wieder nur jemand von diesen Spinnern, die die Hexen auf dem Pendle Hill beobachten wollten. Seit Alethea Shaw mit ihren Ringen in Ohr und Nase aufgetaucht war, schien Pendle ein Sammelplatz für verkorkste Gestalten zu sein.

»Was willst du?«, fauchte Jolene das Mädchen an, dessen Schopf sie an die klebrige, aber fluffige rosa Zuckerwatte auf dem Jahrmarkt erinnerte. Eine seltsame Mischung.

»Guten Tag, ich weiß, dass Sie Zimmer vermieten. Ist noch eines frei?« Diese Göre ließ sich auch von ihrer abweisenden Haltung nicht verschrecken. Wenn Jolene eines an diesen neunmalklugen Blagen wertschätzte, dann war es ihre erstaunliche Gelassenheit. Sie schienen über allem und jedem zu stehen und glaubten wohl, die Welt gehörte ihnen.

Jolene ließ ihren Blick hinabwandern und entdeckte einen Rollkoffer hinter ihr. »Zufällig habe ich noch eines. Erst letzten Herbst ist meine Mieterin ausgezogen.« Sie sah in Richtung Chamberling-Anwesen und verzog den Mund.

Das Mädchen wendete den Kopf und nickte eifrig. »Oh, das weiß ich bereits von Theas Blog. Seit Evans da ist, plaudert sie deutlich mehr aus dem Nähkästchen. Oder es liegt an ihrem neuen Freund.« Sie zwinkerte vielsagend.

»Aus dem ... Liest du etwa dieses Internet-Geschreibsel von Alethea Shaw?« Jolene gab nur ungern zu, dass sie längst selbst am Computer gesessen hatte, um nachzusehen, ob Nathans Tochter bereits etwas zu ihrem Vater oder dem Schatz aus dem Labyrinth geschrieben hatte.

»Wie heißt du?«

»Emilia Tremblay, aber Sie können ruhig Ems zu mir sagen.«

*Als ob ich das je tun würde!* Sie schloss unterdessen die Haustür auf.

Emilia folgte ihr auf dem Fuß und pfiff beeindruckt. »Wow, hier sieht es ja wirklich so aus wie beschrieben. Und die vielen Katzen erst! Herrlich! Ich liebe Ihr kleines Cottage und diesen ganzen unnützen Krimskrams!

Macht es nicht zu viel Arbeit, das jedes Mal alles abzustauben?«

»Nichts anfassen!«, brüllte Jolene, als Emilia bereits nach einer Porzellanfigur im Regal griff. »Alles hat seine Ordnung. Solange du dich daran hältst und pünktlich deine Miete bezahlst, kannst du hierbleiben. Mir ist gleich, ob du von zu Hause ausgerissen bist und aus welchem Loch du gekrochen kommst, aber benimm dich gefälligst.« Jolene war jetzt schon genervt von ihr. Ein Teenager war so wie der andere: ätzend! Wäre sie nicht auf das Geld angewiesen, hätte sie sie sofort wieder rausgeworfen. »Hast du Vorstrafen?«

»Wie bitte?«

»Wirst du polizeilich gesucht?«, fragte Jolene ungeduldig.

Emilia schüttelte den Kopf. Wieder wackelten ihre beiden Zöpfe. »Nein, und meine Eltern wissen, dass ich in Pendle bin. Ich mache hier Urlaub.«

Jolene glaubte, dass unter dem vielen Rosa ein Blond steckte. Das würde gut zu ihren großen, dunkelblauen Augen passen. Etwas in ebenjenen verriet ihr, dass Emilia flunkerte. Sie hatte sich stark gezeigt, als sie angekommen war, doch nun wich sie Jolenes Blick eindeutig aus. Dieses Verhalten kannte sie von ihrem Sohn Brian, als er noch ein vorlauter Teenager gewesen war.

»Urlaub, soso …« *Niemand macht Ferien in Pendle! Die Göre lügt wie gedruckt!* »Hast du denn keine Schule?«

»Es sind Weihnachtsferien.«

»Na, schön, ich zeige dir alles. Aber du kriegst keinen eigenen Schlüssel, und es gibt auch kein Frühstück. Du beziehst das frisch renovierte Karibik-Zimmer.« *Weil ich sonst nie einen Mieter dafür finde.*

»Kein Problem«, trällerte Emilia in Jolenes Rücken. »Solange ich hier einen WLAN-Zugang bekomme, ist mir alles recht.«

Sie wunderte sich über dieses seltsame Mädchen. Vielleicht gab es ja doch Außerirdische in Pendle. Und Emilia war ziemlich sicher eine von ihnen.

***

Der folgende Tag brachte Graupelschauer mit sich. Thea nutzte die wenigen Stunden ohne Schlechtwetter, um mit der schweißtreibenden Arbeit anzufangen. Ihre Nase lief, und sie musste sich die feuchte Stirn mehrmals mit ihrem Ärmel trocken wischen.

Die erste Sandschicht hatte sie mit dem Bagger abgetragen, aber aus Sorge, den Sarg des Verstorbenen zu beschädigen, machte sie nun erst einmal mit der Schaufel weiter. Je tiefer sie kam, desto weniger Bodenfrost gab es glücklicherweise.

»Soll ich Ihnen auch wirklich nicht helfen?«, fragte Reverend Hughing bereits das dritte Mal. Er schien ein schlechtes Gewissen zu haben, Thea diese viele Arbeit aufzuhalsen, aber es war nun einmal ihr Job, Särge ein- und eventuell wieder auszugraben. Obendrein gab er ihr den Rest des Tages frei.

»Nicht nötig. Bereiten Sie ruhig Ihren Gottesdienst vor. Ich komme klar«, erwiderte sie und stützte sich keuchend auf die Schaufel. Ihre Haare lösten sich aus dem Zopf, weshalb sie ihn noch einmal neu band.

»Louise ist bereits dabei. Sie braucht mich nicht.«

»Louise?« Thea war irritiert, weil sie den Namen heute zum ersten Mal hörte.

»Louise Fairchild unterstützt mich als Ministrantin. Ich kann mich glücklich schätzen, dass sie jedes Jahr zu Weihnachten aushilft. Wären Sie früher nach Pendle gekommen, hätten Sie sie sicher ein paarmal getroffen.«

Thea ging ein Licht auf. »Ich verstehe. Trotzdem schaffe ich das hier allein. Sie sollen sich nicht den Rücken kaputt machen, Reverend.«

Er lächelte vergnügt. »Genauso sturköpfig wie der Vater.«

Thea schnaubte unauffällig und machte weiter, ehe er noch weiter über Nathan sprach. Sie wollte im Moment nichts darüber hören, weder von Hughing noch von Myrna oder Callan.

Ihre Schaufel stieß wenig später auf eine harte Barriere. Das musste der Sarg sein. Ein wenig mulmig war ihr schon zumute. Erst recht, da der Pfarrer gegangen war und nicht mehr kontrollierte, ob sie auch alles richtig machte. Vielleicht hätte sie ihn doch nicht wegschicken sollen.

*Ach, Quatsch! Du packst das!*, sprach sie sich Mut zu. *Du hast schon ganz andere Dinge geschafft. Zum Beispiel Mörder mit ihren Taten konfrontiert.*

Thea setzte sich in den Bagger und richtete die Schaufel so aus, dass sie den Sarg packen und vorsichtig anheben konnte. Danach würde sie Seile darunter befestigen und ihn stabilisieren, ehe sie ihn ganz heraushob. Gesagt, getan.

Innerlich jubelte sie, weil alles heil geblieben war. Der erdbeschmierte Sarg stand nun in sicherem Abstand neben dem Loch. Auf der anderen Seite türmte sich ein Erdhaufen auf.

Thea platzierte Warnhütchen rundherum, damit niemand aus Versehen in die Grube fiel und sich den Hals brach. Danach legte sie eine kurze Pause ein, um zu verschnaufen. Es war sowieso niemand weit und breit zu sehen, der sich vor Mr O'Connors Sarg erschrecken würde.

Sie setzte sich wieder hinters Steuer und betätigte gekonnt die Hebel. Der Sarg wurde an den Seilen hochgezogen. Alles hielt. Ihn herüberzufahren und in das Familiengrab abzulassen, war simpler als gedacht. Nun musste Thea bloß noch beide Löcher zuschaufeln, das Beet auflösen und den Grabstein entfernen. Namen und Daten würden in den alten, großen Stein der Familie eingraviert werden, sodass Mr O'Connor seinen nicht mehr benötigte und endlich wieder Teil der Familie war.

Wie selbstverständlich schaufelte sie das Grab zu und bedeckte den Toten wieder mit Erde. Für das letzte bisschen nahm sie die Schaufel und klopfte alles fest. Um das zerstörte Beet würde sie sich morgen früh kümmern und es direkt für den Winter eindecken. Dazu gehörten immergrüne Zweige der umstehenden Nordmanntannen, die für ein ordentliches Äußeres, aber auch für Schutz vor Frost und Auswaschung sorgten.

Als sie auch das alte Grab schließen wollte, versagte plötzlich der Bagger. Sie versuchte, den Motor neu zu starten, aber er röchelte bloß und verstummte dann endgültig.

*Mist, nicht ausgerechnet jetzt!*, dachte sie und seufzte tief. *Na, wenigstens ist Mr O'Connor wieder unter der*

*Erde.* Thea ließ das Gerät notgedrungen stehen und schnappte sich ihre Schaufel. *Dann eben oldschool …*

Sie sammelte die Hütchen wieder ein und stellte sie beiseite, bevor sie damit begann, den riesigen Erdhaufen zurück ins Loch zu schütten. Gleich bei der zweiten Schaufel hielt sie inne. Was war denn das?

Neugierig beugte sie sich herunter. Etwas Rotes blitzte durch die viele Erde. Sie steckte die Schaufel in den Haufen und sprang kurzerhand in das Loch. Jetzt war immerhin kein Sarg mehr darin. Da sie Arbeitshandschuhe trug, traute sie sich, einfach zuzugreifen.

Dieses Etwas wurde immer länger, war weich und voller Dreck und Löcher. Gleich darauf hielt Thea einen langen Schal in der Hand. »Was macht der denn hier?«, fragte sie sich laut und verstand die Welt nicht mehr. Vielleicht hatten hier einst ein paar Obdachlose oder Rowdys ihren Müll verbuddelt, ohne dass es jemand gemerkt hatte. Sie suchte nach weiteren Kleidungsstücken, die nicht in die Erde gehörten. »Moment mal …«

Sie legte den Schal beiseite und wühlte nun mit beiden Händen weiter. Es war nicht das erste Mal, dass sie ein Skelett fand, doch dieses Mal hielt sie ausgerechnet den Schädel in den Händen. Entsetzt hätte sie ihn beinahe wieder fallen lassen.

*Nur die Ruhe!,* sprach sie auf sich ein. Thea hörte ihren Puls deutlich im Kopf. *Das ist bloß der Überrest eines alten Grabes, über das man das von Mr O'Connor gelegt hat.* Aber was hatte dann dieser Schal noch bei der Leiche zu suchen? Legte man Polyesterkleidung mit in ein Grab, wenn sie doch nie richtig verrottete? Hatte der Reverend nicht erst gestern von den Seilen erzählt, die man genau aus diesem Grund wieder herauszog?

Sie drehte den Totenkopf einmal und keuchte leise, als sie die vielen Risse in der Schädelwand sah. Ein großes Loch klaffte in der linken Schläfe.

Thea legte ihn vorsichtig ins Gras und schlüpfte aus dem Handschuh. Ihre bebenden Finger waren inzwischen wieder starr vor Kälte. Es dauerte eine Weile, bis sie ihr Handy aus der Jackentasche gezogen hatte. Sie rief die einzige Person an, die ihr spontan einfiel.

»Hey, Thea! Bist du fertig? Wir würden gern mit dir zusammen ein paar Akten auswerten. Callan hat keine Ruhe gegeben, bis ich mich habe weichkochen lassen.« Myrna lachte geschlagen.

Thea atmete durch, ehe sie antwortete, weil sie zuerst ihr aufgeregtes Herz beruhigen wollte. »Ich befürchte, das muss warten. Wir haben einen neuen Fall.«

# 2. Kapitel

Myrna sperrte zusammen mit ihrem Kollegen den Fundort der Leiche ab und zog sich Handschuhe über, um zur näheren Untersuchung überzugehen.

Ein Blick auf den Schädel hatte ihre Alarmglocken schrillen lassen. Das Loch darin stammte auf keinen Fall von Nagetieren oder Bakterien. Die Knochen waren allgemein in einem guten Zustand und kaum zersetzt.

*Vielleicht hat man das Opfer erschossen*, überlegte sie. *Andererseits sind die Risse in der Schädelwand viel zu groß und ungleichmäßig verteilt.* Sie tippte eher auf stumpfe Gewalteinwirkung.

Neugierige Blicke streiften die Ermittler. Hier und da wurden Hälse gereckt. Myrna konnte Jolene Downing und Lucretia Miller in der Menschentraube erkennen. Sie hatten sich natürlich einen Platz in der ersten Reihe gesichert, standen aber weit voneinander entfernt. Zwischen ihnen schien es also immer noch zu kriseln.

»Und?«, fragte Thea, die am nächsten zu Myrna und Ward stand und die Hände tief in die Jackentaschen geschoben hatte. Bei jedem Wort stieß sie kleine Wolken aus. »Wer könnte das sein? Jemand aus Pendle?«

»Auf jeden Fall eine Person, die schon eine Weile unter der Erde liegt. Bei diesen Bodenverhältnissen verrottet das Fleisch aber recht schnell«, antwortete

Harrison und fuhr sich angespannt über den grau melierten Bart, ehe er ebenfalls Einweghandschuhe überstreifte und das Grab von außen sowie die nähere Umgebung in Augenschein nahm.

Nachdem die Spurensicherung und die Fotografen den Fundort freigegeben hatten, wagte sich Myrna mitten hinein, um den Boden der Kuhle zu untersuchen. »Es kann Jahre her sein, aber auch Monate. Ein Teil ihrer Kleidung, wie der Schal, ist noch erhalten. Vielleicht können wir herausfinden, wem sie gehörte und wo sie gekauft wurde.«

Myrna reichte Ward vorsichtig alles, was sie fand. Darunter war etwas, das wie ein Smartphone aussah. Sie machte sich nicht allzu große Hoffnungen, aber die heutige Technik konnte manchmal Wunder vollbringen.

Sie tüteten alles ein, und Ward half ihr wieder aus der Grube. Die schmutzigen Knochen wurden derweil in einem schwarzen Leichensack abtransportiert.

Der Sergeant plusterte die Wangen auf. »Das wird eine verdammte Fummelarbeit.«

Thea wippte vor und zurück. Sie bibberte sichtlich und streckte sich, damit sie hinter dem Absperrband noch etwas sehen konnte. Es gefiel ihr vermutlich nicht, ausgeschlossen zu werden, aber beim Fund einer skelettierten Leiche musste Myrna wohlüberlegt vorgehen, ehe Spuren verwischt wurden. Nach einer so langen Zeit in der Erde hatten sie ohnehin wenig. Sie setzte nun auf das Handy des Toten und seine Kleidung. Vielleicht gab es ein Etikett, das man zurückverfolgen konnte. Gesehen hatte sie auf den ersten Blick keines.

Sie erinnerte sich noch gut an Hope Fernsby, deren Knochen überall am Pendle Hill gelegen hatten, weil ein Sturm sie nach fünfzehn Jahren aus dem Boden geschwemmt hatte. Keine einfache Arbeit.

Thea lächelte erst wieder, als Reverend Hughing ihr eine wärmende Decke über die Schultern legte. Myrna war beruhigt. Sie wollte sich ganz auf den Leichenfund konzentrieren und sich nicht auch noch um ihre beste Freundin sorgen.

Danach beruhigte der Geistliche seine neugierigen Schäfchen und schickte sie erfolgreich fort. Sogar Jolene und Lucretia drehten ab. Myrna würde sich später bei ihm bedanken.

Sie stellte sich zu Thea und machte sich Notizen in ihrem Block. »Die Rechtsmedizin wird herausfinden, was mit dieser Person passiert ist. Ich glaube nicht, dass es sich um einen Obdachlosen handelt. Davon haben wir nicht viele in Pendle. Die Knochen müssen erst zusammengesetzt werden, um das ganze Bild zu betrachten und Geschlecht sowie Todesursache zu bestimmen.«

»Ich fahre zurück zum Revier und prüfe, ob ihn jemand als vermisst gemeldet hat«, sagte Ward und verabschiedete sich mit einem Nicken.

Er schnaufte, als er sich hinabbeugte, um unter dem Absperrband durchzuschlüpfen. Kein Wunder, wenn so viel Bauch im Weg war. Thea und Myrna wechselten amüsierte Blicke.

Endlich trat wieder Ruhe auf dem St. Benet's Churchyard ein. Reverend Hughing ging seiner Arbeit nach, genau wie Harrison und die anderen Mitglieder der Gemeinde. Zwei Kinder standen am Friedhofstor und versteckten sich mehr schlecht als recht. Sie fanden es allem Anschein nach spannend, Myrna bei der Arbeit zu beobachten. Als sie merkten, dass sie aufgeflogen waren, rannten sie kichernd davon.

Eisiger Wind streifte Myrnas Wange. Sie fröstelte nun auch.

»Was habt ihr alles gefunden?«, fragte Thea neugierig.

»Das sage ich dir, wenn ich mir sicher bin, dass wir damit weiterkommen. Außerdem will ich nichts davon auf deinem Blog lesen, solange wir nicht einmal die Identität des Opfers kennen. Der Gebissabgleich kann eine Weile dauern. Bis dahin ...« Sie legte einen Finger an die Lippen.

»War es denn Mord?« Thea ging langsam neben Myrna her. Sie klang wieder ganz begeistert.

Myrna hielt inne und musterte sie mit hochgezogener Braue. »Deine Euphorie in allen Ehren, aber ein Todesfall, sei es Unfall oder Mord, hat immer auch mit trauernden Verwandten, allerlei Bürokratie und wachen Nächten zu tun. Der Job eines Polizisten ist nicht gerade beneidenswert.«

»Darum kannst du dich ja kümmern. Ich möchte nur den Mörder finden und überführen. Meine Follower brauchen einen neuen Fall.«

Myrna kniff die Augen zusammen. »Du hast doch nicht etwa selbst für einen frischen Fall gesorgt?«

Thea hob unschuldig ihre Hände, als wollte sie sich ergeben. »Du weißt, dass ich das nie könnte. Außerdem wäre ich nicht so dumm und würde die Leiche an meinem eigenen Arbeitsplatz verstecken und ihren Fund dann auch noch selbst melden.«

Da war was dran. Myrna hätte ihre Freundin ohnehin nie ernsthaft verdächtigt. Dafür kannte sie sie zu gut.

Thea war zudem eine grauenhafte Lügnerin, weil sie die Wahrheit viel zu sehr schätzte. Dennoch musste man sie manchmal in ihre Schranken weisen, wenn sie wieder einmal das Gesetz beugen wollte, nur um ein paar Abonnenten auf ihrem Blog zu genügen.

Myrna richtete ihre Beanie, die ihre Ohren wärmte. Jedes Jahr im Winter war sie froh über ihre kurzen Haare, die dann weniger in Jacken und Pullovern einklemmten oder ihr elektrisiert um den Kopf flogen, wie es bei Theas langer Mähne der Fall war. Kein Wunder, dass sie diese fast immer im Pferdeschwanz trug.

»Verdächtigst du mich wirklich?«, fragte Thea kleinlaut.

»Die Rechtsmedizin und das Labor werden herausfinden, wann *John oder Jane Doe* starb. Sollte es vor dem letzten Frühling passiert sein, schließe ich dich natürlich aus, weil du, genau wie ich, erst dann nach Pendle gekommen bist. Wahrscheinlich kannten wir den Toten nicht einmal.«

»Aber jeder sonst in Pendle könnte es getan haben.« Thea hatte wieder einmal Myrnas Gedanken laut ausgesprochen. Ein vorwitziger Ausdruck trat in ihre braunen Augen.

Myrna schluckte. Sie musste es ihr sagen, auch wenn es Thea nicht passte. »Es tut mir leid, aber sollte das hier ein Gewaltverbrechen sein, ist dein Vater unser Hauptverdächtiger.«

»Mein ... Vater? Wieso das denn?« Sie schloss die Augen, als ihr ein Licht aufging. »Die Leiche lag unter dem Sarg. Er hat vor mir hier als Totengräber gearbeitet. Natürlich. Er war derjenige, der das Loch geschlossen hat.«

Myrna nickte ernst und sog die kalte Winterluft ein. Es wurde bereits am frühen Nachmittag dunkel, sodass sie die Miene der anderen nicht mehr so gut deuten konnte und die Augen zusammenkniff. Mit gemischten Gefühlen blickte sie zur Kirche hinauf, deren Glocke in diesem Moment schlug. »Warten wir zuerst die Ergebnisse ab. Alles der Reihe nach. Wenn es Mord ist, muss ich ihn dringend sprechen, und das nicht im Labyrinth unter dem Haus, sondern gesittet auf dem Polizeirevier.«

Thea biss sich auf die Unterlippe und senkte den Blick. Sie zitterte wieder. Myrna legte ihr den Arm um die Schultern und lächelte aufmunternd. »Na komm, lass uns die Decke zurückbringen und dann zu Hause eine heiße Schokolade schlürfen. Harrison übergibt erst in ein paar Stunden an mich. Ich habe also Zeit und muss vorher nur schnell die Beweise nach Preston schicken.«

Gemeinsam gingen sie zum Pfarrhaus und warteten auf Reverend Hughing. Myrna entgingen sein wachsamer Blick und das kurze Stirnrunzeln nicht, als er die Asservatentasche an ihrem Gürtel sah, in der der rote Schal lag. Er überspielte den Eindruck mit einem Lächeln und fing sich schnell wieder.

Myrnas Argwohn meldete sich als Bauchgefühl. Sie schüttelte es ab, um sich nicht selbst wieder in die Irre zu führen. Die Ergebnisse der Rechtsmedizin waren das Einzige, auf das sie fürs Erste setzte. Danach würde sie mit den Befragungen beginnen und Spuren auswerten.

Myrna hatte erst vor Kurzem am eigenen Leib erfahren, wie schlimm die Folgen sein konnten, wenn man voreilige Schlüsse zog oder zu nachsichtig war. Ihre Emotionen hatten sie getäuscht. Nie wieder würde sie Fehler wie diesen machen, hatte sie sich geschworen und sogar mit einem Jobwechsel geliebäugelt.

Natürlich hatte der alte Pfarrer nichts mit dem Todesfall zu tun – oder?

***

Callan traute seinen Augen nicht, als er ausgerechnet Jolene Downing auf seiner Türschwelle stehen sah. »Was machst du denn hier?«

»Ich sage es nicht gern, aber ich brauche deine Hilfe.«

Callan verschränkte die Arme vor der Brust und setzte eine möglichst skeptische Miene auf. »Hat es mit dem Knochenfund auf dem Friedhof zu tun? Was weißt du darüber? Vorher helfe ich dir nicht.«

Er ärgerte sich immer noch, dass seine Mutter ihn zu den Hausaufgaben verdonnert hatte, statt ihn zur St. Benet's Church gehen zu lassen, weil er sich gestern Nacht heimlich rausgeschlichen hatte. Das Blaulicht war mittlerweile wieder weg. Nun waren sie wahrscheinlich die einzigen beiden, die nicht Bescheid wussten, was vor sich ging.

Callan war plötzlich ziemlich nervös. Hatte man bemerkt, was er getan hatte? Waren sie deshalb gekommen? Aber würde man für diese Lappalie gleich einen Einsatzwagen schicken?

Jolene packte den Elfenbeinknauf ihres Gehstocks fester. Das Weiß ihrer Knochen trat durch die Haut und passte zu dem Totenkopf, den ihre Finger umschlossen. »Musst du mich denn immer gleich erpressen?«

Er zuckte gespielt gelangweilt mit den Schultern. »Eine Hand wäscht die andere. Na, wenn du nicht willst ...« Er wollte die Tür schließen, als ihr Stock vorschnellte und ihn daran hinderte.

»Moment, nicht so hastig!«

Callan hätte am liebsten gelacht. Jolene war wirklich simpel gestrickt. Sie hätte nie geklingelt, wenn es nicht dringend gewesen wäre.

Sie stöhnte genervt. »Na schön, wie du willst. Aber danach hilfst du mir bei meinem Problem. Sie haben Knochen in einem Grab gefunden ... Unter dem eigentlichen Sarg, meine ich.«

»Zwei Leichen in einem Loch?« *Also hat es doch nichts mit mir zu tun. Buíochas le Dia!*

Jolene nickte. »Sah ganz nach Mord aus. Der Schädel hatte ein Loch und sah ramponiert aus. Außerdem hat jemand die Leiche versteckt. Würde mich nicht wundern, wenn Nathan Shaw dahintersteckt. Noch ein Grund mehr, seinen Tod vorzutäuschen.«

Callan schluckte. Jolene und Lucretia gingen genauso fest davon aus wie er und Myrna, dass Nathan umherwandelte. Einzig Thea schien sich immer noch dagegen zu sträuben. Sie hatte großspurig angekündigt, der Sache auf den Grund zu gehen. Tja, Pustekuchen! Stattdessen stürzte sie sich in die Arbeit und kümmerte sich kaum um die Geheimnisse in ihrem Haus.

»Die Friedhöfe liegen voller Menschen, ohne die die Welt nicht leben konnte«, raunte er mehr zu sich selbst.

Ihre Stirn wurde faltiger, ihr Ausdruck strenger. »Hör auf, irische Sprichwörter zu schwingen, und lös endlich dein Versprechen ein. Ich will hier nicht ewig in der Eiseskälte stehen. Oder willst du dafür verantwortlich sein, dass mir die Finger abfallen?« Jolene meckerte und nörgelte ständig. Das war nichts Neues für ihn und auch nichts, was man ernst nehmen musste.

Callan überging ihren Einwand zunächst. »Weiß man, wer der Tote war? Aus Pendle ist niemand außer Hope Fernsby verschwunden, oder? Und immerhin ist sie dank Thea und einem Sturm wiederaufgetaucht.«

»Nicht dass ich wüsste, interessiert mich aber auch nicht. Hilfst du mir jetzt? Es ist dringend.« Sie drängelte immer mehr.

Callan kostete den Moment voll aus. Er ließ sie gern zappeln, weil sie es verdient hatte.

Nur zwei Mal, nämlich in den düsteren Tunneln unter Theas Haus sowie beim Rätsel um deren Vater, hatten Lucretia und Jolene seine Hilfe gebraucht. Ansonsten hielten sich die beiden Tratschtanten für gewöhnlich von ihm fern. Sie sprachen ohnedies schlecht über die Jugend und rümpften ihre Nasen, wenn er ihnen im Supermarkt oder auf der Straße begegnete.

»Um was geht es denn?« Callan lehnte sich an den Türrahmen und wartete gespannt.

So langsam bekam er kalte Hände. Callan sehnte sich nach der Wärme in seinem Zimmer. Dem Winter konnte er wenig abgewinnen, weil Pendle dann eingeschneit und noch verschlafener war als sonst. Einzig auf Weihnachten freute er sich, da die ganze Familie beisammen wäre und er seinen Vater endlich für ein paar Tage am Stück sehen konnte.

»Ich habe seit gestern einen neuen Gast, der WLAN verlangt. Nun weiß ich nicht, was ich machen soll.«

»Hast du überhaupt einen Router in deinem Haus?«

»Einen was?«

Callan lachte leise. »Ich meine das Ding fürs Internet.«

»Ach so, ja, das habe ich. Victor hat es vor vielen Jahren eingerichtet, aber ich kann nur über das Kabel ins Netz kommen.«

Callan entwarf kurzerhand einen Schlachtplan, um auch die restlichen Zimmer zu versorgen. »Ich kann dir alles einrichten und deinen Gästen mehr Freude bereiten. So etwas ist wichtig, um mit den modernen Motels Schritt zu halten.«

Jolene machte eine wegwerfende Geste. »Sie sollen sich hier erholen und nicht an ihren Teufelsgeräten kleben.«

»Und du glaubst, das können sie in einem beengten Cottage, das nach altem Knoblauch und Katzenurin riecht?«

Wieder hatte er sie sichtlich erzürnt. *Herrlich!*

»Wann kannst du anfangen?«, fragte sie gepresst. Immerhin bemühte sie sich, weniger patzig zu sein als sonst. Jolene brauchte ihn schließlich noch.

»Ich schaue es mir in den nächsten Tagen an, okay?«

»Wie wäre es gleich jetzt?« Sie ließ nicht locker.

Callan wollte eigentlich keinen Fuß in ihr Haus setzen. Das große Porträt ihres Vaters hing über dem Kamin und starrte ihn jedes Mal finster an. Er fühlte sich von diesem Mann beobachtet und eingeschüchtert.

Dennoch knickte er ein. »Na gut, ich komme nachher rum. Meine Mum zwingt mich vorher aber zu den Hausaufgaben. Meine Noten schleifen seit Kurzem.«

Jolene zeigte sich zufrieden.

*Jetzt oder nie!* Callan wollte sie längst auf ein anderes Thema ansprechen. »Warte mal!«

»Was denn noch? Wir haben unseren Deal doch.«

»Du hast von Hanks Unfall gehört, oder?«

»Natürlich. Er wurde umgefahren und läuft jetzt eine Weile mit einem Gipsbein herum. Wieso?«

Callan rieb sich die Hände und sah sich um, aber niemand tauchte in seinem Blickfeld auf. »Ich habe gehört, dass es Fahrerflucht gewesen ist.«

»Und? Komm gefälligst zum Punkt, Bengel!« Da war sie wieder, die vergrämte alte Frau.

»Es soll ein dunkelgrüner Volvo 66 gewesen sein, dessen rechter Scheinwerfer kaputt ist. Besitzt du nicht genau so einen?«

Es war wunderbar, ihr entgleistes Gesicht zu sehen. Sie fühlte sich ertappt. Natürlich war es ihr Wagen, den Callan vor ein paar Wochen auf dem Schrottplatz in der Nähe von Burnley entdeckt hatte. Myrnas Beschreibung passte perfekt.

»Das ... denkst du dir gerade aus. Ich habe Victors Wagen seit seinem Tod nicht mehr bewegt und besitze ihn nur noch, weil er ihm gehört hat. Das Auto steht in einer gemieteten Garage nicht weit von hier.«

Callan wurde noch eine Spur selbstsicherer. »Bist du dir da sicher? Hast du nachgesehen?«

Myrna hätte ihn sicher bereits gebremst, aber sie war weit und breit nicht zu sehen. Und wenn sie selbst es nicht schaffte, Jolene ein Geständnis zu entlocken, würde er es eben tun.

Sein Gegenüber war mittlerweile leichenblass geworden.

Callan setzte noch einmal nach, ehe er sie entließ. »Es würde mich nicht wundern, wenn du ein anderes Opfer deiner schlechten Fahrweise auf dem Friedhof vergraben hast.«

Jolene öffnete ihren Mund und schloss ihn dann wieder. Callan konnte sehen, wie es hinter ihrer Stirn arbeitete. »Opfer meiner ... *was*?«, rief sie. »Ich fahre weder Auto noch Rad, wie du weißt. Mein steifes Knie lässt das nicht zu. Was soll das hier werden? Versuchst du, mir die Fahrerflucht in die Schuhe zu schieben?«

»Aber du hast doch einen Wagen, der auf Evans' Beschreibung passt.«

Jolene biss die Zähne fest aufeinander. »Das denkt sich diese Städterin doch nur aus, um mir zu schaden! Sie braucht wohl einen Sündenbock. Sicher hat sie sich mit der kleinen Shaw einen Plan überlegt, es mir heimzuzahlen.«

»Evans' und auch Hanks Aussagen liegen bereits auf dem Revier. Der Fall ist noch nicht geklärt.«

»Woher weißt du überhaupt von dem Auto? Hast du mich etwa ausgekundschaftet? Wie nennt man das in deiner Sprache? Gehackt?«

Callan setzte eine Unschuldsmiene auf. »Das musste ich gar nicht erst. Also?«

»Also was?«, zischte sie und wollte gehen, aber er schnellte vor und hielt sie sachte am Arm zurück. Seine Socken saugten sich sofort voll Wasser. Jolene wehrte ihn ab und drohte mit ihrem Stock. »Fass mich noch einmal an und du bekommst zu spüren, zu was ich imstande bin! Nenn mich alt, aber wehrlos bin ich noch lange nicht!«

Er wich zurück, grinste jedoch. »Ist ja gut! Tut mir leid! Du benimmst dich aber ganz schön verdächtig.«

»Weil du von meinem Auto weißt und mich maßlos aufregst. Dank dir bekomme ich sicher bald einen Herzinfarkt.«

»So wie Lucretia, als ihr auf dem Friedhof wart und illegal gebuddelt habt?« Callan erwartete keine Antwort darauf, also bohrte er lieber an anderer Stelle weiter. »Aber wer hätte sonst mit deinem Auto fahren können, wenn du es nicht warst?«

»Das geht dich einen feuchten Dreck an!« Sie stapfte wütend davon. »Und wehe, du tauchst heute nicht auf!«, schrie sie ihm noch zu, ehe sie um die nächste Kurve bog.

Hatte er sich die Tränen in ihren Augen nur eingebildet? Callan hatte plötzlich ein schlechtes Gewissen, Jolene derart unter Druck zu setzen. Er war deutlich übers Ziel hinausgeschossen.

»Wer war das?«, fragte seine Mutter hinter ihm. Sie kam gerade aus dem Keller und hielt den Wäschekorb in den Händen.

»Ach, nur Thea, die mich etwas fragen wollte. Sie ist schon wieder weg«, antwortete er und schloss die Tür.

# 3. Kapitel

Die ersten Ergebnisse der Kriminaltechnik und der Rechtsmedizin erwarteten sie morgen. So lange konnten Myrna und Ward bloß mutmaßen und Nachbarn zu auffälligen Personen sowie Verschwundenen befragen.

Gemeinsam klapperten sie die Häuser ab, Jack Russell Terrier Harry immer an ihrer Seite. Der Kleine hatte ein Gespür für Geheimnisse, glaubte sein Besitzer.

Myrna schmunzelte jedes Mal, wenn sie die beiden zusammen sah. Harrison arbeitete vortrefflich, seit er den Vierbeiner mitnahm und auf ihn achtgab. Sie schienen sich gegenseitig gerettet zu haben: Harry den Sergeant vor dem Alkohol und Ward den Rüden vor dem Tierheim.

Myrna war nicht wohl dabei, an Mr Fernsbys Haus zu klopfen. Immerhin hatte er erst vor Kurzem seine jüngste Tochter beerdigen müssen.

»Guten Tag, Inspector. Was für eine schöne Überraschung!«, rief er und strahlte über das ganze Gesicht. Sein Haus war aufgeräumt und ähnelte nicht mehr dem Saustall vom letzten Mal. »Kommen Sie bitte herein. Susannah und Carlton sind bald hier. Wir kochen und verbringen den Abend zusammen. Ich ziehe nächsten Monat zu ihnen auf unsere Farm in Bentham. Dann ist die Familie endlich wieder vereint. Weihnachten werden wir aber alle in Pendle sein.«

»Das freut mich für Sie, Henry«, sagte Myrna mit einem Lächeln.

Auch Harrison sah man die Erleichterung deutlich an. Dass sich Henry endlich aus Pendle wegbewegte, war nur der Aufklärung rund um Hopes Todesfall und der Ergreifung des Täters durch *Churchyard Crimes* zu verdanken. Vorher hatte er immer gehofft, dass Hope eines Tages anklopfte. Nun schien sich Henry endlich von der Vergangenheit zu lösen und positiv in die Zukunft zu sehen.

»Wir wollen nicht stören«, meinte Myrna hastig. »Eigentlich haben wir nur ein paar Fragen.«

»Geht es um Hope?« Er wurde nun doch etwas bleicher um die Nase.

Myrna war froh, dass sein Gesicht weniger schattig aussah als im Frühjahr. Er hatte zugenommen, und seine Augen blickten endlich wieder lebendig drein. Die Gewissheit um das Verschwinden von Hope hatte aus ihm endlich wieder einen richtigen Menschen gemacht – auch wenn der Ausgang der Geschichte traurig gewesen war.

»Ihr Mörder sitzt weiterhin hinter Gittern, und daran wird sich auch nichts ändern«, erwiderte Harrison einfühlsam. Er legte seinem alten Freund die Hand auf die Schulter und drückte leicht zu. »Es geht um einen Knochenfund auf dem Friedhof.« Als er Henrys verwirrten Blick sah, fügte er hinzu: »Knochen, die dort nicht hingehören.«

»Oh ... Und wie kann ich dabei helfen? Hat dieser Fall etwa mit meiner Tochter zu tun? Ein zweites verschwundenes Mädchen?«

»Davon gehen wir nicht aus«, sagte Myrna. Sie hielt Notizblock und Stift griffbereit. »Wir fragen alle Bewohner nach verschwundenen Personen. In den Akten haben wir nichts gefunden außer ein paar verschollene Kinder, die wenig später wiederaufgetaucht sind. Außerdem natürlich Hopes Fall. Aber ist Ihnen sonst noch jemand im Gedächtnis geblieben, der vor einem Jahr oder länger plötzlich nicht mehr aufgetaucht ist?«

Henry überlegte, schüttelte aber den Kopf. »Ich glaube, ich kenne niemanden. Ach, da kommen Susannah und Carlton. Vielleicht wissen sie etwas.«

Händchenhaltend steuerten sie auf das Haus zu und begrüßten die Polizisten freundlich, aber distanziert. Myrna verzieh ihnen ihre kühle Fassade. Es war viel passiert, mit dem Thea und sie zu tun hatten. Kein Wunder, dass sie vorsichtig waren.

»Bedaure, aber wir kommen nicht so oft nach Pendle«, antwortete Susannah und verzog den Mund. Es war ihr anzusehen, dass sie die beiden am liebsten loswerden wollte.

Da sie bislang noch nicht einmal von einer Gewalttat ausgehen konnten, entschied sich Myrna für den Rückzug.

Ab sofort teilten sie sich auf und klingelten auf entgegengesetzten Straßenseiten an den Türen.

Ohne Ergebnis mussten sie wieder ziehen. Niemand hatte etwas bemerkt, jemanden gesehen oder gehört. Sobald sich ein Nachbar zu erinnern schien, stellte sich seine Antwort als falsche Spur oder Einbildung heraus.

Lucretia Miller machte ihnen nicht einmal auf, und auch nebenan bei Jolene Downing stießen sie auf taube Ohren. Aber die beiden hätten ihnen wahrscheinlich sowieso nichts gesagt.

Sie trafen sich am Abend in der Polizeistation. Zum Glück war wenigstens hier alles geordnet und störte Myrna nicht beim Denken. Seit sie den Wanddurchbruch für eine größere Küche gemacht und das verstaubte Archiv aufgelöst hatten, sah es hier endlich vorzeigbar aus.

»Was haben wir?«

Ward blätterte durch seinen Block und zeigte ihn Myrna. Er hatte sich zwei Punkte notiert, die durchgestrichen waren. »Nichts. Eine entlaufene Katze, und George Pearl hat seine Nachbarin bezichtigt, seine vor zwei Wochen beerdigte Ehefrau Thelma umgebracht zu haben. Der Alte spinnt leider. Er hat etwas davon geredet, die zwei gesehen zu haben, nannte mir aber ein Datum von vor einem Jahr, als seine Frau noch quicklebendig gewesen ist.«

»Ich weiß, aber er hat sie erst vor Kurzem verloren. Kein Wunder, dass er völlig durch den Wind ist. Wer ist denn seine Nachbarin?«

Ward verzog den Mund und seufzte tief. Harry winselte leise, bis sein Herrchen ihm erlaubte, auf seinen Schoß zu springen. Dort bekam er eine ausgiebige Streicheleinheit. »Jolene Downing.«

»Ich dachte, Lucretia wohnt neben ihr. Ich habe doch selbst monatelang bei Jolene ... gehaust.«

»Dann wird Ihnen sicher auch das Haus auf der anderen Seite aufgefallen sein. Es gehört den Pearls.«

»Ach, das windschiefe mit den fehlenden Dachschindeln?«

»Genau das.« Ward nickte bestätigend. »George und Thelma waren früher das Traumpaar schlechthin. Sie haben feuchtfröhliche Partys gefeiert. Jeder hat sie gemocht, weil sie immer herzlich waren. Seit die gute Thelma nicht mehr ist, geht es auch mit ihm zu Ende. Na ja, mit Mitte achtzig darf man auch ruhig etwas verschusselt sein, finde ich.« Harrison seufzte lang gezogen und senkte den Blick traurig. »Wir haben alle gedacht, dass George zuerst geht und nicht seine zehn Jahre jüngere Frau. Tja, so spielt das Leben.«

»Also müssen wir wohl wieder einmal mit Jolene sprechen.«

Myrna hätte liebend gern eine andere Aufgabe übernommen. Diese Frau entzog sich ihrer Befragung seit ein paar Wochen geschickt. Myrna würde besser Harrison vorschicken, um im Fall von *John Doe* voranzukommen. Ihm gegenüber würde Jolene hoffentlich etwas redseliger sein und eine Aussage machen. Noch ein Beweis dafür, dass Myrna ihren Biss verloren hatte und eigentlich auf die Ersatzbank gehörte.

Sie gingen am Pub vorbei, in dem – wie jeden Abend – reger Trubel herrschte. Durch das Fenster konnte Myrna Hank und seine Angestellte Candice beobachten, wie sie Ale ausschenkten und köstliche Burger verteilten. Im Hintergrund leuchteten die Whiskyflaschen. Leise irische Musik drang nach draußen. Es wurde gejohlt, gelacht und geschrien.

Myrna warf einen Blick auf die Gäste. Natürlich saßen Jolenes Sohn Brian und sein bester Freund Nate Custer in der ersten Reihe und schütteten den Alkohol in sich hinein, als wäre es Wasser. Die zwei Stammgäste vom ›Hills Inn‹ waren fast jeden Abend sturzbetrunken, aber vor allem aggressiv und vorlaut. Myrna hatte schon einige Male das Vergnügen gehabt.

Sie winkte Hank zu, als er sie durch das Fenster entdeckte und breit lächelte. Er erwiderte die Geste, aber Myrna schüttelte den Kopf, hob die Hände und tippte auf ihre Armbanduhr. Sie hatte leider keine Zeit zum Plaudern oder Knutschen. Nein, im Moment ging ihr Beruf vor, so schade es auch war.

Hank drehte sich weg, als ihn ein Gast ansprach und ablenkte.

Myrna riss sich mühsam los. Sie hätte zu gern in seinen breiten, starken Armen gelegen und seine Wärme gespürt. Das musste warten.

Sie bekam jedes Mal eine Gänsehaut, wenn sie nur daran dachte, wie Hank durch die Luft geschleudert worden und hart auf dem Boden vor dem Pub aufgeschlagen war. Er hatte ihr das Leben gerettet und sich selbst dafür in Gefahr begeben. In ihren Träumen hörte sie, wie das Auto beschleunigte und auf sie losraste. Das Quietschen der Reifen, der Geruch der Kupplung, ihr eigener markerschütternder Schrei ... Das alles war auch Wochen später so präsent in ihrem Kopf, als wäre es erst gestern passiert. Der grüne Volvo hatte sich seitdem in ihre Gedanken gebrannt und verfolgte sie bis in ihre Träume. Hank war mit dem Leben, ein paar gebrochenen Rippen und einem kaputten Bein davongekommen. Der Schreck darüber blieb bestehen.

»Sie denken an den Unfall, oder?«

Myrna erschrak. Sie hatte nicht träumen wollen. Als sie in Wards freundliches Gesicht sah, nickte sie niedergeschlagen. Er wusste nichts von ihrem Verdacht gegen Jolene, die laut Callan besagten grünen Volvo fuhr. Zuerst wollte sie selbst mit ihr reden. Dass diese Frau sie nicht leiden konnte, wusste Myrna. Vom ersten Tag an hatte sie sie feindselig behandelt. Aber einen Mordversuch traute sie ihr eigentlich nicht zu. Es musste mehr dahinterstecken.

Harrison breitete seinen Arm Richtung Straße aus. »Kommen Sie, Inspector, wir müssen weitermachen.«

»Tut mir leid, dass ich seit dem letzten Fall völlig durch den Wind bin.«

»Machen Sie sich nicht ständig so viele Gedanken. Hank geht es gut, und sein Bein wird wieder heilen. Haben Sie mir nicht erzählt, dass er seine Tochter seit Kurzem regelmäßig sieht? Konzentrieren Sie sich lieber auf die schönen Dinge im Leben.«

»Der Unfallfahrer ist trotzdem noch auf freiem Fuß. So lange ruhe ich nicht«, erwiderte sie eisern. Myrna rang sich ein zuversichtliches Lächeln ab, das im krassen Gegensatz zu ihrem inneren Sturm stand.

***

Erschöpft und völlig durch den Wind kam Thea nach Hause. Zu ihrer Überraschung stand Oakley in der Küche. Ein köstlicher Duft zog durchs Haus.

»Wie kommst du denn hier rein?«, rief sie fröhlich und ließ sich in eine Umarmung ziehen, die in einem langen Kuss endete.

»Dir auch einen schönen Abend. Ich habe Callan gefragt, ob er mich reinlässt, weil weder du noch Myrna zu Hause wart.«

»Entschuldige, es war ein langer Tag. Wir haben eine Leiche auf dem Friedhof gefunden.«

Er hob die Augenbrauen. »Das klingt jetzt erst mal nicht verdächtig.«

»Keine, die dort hingehört«, meinte Thea schmunzelnd. »Evans und Harrison untersuchen den mysteriösen Fall.«

»Und du bist nicht mit von der Partie? Sonst kann man dich doch kaum von einem Tatort wegbewegen. Was ist da los?« Das Lächeln wurde eine Spur breiter.

Thea legte Jacke und Tasche ab und ließ sich auf den Stuhl sinken. »Seit Hank fast umgebracht wurde und Evans sich selbst für unfähig hält, halte ich mich lieber an ihre Anweisungen. Na ja, zumindest jetzt.«

»Also kein Beitrag für ›Churchyard Crimes‹?«

»Ich habe es ihr versprochen. Wir wissen bis jetzt nicht einmal, wer das Opfer ist. Es soll nicht schon wieder im Internet stehen, bevor die Familie Bescheid weiß. Denk an Hope Fernsby.«

Oakley nickte und überprüfte sein Festmahl mit einem Blick durch das Ofenfenster. »Wir können bald essen.« Danach setzte er sich zu ihr. »Ich bin nicht nur deswegen hergekommen, sondern wollte mit dir reden.«

»Du klingst so ernst. Ist etwas passiert?« Thea hatte plötzlich Angst, dass er die Beziehung beendete, ehe sie richtig gestartet war. Sie wusste nicht, wohin mit ihren Händen, und legte sie im Schoß zusammen.

Oakley sammelte sich sichtlich. Sie konnte sich nicht ausmalen, was ihm auf dem Herzen lag. »Stimmt es, dass dein Vater noch lebt?« Er hatte die Bombe platzen lassen, ohne um den heißen Brei herumzureden.

Perplex öffnete sie den Mund und schloss ihn gleich wieder. Im ersten Moment wusste sie nicht, was sie sagen sollte. Wahrscheinlich entglitten ihr die Gesichtszüge.

Selbst Oakley ging davon aus, dass sie auf einen Schwindel hereingefallen war. Thea schämte sich für ihre Gutgläubigkeit. Bis zuletzt hatte sie sich eingeredet, dass Nathan in seinem Grab lag und er ihr aus Nettigkeit sein Haus vermacht hatte. Ihre anfängliche Skepsis und Neugier waren einer Angst vor der Wahrheit gewichen. So kannte sie sich sonst nicht, aber hier ging es immerhin um ihre Familie, ihre Achillesferse.

»Wer behauptet das nun schon wieder?«, fragte sie.

»Meine Tante. Sie und Jolene haben angeblich nur in seinem Grab geschaufelt, um zu beweisen, dass er nicht darin liegt. Sie ist nicht verrückt.«

»Das klingt allerdings ziemlich verrückt.« Thea rollte mit den Augen. »Nie hat man Ruhe vor den beiden. Haben sie sich eigentlich wieder vertragen?«

»Nein, und das ist auch besser so, wenn es nach mir geht. Jolene tut ihr nicht gut und hatte viel zu viel Einfluss. Seit sie keine Rolle mehr spielt, ist Lucretia zahm wie ein Reh.«

Thea glaubte das zwar nicht recht, beließ es aber dabei. »Ich weiß nicht, ob er mich reingelegt hat oder was er damit bezweckt. Evans hat auch schon auf mich eingeredet, dass sie Nathan unbedingt sprechen muss. Er hat den Sarg immerhin auf die Leiche eines anderen gesetzt. Vielleicht weiß er etwas oder ist sogar selbst der Täter.« Alles in Thea sträubte sich. Ihr Vater ein Mörder? *Nein!* Das durfte einfach nicht sein! Andererseits kannte sie ihn kaum und hatte nicht mehr als eine neblige Erinnerung von ihm im Kopf. »Was zauberst du da?« Sie deutete zum hell erleuchteten Ofen und lenkte vom Thema ab, um den Abend lieber zu genießen.

»Kartoffelgratin nach eigener Zubereitung. Ein altes Rezept, das ich in den Sachen meiner Mutter gefunden habe. So gedenke ich ihr.«

Thea fasste ihn bei der Hand. »Du wolltest mir noch erzählen, wieso du auf einmal den Dachboden durchwühlst. Ist etwas passiert, als Lucretia im Krankenhaus war? Du benimmst dich seitdem anders. Geht es um deinen Vater? Hast du eine Spur zu ihm gefunden?«

Oakley schluckte merklich, schüttelte aber den Kopf. Sein Lächeln war angespannt, und seine schönen blauen Augen leuchteten nicht wie sonst. Nervös fuhr er sich durch sein langes schwarzes Haar. »Du wirst das Rezept lieben! Ich habe es als Kind gegessen, bevor sie ... Ja, früher eben.« Er drehte sich zum Ofen und holte die Auflaufschale vorsichtig heraus.

Thea umarmte ihn noch einmal, als er außer Gefahr war, sich zu verbrennen. Sie hatte gedanklich so viel Zeit mit ihren eigenen verstorbenen Eltern verbracht, dass sie gar nicht mehr daran gedacht hatte, dass Oakley selbst erst seine Mutter Cynthia an den Krebs und später auch seinen Vater verloren hatte, der lieber auf Weltreise gegangen war, als seinen Sohn zu unterstützen. Kein Wunder, dass Lucretia bei Oakley für immer ein Stein im Brett hatte. Sie war immerhin seine einzige Bezugsperson und hatte ihn mehr oder weniger großgezogen.

»Es tut mir leid, dass ich nicht für dich da war, als du mich gebraucht hast.«

»Das mit meinen Eltern ist eine Ewigkeit her. Ich hätte nie für möglich gehalten, dass er mich kurz nach dem Tod meiner Mutter einfach sitzen lässt. Ich hätte ihn so gern gefragt, was er sich dabei gedacht hat. Du brauchst dich nicht für sein mieses Verhalten zu entschuldigen, Thea. Unsere Alten scheinen allgemein ein Faible für Geheimnisse zu haben. Und uns Kinder lassen sie es ausbaden.« Er räusperte sich und atmete durch. »Lass uns essen, ehe es kalt wird.«

Thea hoffte, dass sich die angespannte Stimmung bald legte. Sonst würde das hier kein schöner Abend werden.

***

Myrna stellte sich leicht versetzt hinter Harrison, als dieser noch einmal am Haus der Downings klopfte.

Dieses Mal wurde die Tür aufgerissen, und ein überraschter Callan stand vor ihnen.

»Nanu? Was machst du denn hier?«, fragten Myrna und Ward wie aus einem Munde.

»Ihr seid meine Rettung!«, zischte Callan so leise, dass Jolene ihn nicht hören konnte.

»Wer ist das? Schick sie weg, wir haben zu tun!«, keifte die Alte aus dem Hintergrund. »Wir kaufen nichts und haben kein Interesse an Religion, Krediten oder Politik!«

»Es ist die Polizei!«, antwortete Callan und plusterte die Wangen genervt auf. »Rettet mich, bitte!«, flüsterte er.

Myrna runzelte ihre Stirn wahrscheinlich genauso sehr wie der Sergeant. Selbst Harry legte den Kopf schief und beäugte die Szene neugierig.

»Soll ich die zwei hereinlassen?«

Sie hörten Jolenes Stöhnen, als sie aufstand. Mit einem kaputten Knie und einem alten Rücken sicher kein einfaches Vorhaben.

Argwöhnisch beäugte sie erst Harrison, dann Myrna. »Ihr steht für meinen Geschmack zu oft vor meiner Tür.« Callan wollte sich aus dem Staub machen. »Und du gehst erst, wenn du dein Versprechen eingelöst hast, Ire!«

»Was hat denn meine Nationalität damit zu tun?« Er verdrehte die Augen. »Du hast doch längst Internet. Ich bin fertig.«

»Dann trink deinen Tee aus. Es ist unhöflich, die volle Tasse stehen zu lassen.«

»Wenn du mir Milch für diese Teerpampe gegeben hättest, wäre sie bestimmt schon leer.«

Myrna räusperte sich. »Wir sind in einer ernsten Angelegenheit gekommen. Können wir drinnen weiterreden?«

»Nichts da!«, fauchte Jolene und hob drohend ihren Stock. »Lasst mich und Brian gefälligst in Ruhe! Der Junge hat nichts getan!«

Sie wechselten einen Blick. »Brian? Was hat dein Sohn mit den Knochen auf dem Friedhof zu tun?«, fragte Ward nach und zückte seinen Block.

Jolene presste die Lippen fest aufeinander. Im Hintergrund sah Myrna, wie Callan den Tee in eine Zimmerpflanze goss.

»Ich bin fertig hier«, sagte er daraufhin. »Deine Gäste haben ab sofort WLAN. Aber erhöhe bloß nicht die Zimmerpreise, die sind schon unverschämt genug.«

»Du ...« Nun erhielt auch er eine Drohung mit der Gehhilfe und duckte sich trotz seiner Größe geschickt darunter hindurch.

»Bis dann, Leute!« Callan warf sich seinen verbeulten schwarzen Rucksack auf den Rücken und flüchtete. Es fehlte bloß noch die Staubwolke wie in einem Cartoon.

Sie wandten sich wieder Jolene zu, die ihm streng hinterher sah.

Harrison ergriff das Wort. »Es geht um die Leiche, die auf dem St. Benet's Churchyard gefunden wurde.«

»Was geht's mich an?« Jolene verschränkte die Arme vor der dürren Brust. Ihre Abwehrhaltung war nichts Neues, also auch nicht verdächtig, sondern fast schon Normalität.

»Wir haben ein wenig herumgefragt, und dein Nachbar hat ausgesagt, dass du seine Frau Thelma umgebracht haben sollst.«

Endlich hatten sie Jolenes volle Aufmerksamkeit. »Wie bitte?« Sie kniff die Augen zusammen. »George hat sie doch nicht mehr alle! Der alte Greis spinnt seit ihrem Tod wohl. Ich habe Thelma nie angerührt.«

»Das habe ich auch behauptet«, erwiderte Ward eilig.

Myrna hielt sich unterdessen zurück, um sie nicht weiter zu provozieren. Solange Jolene ihnen nicht die Tür vor der Nase zuwarf oder sie beschimpfte, kamen sie immerhin voran.

»Und was soll diese Anschuldigung sonst bedeuten? Fragt besser George, wenn ihr einen Täter sucht!« Sie ging zum Angriff über. Eine Verteidigungsmasche, die

Myrna von zahlreichen Kleinkriminellen aus London kannte.

Ward versuchte, sie zu beruhigen. »Wir verdächtigen dich nicht. Wir brauchen vielmehr deine Mithilfe. Vielleicht hattest du das letzte und vorletzte Jahr Gäste, die interessant für uns sind. Eventuell war die verschwundene Person darunter.«

Jolenes Falten wurden weniger. Sie entspannte sich sichtlich. »Ach so. Sagt das doch gleich. Ich führe digital Buch darüber, seit Victor alles eingerichtet hat.«

»Können wir vielleicht gleich einen Blick darauf werfen?«, fragte Myrna freundlich.

Sofort bekam sie einen verhassten Ausdruck geschenkt. »Geh du lieber dahin, wo du hergekommen bist. Hier unterhalten sich zwei Gemeindemitglieder.«

»Ich gehöre genauso zu Pendle wie alle anderen auch.«

Jolene lächelte hämisch. »Einmal Städter, immer Städter. Du würdest nie verstehen, was es heißt, dörflich aufzuwachsen und eine enge Gemeinschaft zu bilden. Außerdem wirst du doch sowieso bald verschwinden, jetzt wo der ganze Ort weiß, dass du unfähig bist.«

»Aber, Jolene!«, rief Harrison entsetzt. Seine Kinnlade klappte herunter.

»Nicht, Harrison. Ist schon gut«, sagte Myrna schnell und bewahrte die Fassung. Sie atmete unauffällig durch und setzte ein Lächeln auf. »Dass man mich von Anfang an loswerden will, ist mir bekannt. Aber von einer grantigen Hexe wie Ihnen werde ich mich ganz sicher nicht verscheuchen lassen.« Myrna machte einen Schritt auf sie zu und funkelte von oben auf Jolene herab. »Ganz im Gegenteil: So ein Verhalten weckt erst den Killerinstinkt in mir«, raunte sie und wusste, wie einschüchternd sie trotz des Lächelns wirken konnte.

Jolenes Adamsapfel wanderte auf und ab, als sie schluckte. »Du kriegst die Liste morgen ... falls ich dann noch Lust dazu habe«, sagte sie an Harrison gewandt und deutete mit spitzem Finger zum Gartentor. »Und jetzt will ich meine Ruhe haben. Ihr versaut mir sonst das Geschäft, wenn ihr hier ständig aufkreuzt.«

Myrna sah, dass sich der Vorhang im ersten Stock bewegte. Sie kniff die Augen zusammen, konnte aber nichts außer einem dunklen Schatten in Menschenform erkennen. Sie wurden beobachtet. Kein Wunder, denn Jolene war nicht gerade leise gewesen.

Als sie gingen, fühlte Myrna den Blick der Alten im Nacken. Fast wäre sie mit Brian zusammengestoßen, dem sie nur knapp ausweichen konnte. Er hielt sich am Zaun fest, um nicht umzufallen. Seine Elvis-Frisur war durcheinandergeraten und seine Augen waren glasig. Er war allem Anschein nach betrunken und roch nach Ale, Schnaps und kalten Zigaretten. Myrna rümpfte die Nase.

Sie bemerkte, dass er ihrem Blick auswich und diesen sogar untertänig gesenkt hielt. *Eigenartig, sonst geht er keinem Streit aus dem Weg*, dachte sie, sprach ihn aber nicht darauf an. Myrna kannte Brian Downing als versoffenen Möchtegernrambo aus dem Pub. Zu einem normalen Gespräch zwischen ihnen war es nie gekommen.

Jolene zog ihren erwachsenen Sohn ins Haus und knallte die Tür so stark zu, dass Myrna meinte, die Fensterläden erzittern zu sehen. Von drinnen hörten sie laute Stimmen. Sie stritten. Nichts davon brachte die Polizei vorwärts, also beließen sie es bei einem Schulterzucken und verließen das Grundstück.

Myrnas letzter Blick glitt hinauf zu dem Fenster, das einst zu ihrem gemieteten Zimmer gehört hatte, doch die Vorhänge ruhten inzwischen.

***

Jolene packte Brian am Kragen und schnupperte an ihm. »Du hast schon wieder getrunken, und das am helllichten Tag!« Sie schlug ihm empört gegen den Arm.

Er wehrte ihre Hand ab und befreite sich aus ihrem Klammergriff. »Was willst du? Ich hab nichts ... getrunken.« Er hickste. Jolene wurde beinahe übel bei seinem Gestank.

»Wir haben einen Gast, also benimm dich gefälligst!«, zischte sie mit einem Blick nach oben.

»Is mir doch egal.« Er nuschelte, schwankte und konnte ihr nicht klar in die Augen sehen.

Jolene schämte sich für ihren Sohn. Brian war Mitte dreißig und setzte mit der Trinkerei seine Arbeit und sein Leben aufs Spiel. Dieser Nate hatte einen miserablen Einfluss auf ihn. Schon von Kindesbeinen an hatte sein bester Freund ihn nur in Schwierigkeiten gebracht.

Jolene nahm sein Gesicht in beide Hände und zwang ihn, sie anzusehen. »Brian, hast du dir in letzter Zeit das Auto deines Vaters geliehen?«

Sie kannte ihren Sohn in- und auswendig. Er brauchte nichts zu sagen, ein Blick in seine Augen genügte. Ein Flackern ließ seine Iriden schimmern, ehe sich wieder ein dunkler Schleier darüberlegte. Er hatte sie verstanden.

»Ich geh schlafen«, murmelte er und riss sich los. »Bin müde.« Schlurfend erklomm er die knarrenden Stufen.

Kurz darauf kam die trällernde Emilia nach unten. Sie trug ein eigenartiges, buntes Wollkleid und dazu eine farblich völlig unpassende Strumpfhose. Wieder sah sie aus, als wäre sie in einen Farbkasten gefallen. Jolene hatte einmal Bilder von einer Comic Convention gesehen. Dort rannten auch so viele bunt gekleidete Menschen mit Hüten und Masken herum und sollten an japanische Monster oder Zauberer erinnern. Ganz verstanden hatte sie es nicht.

»Habe ich da eben noch jemanden gehört? Sind weitere Gäste angereist?«

»Das war nur mein Sohn. Lass dich von ihm nicht stören.«

»Ich doch nicht. Wir sehen uns nachher. Ich gehe spazieren und vertreibe mir die Zeit.« Emilia lächelte breit. Erst jetzt sah Jolene, dass sie eine kleine, markante Lücke zwischen den Schneidezähnen hatte.

Emilias gute Laune ging ihr gehörig auf den Zeiger. Sie war froh, wenn sie wieder abreiste. Andererseits brauchte sie das Geld. Eine Zwickmühle. Jolene musste jeden Gast dankbar empfangen, und sei es noch so ein Spinner.

Sie machte bloß eine wegwischende Geste, die ein Tschüss sein sollte, und grummelte etwas, das sie selbst nicht verstand.

An der Tür drehte sich Emilia um und band sich ihre rosa Haare zu einem Zopf. »Danke für das WLAN. Das ist hier draußen nicht selbstverständlich. Hat Ihnen Callan Healy geholfen?«

»Woher kennst du ihn? Bist du mit ihm befreundet?«

»Nicht direkt.« Sie zwinkerte geheimnisvoll. »Aber das werde ich bald ändern. *Churchyard Crimes* muss doch zusammenhalten. Erst recht im Fall der Friedhofsknochen.«

»*Churchya*...« Emilia war fort, bevor Jolene nachhaken konnte. Und eigentlich war es ihr auch egal.

Ihre einzige Sorge galt nun einem anderen Menschen. Mit zitternden Fingern sah sie in der Schachtel auf ihrer Kommode nach, in der die Autoschlüssel lagen – oder besser liegen sollten. Sie fehlten. Stattdessen traf sie die Gewissheit mit ungeahnter Härte. Jolene musste sich setzen.

Ihr verängstigter Blick glitt zur Treppe. *Was für eine Dummheit hast du jetzt wieder begangen?*

# 4. Kapitel

»Wir haben endlich Sam Farrells Bericht aus der Rechtsmedizin«, verkündete Myrna zwei Tage später und ließ den Drucker heiß laufen. »Es handelt sich um eine Frau Ende fünfzig bis Anfang sechzig, die seit etwa einem Jahr unter der Erde liegen muss. Keine Auffälligkeiten an den Knochen außer die Wunden am Kopf. Nichts, was auf eine Identität schließen würde. Schade.«

Harrison rollte mit seinem Stuhl herüber, sodass sie den Autopsiebericht gemeinsam lesen konnten. »Stumpfe Gewalteinwirkung, wie Sie vermutet haben, Evans. Der Frau wurde mehrmals auf den Hinterkopf und zuletzt auf die linke Schläfe geschlagen, bis der Knochen brach, und zwar mit einem harten Gegenstand, der nicht gefunden wurde.« Er schüttelte sich und langte nach der Kaffeekanne auf dem Nebentisch. »Schaurige Vorstellung. Die Tatwaffe fehlt uns jedenfalls genauso wie ein Motiv und ein Name.« Er schenkte Myrna reichlich nach.

Sie bedankte sich und blätterte weiter durch den Bericht voller Zahlen und Fremdwörter. »Das große Loch wurde wahrscheinlich bei der letzten Attacke hineingeschlagen und hat sie getötet. Dabei ist ihr Pterion eingedrückt worden.«

»Das was?«, fragte Ward verständnislos.

Myrna zeigte ihm die empfindliche Stelle an der Seite, an der sich Stirn-, Scheitel-, Schläfen- und Keilbein trafen. »Das ist der schwächste Teil des Schädels. Hier ist die Knochenwand besonders dünn. Sam geht davon aus, dass der traumatische Schlag auf das Pterion die mittlere Hirnhaut-Arterie durchtrennt oder zumindest beschädigt hat. Die Folge wäre eine Hirnblutung gewesen. Das sind aber alles Vermutungen. Wir haben ja leider nur noch Knochen. Wenn wir bloß wüssten, womit sie umgebracht wurde ...«

»Vielleicht mit einem Ziegelstein.« Wards Vorschlag klang plausibel. »Das Loch muss von einer Ecke oder Spitze stammen, sonst würde die Fraktur anders aussehen.«

»Sie haben recht. Und metallische Spuren hat man nicht gefunden. Ich gehe auch nicht von einem Hammer oder der Spitzhacke aus, die Thea im Schuppen neben dem Pfarrhaus aufbewahrt. Ein Stein klingt da schon realistischer. Selbst wenn die Mordwaffe bis heute auf dem Friedhof liegt, könnten wir jetzt ganz sicher keine DNA mehr daran finden, weder vom Täter noch vom Opfer.« Myrna fuhr mit ihrem Finger über die Fotos des Schädels. »Ihr Mörder war höchstwahrscheinlich Rechtshänder, wenn er sie auf der linken Seite getroffen hat.«

»Das ist fast jeder in Pendle.« Ward sah auf. »Verdächtigen Sie sie?«

»Thea? Sie war zum Zeitpunkt des Todes gar nicht in Pendle, also erübrigt sich die Frage. Der Tod muss im Dezember letzten Jahres eingetreten sein, schreibt Sam. Alle anderen hingegen sind verdächtig, sogar Sie, mein lieber Sergeant.« Sie stupste ihm verspielt in die beleibte Seite, woraufhin er zusammenzuckte. »Sind Sie etwa kitzlig, Harrison?« Myrna grinste frech.

»Nutzen Sie das ja nie zu Ihrem Vorteil aus, Inspector. Ich habe einen strengen Bewacher.« Sie drehten sich zu Harry, der seelenruhig in seinem Körbchen schlief. »Na ja, meistens jedenfalls.«

»Lassen Sie uns zusammenfassen, was wir bis jetzt haben.«

Ward räusperte sich und schrieb ein paar Punkte nieder. »Die Tote stammt wahrscheinlich nicht von hier, sonst hätte man sie vermisst. Ich hätte zumindest etwas gehört.«

»Und in den Aktenbergen ist damals ganz sicher nichts weggekommen? Ich erinnere nur an den Fall Hope Fernsby, deren Akte verdächtig dünn gewesen ist.«

»Man dachte ja auch, dass Hope getürmt ist. Ich konnte es nicht ahnen«, grummelte Ward.

Ein wunder Punkt, aber da musste er durch. Immerhin hatte erst Myrna Ordnung in das Chaos gebracht, das er Ermittlungsarbeit genannt hatte. Sie wollte nicht wissen, wie viele offene Fälle noch in diesen Akten schlummerten. Bei Gelegenheit würde sie den Computer durchsuchen. Vielleicht war auch etwas Interessantes für Theas Blog darunter.

»Wir sollten die Suche auf ganz Großbritannien ausweiten«, meinte sie.

»Das dauert ewig und bringt sicher viele falsche Fährten.«

»Aber wir haben Alter und Geschlecht des Opfers. Zumindest können wir dadurch eine Menge Leute ausschließen.«

»Falls sie überhaupt vermisst wurde«, erwiderte Harrison nachdenklich. »Vielleicht war sie alleinstehend und ohne Freunde, hatte keine Wohnung und auch keine Arbeit.«

Myrna glaubte immer noch nicht an eine Obdachlose, die sich zufällig auf dem abseits gelegenen Friedhof von Pendle aufgehalten hatte. Und wer hätte einer solchen bemitleidenswerten Person schon den Schädel zertrümmern sollen? Nein, das passte alles nicht zusammen.

»Diese Tat geschah aus Hass. Sonst hätte niemand gleich mehrmals brutal zugeschlagen. Der Täter wollte ihren Tod um jeden Preis.«

»Sie könnte jemanden bestohlen haben, der sich verteidigt oder gerächt hat«, plauderte Ward munter weiter. »Oder andersherum: Jemand wollte *sie* bestehlen. Immerhin fehlte ihre Tasche.«

»Dann hätte ihr Goldschmuck ebenso gefehlt, aber den haben wir gefunden.«

Geschickt warfen sie sich die Bälle zu, drehten sich aber im Kreis. Noch war alles möglich und jeder verdächtig.

Myrna raufte sich den Pixie. »Wir stochern im Nichts!«

Harrison schob ihr die Kaffeetasse rüber. »Nur nicht verzweifeln. Sie können es noch, glauben Sie mir. Sie haben nur vergessen, wie gut Sie sind.«

Dankbar nahm sie einen Schluck und beruhigte sich tatsächlich. Ihre ständige Unsicherheit machte Myrna fast wahnsinnig. So gut wie jeder im Borough sprach ihr Mut zu und erinnerte sie daran, was für eine tolle

Polizistin sie war, aber sie selbst hatte einen ganz anderen Eindruck.

Seit sie nach Pendle gezogen war, ging es drunter und drüber in ihrem Leben, sowohl privat als auch beruflich. Myrna hatte Grenzen überschritten, die sie in London nie überschritten hätte, war Wege gegangen, für die man sie abmahnen könnte. Und sie war viel emotionaler geworden als in der Hauptstadt. Vielleicht lag es daran, dass sie endlich echte Freunde gefunden hatte und weit weg von ihrer kühlen Familie war, die lieber gesehen hätte, dass sie Anwältin wurde, statt Verbrechern nachzujagen.

Myrna dachte nach, fuhr sich noch einmal ruhiger durchs Haar und richtete ihre Frisur. *Okay, konzentrier dich*, ermahnte sie sich. »Die rohe Gewalt lässt auf einen Mann schließen, aber auch eine Frau hätte diese Tat begehen können. Das Opfer wurde feige von hinten attackiert. Der Mörder hat den Überraschungseffekt genutzt, um sich einen Vorteil zu verschaffen. Wir können zu diesem Zeitpunkt leider nur mutmaßen. Was ist mit Mr Pearls Aussage bezüglich seiner Frau? Hat Jolene die Gästeliste inzwischen ausgehändigt?«

»Noch nicht, aber ich werde dranbleiben.« Er tippte sich mit dem Kugelschreiber gegen die Schläfe und landete zufällig genau auf dem Pterion. »Und wir müssen den Reverend befragen. Vielleicht war die Tote eine Kirchgängerin. Er kennt normalerweise jeden, der zu Besuch war, und vergisst selten ein Gesicht.«

*Wenn wir mal ein Gesicht von ihr hätten*, dachte Myrna. »Was ist mit den Kleidungsstücken und ihrem Schmuck?«, fragte sie und fuhr mit dem Finger über das Papier, bis sie die Stelle selbst gefunden hatte.

»Keine DNA, nicht einmal von ihr selbst. Die Zeit hat alle Spuren verwischt. Schade.«

»Waren Etiketten dabei?«

»Leider nein, also ist das eine Sackgasse. Wobei ...« Myrna suchte sich einen Punkt irgendwo an der Wand. Sie konzentrierte sich auf ihre Erinnerung und sah das Gesicht des Pfarrers nun klar vor sich. Sein Stirnrunzeln und diese leichte Erkenntnis in seinen Augen waren ihr sofort aufgefallen.

»Wobei was?« Wards Mund blieb vor Spannung offen stehen.

Myrna lächelte wieder. »Sie kümmern sich um Jolene und machen ihr Druck wegen der Liste, während ich noch einmal mit Thea spreche. Wir treffen uns im Anschluss bei Reverend Hughing in St. Benet's.«

»Wieso ausgerechnet Alethea? Weil sie die Leiche gefunden hat?«, fragte er irritiert. »Ich dachte, wir können sie als Täterin ausschließen.«

»Sie ja, aber ihren Vater nicht. Vor einem Jahr war er der Totengräber und für ebenjenes Grab zuständig.«

»Leider müssen wir raten, was er sagen würde. Oder haben Sie Kontakt über ein Medium?« Er gluckste und kratzte sich am Kinn.

»Müssen wir das denn?« Myrna bedachte Harrison mit einem vielsagenden Blick.

Es dauerte etwas, bis sich die Rädchen in seinem Kopf zu drehen begannen. Er starrte sie entgeistert an. »Aber ... Sie glauben doch nicht etwa diese Spinnereien von Lucretia und Jolene? Das sind Hirngespinste von alten Frauen, nichts weiter. Sie waren dehydriert und viel zu lange da unten in den Tunneln.«

»Ich glaube in erster Linie mir selbst, und ich habe Nathan Shaw mit eigenen Augen gesehen, als ich vor einem Wahnsinnigen geflüchtet bin.«

»Sie waren in Panik und hatten eine üble Schulterverletzung. Der Schmerz hat Ihnen sicher Streiche gespielt. Ich möchte das auch gar nicht verharmlosen, aber Nathan Shaw ist und bleibt beerdigt. Da können noch so viele in seinem Grab wühlen. In Pendle gab es immer schon Gerüchte und Geschichten von Hexen, auferstandenen Toten und Außerirdischen. Lassen Sie sich bitte nicht davon anstecken. Sie sind eine der letzten normalen Personen hier.«

»Machen Sie mir etwa gerade ein Kompliment?« Sie grinste amüsiert.

»Seien Sie froh, dass Sie von außerhalb kommen. Wenn Sie mit diesem Wahnsinn aufgewachsen wären, sähe die Lage anders aus.« Er ließ seinen Finger neben seiner Schläfe kreisen und verdrehte die Augen. »Nachher wollen Sie mir noch etwas von einem Goldschatz unter dem Chamberling-Anwesen erzählen. Ich habe Lucretia wirklich gern, aber manchmal geht die Fantasie mit ihr durch.«

Myrna lächelte besonnen. Es brachte nichts, Ward von ihrer Meinung überzeugen zu wollen. Sie würde erst beweisen müssen, dass Nathan nicht in seinem Grab lag. Noch ein Grund mehr, dem Pfarrer, Shaws bestem Freund und Vertrauten, auf den Zahn zu fühlen.

***

Peter sah Louise dabei zu, wie sie mit größter Sorgfalt die Kerzen aufstellte und entzündete. St. Benet's erstrahlte dank eines großen beleuchteten Sterns über der Pforte wieder in weihnachtlichem Glanz, und auch im Kirchenschiff flackerten nun warme Lichter, die urige Schatten an die Wände warfen. Alles war wie in den Jahren zuvor ... Na ja, fast alles.

Der Gottesdienst rückte näher, und es war bereits dunkel draußen. Ein paar vereinzelte Besucher saßen in den Bankreihen und beteten still für sich. Peter freute sich immer über Gäste im Hause Gottes, doch dieses Mal wäre ihm mehr Zeit zum Nachdenken lieber gewesen.

Lächelnd lobte er Louise und entschuldigte sich für einen Moment. Ihm entging der besorgte Blick aus ihren großen grauen Augen nicht. Fast schreckhaft sah ihn der schüchterne Teenager an. Natürlich hatte sie von dem Skelettfund erfahren und machten sich sicherlich Sorgen, wie es nun für sie und auch die Kirche weiterging.

Peter ging im Nebenzimmer seinen Text durch, den er möglichst frei vortragen wollte, um eine vorweihnachtliche Stimmung zu erzeugen. Dabei glitten seine Gedanken ständig zu Susan Mcanally ab. Sie fuhren regelrecht Karussell in seinem Kopf, der auch nachts nicht zur Ruhe gekommen war.

Konnte es wirklich wahr sein, dass sie dort gelegen hatte? *Nein! Bloß nicht!* Wenn herauskäme, dass er sich kurz vor ihrem Verschwinden mit ihr gestritten hatte, wäre er sofort der Hauptverdächtige. Wer würde dann noch seine Messe besuchen?

Ein Rascheln am Fenster ließ ihn zusammenfahren. Als er die Person dahinter erkannte, sprang er auf und bereute es im selben Moment wieder. Sein alter Rücken knackte heftig und schmerzte.

»Was willst du hier? Ich habe dir schon tausendmal gesagt, dass du nicht einfach durch Pendle spazieren sollst. Wieso bleibst du nicht auf dem Dachboden?«, flüsterte er streng.

Eiskalte Luft strömte ins Zimmer und ließ ihn frösteln.

»Ich konnte nicht mehr still sitzen. Was hat es mit diesen Knochen auf sich? Wer war das? Hast du etwas damit zu tun?« Die Fragen prasselten nur so auf ihn ein. »Wir können uns keine Fehler erlauben, Peter. Nicht jetzt. Ich habe Thea endlich da, wo ich sie haben wollte.«

»Und ich habe rein gar nichts getan, was verboten gewesen wäre. Denk an meinen Beruf.« Er hatte das Gefühl, sich vor seinem Freund verteidigen zu müssen.

Ein tiefes Lachen ertönte. »Als wäre das jemals hinderlich gewesen. Es gibt sicher so einige Geistliche da draußen, die sich nicht an die Regeln halten. Denk an Josh Palmer, diesen Widerling. Wir sind alle nur Menschen, und Menschen sind von Natur aus schwach.«

Peter atmete durch. Sein Herz raste ungesund. Er wollte nicht wie Lucretia im Krankenhaus enden, also versuchte er, sich zu beruhigen, indem er sich eine Tasse Tee einschenkte.

»Und? Was ist nun mit diesem Leichenfund auf deinem Friedhof? Welches Grab war es? Und wieso lag unter dem Sarg noch eine weitere Leiche?« Fast klang er panisch. Er ahnte offenbar, was dieser Fund bedeutete und welche Schlüsse die Polizei ziehen würde.

»Es war das von Mr O'Connor. Alethea wollte ihn umbetten und ist dabei über die Knochen gestolpert.« Peters Hand zitterte. Er verschüttete einen Teil des Tees auf der Tischdecke.

»Du willst damit doch etwas andeuten, oder? Schiebst du mir etwa die Schuld in die Schuhe? Ein feiner Herr Pfarrer bist du! Wer ist das da in dem Grab gewesen?«

Peter konnte nicht mehr an sich halten und drehte sich schwungvoll um. Wieder knackte sein Körper, aber es war ihm dieses Mal gleich. »Sag du es mir! Was hast du mir eingebrockt? Ich dachte, wir haben keine Geheimnisse voreinander!«

»Ich?«, rief sein Gegenüber mindestens so entsetzt aus und schien erstaunt. »Ich habe nichts damit zu tun und auch nie etwas bemerkt. Wir werden von jemandem zum Narren gehalten. Bitte glaub mir.«

»Das tue ich, und zwar von Anfang an. Aber dann musst du mir auch glauben, alter Freund.«

Der andere senkte seinen Kopf. »Es tut mir leid, dass ich hierhergekommen bin, aber was sollte ich denn sonst machen? Mich hat niemand gesehen, also kannst du dich wieder beruhigen.«

Peter rollte mit den Augen. »Du gehst ein zu hohes Risiko ein, dabei warst du immer derjenige, der betont hat, wie wichtig es ist, dass Alethea nichts bemerkt. Plötzlich geisterst du durch die Tunnel, zeigst dich allen möglichen Leuten und schleichst dich zur Kirche. Hast du deinen Plan etwa geändert?«

»Nein.«

»Dann geh lieber wieder zurück. Ich kann dich nicht auf ewig verstecken.« Peter sah in sein nachdenkliches Gesicht.

»Wie du willst. Aber ich muss unbedingt wissen, wer die Person war und auf welche Weise sie gestorben ist. Vorher ruhe ich nicht.«

Peter resignierte. Er würde ihn ja doch nicht davon abbringen können. Außerdem hatte er genug eigene Sorgen, jetzt, da es fremde Knochen und womöglich ein Gewaltverbrechen auf seinem Friedhof gegeben hatte.

Es klopfte. »Reverend? Sind Sie da?« Louises Stimme klang gedämpft.

Peter sah erschrocken zur Tür und dann zurück zum Fenster, aber sein Freund war fort und hatte ihm nichts als Schnee und Kälte dagelassen.

Weiße Flocken tanzten im Licht der Deckenlampe. Ihr fahler Schein reichte bis zur Hecke vor dem Fenster. Gleich dahinter lag die Friedhofsmauer.

»Ich ... Ich bin gleich da!«, antwortete er und verringerte das Zittern, indem er ganz ruhig atmete und einen Schluck Tee trank. »Um was geht es denn?«, fragte er sie durch die Tür. Sein Blick wanderte zu dem Kreuz an der Wand. *Der Herr ist mein Zeuge, dass ich kein schlechter Mensch bin.*

»Ich brauche noch eine Anweisung für den Gabentisch. Wieder so wie im letzten Jahr oder anders? Und jemand hat den Esel aus der Krippe gestohlen.«

Peter schloss die Augen und lächelte traurig. Das war sicher wieder der kleine Dan Hammond gewesen. Er machte sich jedes Jahr einen Spaß daraus, eine Figur aus der Krippe zu stehlen, die in seine eigene daheim passte. Die Familie hatte wenig Geld, weshalb Peter hier und da ein Auge zudrückte.

»Ich kümmere mich später selbst um den Gabentisch und die Angelegenheit mit der Figur! Danke, Louise!«

Er lauschte ihren leiser werdenden Schritten. Kurzerhand holte Peter eine Flasche Rum aus dem Schrank und schüttete etwas davon in seinen Tee. Er war kein Trinker, aber er wollte seine flatternden Nerven beruhigen.

***

Thea klickte sich zufrieden durch ihre prall gefüllte Kommentarspalte. Jeder neue Kriminalfall brachte ihr mehr Follower ein und machte aktuell ihren Blog zu einer der beliebtesten Seiten.

Insbesondere ›Wookieeboy‹ – Fan der ersten Stunde und unverbesserlicher ›UFO-Spinner‹ – verlangte nach einem neuen Fall, jetzt wo der letzte gelöst war und der Wintereinbruch nahte. Wenn es kalt war, saßen viele User vor ihren Geräten und forderten Unterhaltung ein.

Es juckte ihr in den Fingern, von den Knochen zu erzählen, aber sie wusste noch zu wenig, um den Beitrag interessant zu gestalten. Stattdessen fügte sie ihre neue Theorie zu Estefania Gutiérrez Lázaro hinzu, die nach einer Ouija-Séance mit ihren Freunden besessen gewesen zu sein schien und schließlich an einer nicht geklärten Todesart im Krankenhaus verstorben war. Auf ihrer Geschichte basierte der spanische Horrorfilm *Verónica*.

Thea zuckte zusammen, als ein Schatten an ihrem Fenster vorbeihuschte, der sich trotz der Dunkelheit deutlich abzeichnete. Sie legte den Laptop beiseite und griff beherzt nach dem Schürhaken. Seit sie mehrmals Opfer von Einbrüchen geworden war und jemand durch die Tunnel in ihr Haus eindringen konnte, war sie umso vorsichtiger geworden.

Der Schatten formte sich vor der Haustür, doch ein Schlüssel klapperte nicht. Also waren das weder Callan noch Myrna. Thea hielt ihre Waffe griffbereit und lugte durch das Glas. Sie wusste nicht, wie sie reagieren würde, wenn auf einmal ihr toter Vater vor ihr stand. Würde sie ihn überhaupt erkennen?

Sie riss die Tür auf. »Entweder du klingelst, oder du gehst.« Ihre herrische Begrüßung zeigte Wirkung, allerdings nicht die, die sie erwartet hatte.

Das rosahaarige Mädchen kicherte und schien sich sogar zu freuen. »Typisch Alethea Shaw. Freut mich, dich kennenzulernen.« Sie streckte ihr die Hand hin und schien sich nicht an der spitzen Waffe zu stören.

Verunsichert griff Thea zu und schüttelte sie kurz. »Und wer bist du?«

»Emilia Tremblay. Du kannst mich ruhig Ems nennen.«

»Kommst du aus Kanada? Was machst du hier in Pendle und auf meiner Veranda?«

»Mein Vater ist Kanadier. Von ihm habe ich den Nachnamen ... und den leichten Akzent.« Sie lächelte noch immer und wurde Thea langsam unangenehm. Irgendetwas stimmte mit der doch nicht! »Ich wohne seit ein paar Tagen drüben bei Mrs Downing.«

»Mein herzliches Beileid.«

Emilia winkte entspannt ab. »Sie gibt sich die größte Mühe, mich zu hassen, aber auch diese Schale werde ich irgendwann knacken. Wenn ich es nicht besser wüsste, würde ich meinen, dass sie aus einer fernen Galaxie stammt.«

»Diese alte Hexe kommt wohl eher aus dem Mittelalter. Wie kann ich dir helfen? Du bist doch sicher aus einem bestimmten Grund hier.« Thea stellte den Haken beiseite und verschränkte die Arme. Das war weniger angriffslustig, aber immer noch defensiv genug.

Emilias dunkelblaue Augen strahlten und wurden immer größer. »Pendle ist so ein faszinierender Ort, nicht wahr?«

»Ist er.«

»Ich forsche hier ein wenig und wollte mich kurz vorstellen.«

Thea war selten um ein Wort verlegen, aber jetzt wusste sie nicht, was sie antworten sollte. Sie wollte diesen seltsamen Teenager gern loswerden, doch gleichzeitig war sie neugierig. »Forschen? Was erforschst du denn? Die Langeweile auf dem Land?«

Emilias Kichern brannte sich in Theas Gehörgang. Sie war kein kleines Mädchen mehr, klang aber wie eines. Ein wenig erinnerte sie Thea an Harley Quinn. Es würde sie nicht wundern, wenn Emilia genauso verrückt war.

»Das wirst du früh genug merken.« Sie klopfte auf eine Kamera, die um ihren Hals hing. Noch so eine eigenartige Sache. Liefen Teenager nicht eher mit einem Handy herum statt mit einer Profiausrüstung?

»Und was möchtest du fotografieren? Den Weihnachtsmann auf dem Pendle Hill? Dafür bist du etwas zu früh dran.«

Emilia ließ sich von ihrem beißenden Tonfall nicht aus der Ruhe bringen. Ganz egal, was Thea versuchte, sie verschreckte sie nicht. »Pendle bedeutet die Chance meines Lebens«, erwiderte sie geheimnisvoll. »Wollen wir doch mal sehen, wer diesen Fall schneller löst: *Churchyard Crimes* oder ich.«

Ach, daher wehte der Wind! Thea machte einen Schritt auf sie zu. »Wie kommst du darauf, dass das hier ein Wettstreit wird? Evans hasst es, wenn ich aus allem eine Wette mache. Sie sagt, man dürfe das bei einem so ernsten Thema wie Mord nicht tun. Das ist geschmacklos den Toten und auch ihren Angehörigen gegenüber.«

Emilia widersprach sofort. »Ein harmloses Spiel zwischen uns beiden ist noch kein handfester Wettstreit, nicht wahr? Beweis deinen Fans, dass die Ermittlerin in dir steckt, die du vorgibst zu sein.« Sollte das die Herausforderung einer ernsthaften Konkurrentin sein?

Thea kniff misstrauisch die Augen zusammen. »Von einer Emilia Tremblay habe ich noch nie gehört. Falls du einen Podcast oder Blog betreibst, weiß ich nichts davon. Ist dein Name überhaupt echt?«

»Und wie! Den würde ich mir wohl kaum selbst aussuchen.« Sie rollte mit den Augen, bevor sie ihren Blick wieder auf Thea richtete. Der Ausdruck darin veränderte sich schlagartig und wirkte nun provokant und beinahe verschlagen. »Aber, damit ich nicht mit einem Vorteil ins Rennen gehe, bevor wir beginnen, bin ich so nett und verrate dir, dass seit vorhin jemand durch deinen Garten schleicht und dich heimlich durch das Fenster beobachtet.«

# 5. Kapitel

Myrna erwiderte das Lächeln der Fremden mit den auffälligen rosa Haaren, die ausgerechnet vom Grundstück des Chamberling-Hauses kam. Sie trug ein knallbuntes Kleid, das den tristen Winterbeginn mindestens so sehr aufhellte wie ihr Lächeln. Selbst im Schein der Straßenlaternen war sie eine besondere Erscheinung.

Dicke Schneeflocken wehten um ihre Köpfe. Schon nach kurzer Zeit war der Boden mit einer feinen weißen Schicht bedeckt, in der sie Abdrücke hinterließen. Myrna atmete warme Wolken aus und versteckte ihre Hände tief in den Taschen ihres Mantels. Die Temperaturen waren seit gestern noch einmal gesunken.

»Hallo, du musst Evans sein.«

Myrna stutzte. »Ähm ... ja, ich bin Inspector von Lancashire. Kennen wir uns?«

»Kümmere dich lieber um Alethea, anstatt zu plaudern. Sie ist wie eine Verrückte nach hinten gerannt, um den Spanner in ihrem Garten zu stellen.« Sie deutete über die Schulter. »Vielleicht braucht sie Hilfe. Ich komme bei Gelegenheit auf dich zurück.«

Myrna streckte ihren Rücken durch und bedankte sich bei dem Teenager, auch wenn sie die Antworten seltsam fand. Sie ließ das Mädchen stehen und hetzte ums Haus, fand Thea aber nicht. Dann rief sie nach ihr, doch es folgte keine Antwort. Ängstlich drehte sie sich einmal auf der Stelle und kniff die Augen zusammen, um in der Dunkelheit etwas zu erkennen.

*Ob mich dieses Mädchen angelogen hat? Quatsch, wieso sollte sie das tun?*

Erleichtert sah sie, wie Thea durchs Unterholz der stacheligen Büsche brach und dabei lautstark fluchte. Sie stand Jolene in nichts nach, was die derben Ausdrücke anging.

»Ich dachte, nur unsere beiden Gemeindehexen werfen sich in die Dornen«, sagte Myrna und lachte leise. Sie half Thea dabei, ihre langen Haare zu befreien. »Was hast du dir davon versprochen?«

»Ach, dieses Mädchen hat behauptet, dass mich jemand durchs Fenster beobachtet hat. Er soll hier im Garten gewesen sein. Als ich ein Geräusch gehört habe, habe ich mich mitten hineingestürzt. Das war selten dämlich und gefährlich noch dazu, ich weiß.«

»Du wolltest schon immer mit dem Kopf durch die Wand.« Myrna musste achtgeben, dass sie nicht zu laut lachte. Sie räusperte sich und wurde wieder ernst. »Wer war sie? Ich habe sie hier noch nie zuvor gesehen. Eine angereiste Verwandte von jemandem?«

»Nennt sich Emilia Tremblay, Spitzname Ems, aber ich bin mir nicht sicher, ob das ihr echter Name ist. Sie landet ganz oben auf meiner Verdächtigenliste.« Thea hielt inne, verzog das Gesicht und entfernte noch ein paar Dornen aus ihrer Jeans. Dann sah sie wieder Myrna an und machte große Augen. »Es sei denn, aus diesem Fall wird keiner. Ich hoffe, dass du mit ein paar Informationen zu mir kommst.«

Myrna verschränkte die Arme und verlagerte das Gewicht aufs andere Bein. »Die habe ich tatsächlich, allerdings nicht für dich. Du kennst die Regeln.«

»Auf die du mehrmals gepfiffen hast. Komm schon, Evans, sei kein Frosch.« Thea bettelte förmlich und erinnerte sie in diesem Moment an Callan.

Myrna seufzte. »Wir haben immer noch keinen Namen. Ich hoffe, dass Reverend Hughing Licht ins Dunkel bringt. Ich würde dir ja erlauben, mitzukommen und dabei zu sein, wenn wir ihn befragen. Falls er allerdings nicht zustimmt, musst du draußen warten. Und falls doch, musst du genauso Stillschweigen über alles bewahren, was du dort hörst.«

Thea verzog den Mund. »Also kein Blogbeitrag?«

»Noch nicht.«

»Das ist wenigstens besser als ›nie‹, also werde ich mich fügen. Warte, ich hole meine Jacke.«

Myrna folgte ihr ins Haus und stoppte sie, ehe sie wieder hinausrannte. »Wir müssen sowieso noch auf Harrison warten. Das können wir auch im Warmen tun.« Sie schloss die Tür und legte den Mantel ab. Myrna rieb sich die starren Hände und hauchte ein paarmal hinein. »In dieser Zeit unterhalten wir uns einmal über deinen Vater.«

Thea zog die Mundwinkel nach unten. Sie löste sich aus ihrer Starre und setzte sich mit Myrna an den Küchentisch. »Ich habe ihn nicht gesprochen. Eigentlich dachte ich sogar, dass er der Mann im Garten gewesen ist, von dem diese Emilia geredet hat. Er läuft mir sowieso immer davon und zeigt sich nicht.«

»Das ist eine Ausrede, und das weißt du. Soll ich offiziell nach ihm fahnden lassen?«

»Bloß nicht! Das ist privat!«, rief Thea entsetzt.

»Dann denk dir entweder eine bessere Methode aus, ihn aus der Reserve zu locken, oder eine bessere Ausrede für mich. Beides geht nicht, und bis jetzt bist du nicht gerade gut darin, die Familie wieder zusammenzuführen.«

Thea ließ sich an die Lehne zurückfallen und stöhnte. »Ich weiß, und es macht mich völlig verrückt. Callan hat mir schon wieder wegen dieser alten Akten in den Ohren gelegen. Nicht einmal das will ich machen.«

»Dabei bist du doch sonst so voller Tatendrang. Ich kann dich für gewöhnlich kaum stoppen. Komm, lass uns gemeinsam reinsehen, während wir warten.« Myrna streckte ihr eine Hand hin. Widerwillig ließ sich Thea auf die Beine ziehen. »Harrison braucht sicher noch etwas, denn bei Jolene weiß man nie, wie sie sich benimmt. Sie liebt es, mit der Polizei zu spielen.«

»Was macht er bei ihr?«

Sie gingen hinüber ins Studierzimmer, in dem die staubigen Kisten aus dem Tunnelsystem aufgestapelt standen.

Myrna überlegte, ob sie ihr etwas von dem preisgeben durfte, was sie wusste. Eigentlich sprach nichts dagegen. Thea konnte nichts mit der Toten zu tun haben, also weihte sie sie zumindest in Kleinigkeiten ein. »Es gibt eine Gästeliste aus dem letzten Jahr. Bei der Leiche handelt es sich um eine Frau Ende fünfzig bis Anfang sechzig, die erst ein gutes Jahr in diesem Loch gelegen hat.«

»Wie ist sie gestorben?«

Myrna wusste, dass Thea ohnehin niemals aufgeben würde. Sie sammelte wohl schon Inhalte für ihren Blog.

Die Beiträge würde Myrna allerdings so lange zurückhalten, bis Klarheit bestand.

»Stumpfe Gewalteinwirkung. Man hat ihr mit einem harten Gegenstand mehrmals auf den Hinterkopf und beim letzten Mal auf die Schläfe geschlagen.«

»Ach, deshalb das große Loch und diese vielen Risse.« Thea hievte eine Kiste auf den Tisch und öffnete sie.

Myrna schluckte fest, während Thea nicht einmal bemerkte, dass sie ihr nicht antwortete. Sie war plötzlich ganz in den Geheimnissen des Hauses vertieft.

Myrna langte nach einer Akte und pustete den Staub weg, ehe sie sie aufschlug.

Es waren graue Papiere, die mit einer Schreibmaschine beschrieben worden waren. Das Datum in der Ecke war besonders interessant.

»Das ist von 1940. Damals gab es die Luftangriffe auf England«, sagte Myrna fasziniert. »Wir halten hier ein Stück Geschichte in der Hand, Thea.«

Die erste Hürde war genommen. Jetzt, da sie wusste, worum es ging, war Thea wie verwandelt und schnappte sich die nächste Akte. Schweigend überflogen sie ein paar Seiten.

»Das sind Berichte über den Kriegsverlauf und detaillierte Personalakten von Nationalsozialisten. Meinst du, die Spione, die damals hier lebten, waren in die Machenschaften der Nazis verstrickt? Waren sie Verbündete und haben von hier aus England kontrollieren wollen oder streng geheime Infos übermittelt?« Thea klang nicht danach, dass sie sich selbst glaubte.

Myrna schüttelte den Kopf, nachdem sie die nächste Akte angesehen hatte. »Das liest sich ganz nach einer Spionageeinrichtung, die vielmehr die Nationalsozialisten ausgekundschaftet hat. Es müssen etliche Engländer mit ihnen kollaboriert haben. Kein Wunder, dass man das Archiv hinter einer neuen Mauer versteckt hat.«

Falten bildeten sich auf Theas Stirn. Sie suchte Myrnas Blick. »Aber hätte man diese Beweise dann nicht eher zerstört? Wieso haben sie sie extra eingemauert?«

Myrna überlegte. »Entweder haben sie geglaubt, dass sie zurückkommen, und ihre wichtigen Daten auf diese Weise aufbewahrt, oder aber jemand anderes hat durch Zufall das Archiv entdeckt und erst danach die Mauer eingezogen, um fremde Augen fernzuhalten.«

Thea wurde blass. »Du sprichst schon wieder über Nathan, nicht wahr?« Sie nannte ihn fast nie ihren Vater. Daran hatte sich Myrna gewöhnt.

Thea hatte keine Verbindung zu ihm außer über die Gene. Sie hatte sich ja nicht einmal an sein Gesicht erinnern können, bis Myrna ihr ein Foto von Hughing und seinem guten Freund Nathan gezeigt hatte.

»Wir müssen ihn finden, Thea. Noch ein Grund, wieso ich dich im Pfarrhaus dabeihaben möchte.«

Thea legte den Kopf schief und griff blind nach dem nächsten staubigen Dokument. »Du meinst, Hughings Geheimniskrämerei hat damit zu tun? Das wäre möglich. Ich habe Schritte über unseren Köpfen gehört, die er als Mäuseplage abgetan hat.« Ihr Gesicht verfinsterte sich. »Wenn ich herausfinde, dass er gemeinsame Sache mit Nathan macht, kann er sein Testament machen.«

»Ich kann deinen Groll nachvollziehen, aber damit wartest du besser bis nach unserer Befragung. Wir brauchen in erster Linie Infos über die tote Frau, die unter Mr O'Connors Sarg gelegen hat. Ich habe das Gefühl, dass Hughing mehr weiß.«

Thea nickte einsichtig. »Aber danach gehört er mir.«

»Von mir aus. Was du in deiner Freizeit machst, bestimme nicht ich.« Myrna zwinkerte und seufzte, als sie auf den riesigen Stapel sah. »Wir brauchen ewig dafür, wenn wir das zu zweit machen.«

»Ich kenne jemanden, der gern in Geheimnissen wühlt.« Theas Augen leuchteten.

»Denkst du an denjenigen, an den ich denke? Ich habe ihm sowieso versprochen, dass wir das hier als Team machen.«

Theas Grinsen sagte alles.

***

Jolene schlüpfte durch die Hintertür ins Haus und blieb eine Weile im Dunkeln sitzen. Sie hörte nur ihren rasselnden Atem und ihr schnelles Herz.

*Das war knapp! Fast hätte mich diese Shaw gesehen,* dachte sie gehetzt. *Verdammt! Ich war so nah dran, seit sie mir die Vorarbeit abgenommen haben.*

Jolene spielte kurz mit dem Gedanken, das Chamberling-Haus anzuzünden, aber sie war keine Brandstifterin. Dazu war sie viel zu feige. Etwas, von dem sie Lucretia niemals erzählen würde. *Lu ...*

Die tiefe Traurigkeit kehrte zurück und zehrte an Jolene. Ohne ihre Feindfreundin fehlte ein Teil von ihr. Allerdings sorgte sie sich aktuell um ganz andere Dinge als ihre nachtragende Nachbarin. Die Sache mit Lucretia würde sie später klären, wenn sie ihre wichtigste Aufgabe erledigt hatte.

Sie knipste das Licht an und sah zum Porträt ihres Vaters hoch, dessen Adleraugen sie starr ansahen. Jolene bildete sich ein, dass sie böse funkelten, und fühlte sich in ihre Kindheit zurückversetzt. Im Geiste sah sie ihren Vater bedrohlich über sich aufragen, den Rohrstock schlagbereit in der Hand. »Ich habe es probiert. Entschuldige bitte«, sagte sie mit brüchiger Stimme.

»Mit wem redest du?«

Jolene quiekte vor Schreck und machte einen Satz nach hinten. Auf dem Sofa lag Brian und döste. Sicher hatte er immer noch einen Kater vom letzten Besäufnis im Pub.

»Was machst du hier unten? Du hast ein Zimmer!«

»Darf ich nicht auf dem Sofa liegen? Ich konnte nicht schlafen und habe die Stille eben genossen.«

»Das sind ja mal ganz neue Töne. Seit wann kannst du denn mal nicht ruhig schlafen? Du schaffst das doch sogar auf einer Parkbank oder in diesem Rattenloch, das dein Freund ein Zuhause nennt.« Sie schnaufte genervt.

Brian setzte sich auf und rieb sich die feuchte Stirn. Seine dunklen Haare sahen wüst und fettig aus, und seine Nase lief, sodass er manchmal schniefte und alles wieder hochzog.

Angewidert warf ihm Jolene eine Packung Papiertaschentücher hin. »Geh sofort nach oben und schlaf dich dort aus. Du sollst meine Gäste nicht vergraulen. Und wie du wieder riechst!« Sie hielt sich die Nase zu.

Brian lächelte schief. »Machst du dir eigentlich nur um dich selbst und dein Geschäft Sorgen oder auch mal um mich? Seit Dad tot ist, geht das schon so. Du hasst alles und jeden und willst über andere bestimmen. Kümmere dich endlich um dein eigenes Leben, Mum.«

Er stand auf und strafte sie mit einem bohrenden Blick. Jolene musste den Kopf in den Nacken legen, um ihrem Sohn in die Augen zu sehen. Darin war so viel von ihrem geliebten Victor zu erkennen, und doch hatten sie den Glanz verloren, den Brian in der Kindheit gehabt hatte.

Der Alkohol machte ihrem Sohn seit der Trennung von Bethany zu schaffen und verwandelte ihn in einen anderen Menschen. Jeder Versuch, seine Liebste zurückzugewinnen, war zum Scheitern verurteilt gewesen. Sie war neu vergeben und er allein. Inzwischen kämpfte er auch nicht mehr um sie, sondern zog lieber mit diesem schrecklichen Nate, der Brian ein Problem nach dem anderen einbrachte, um die Häuser.

»Du weißt genau, was ich alles für dich tun würde«, erwiderte sie leise. Ein schmerzhafter Kloß bildete sich in ihrem Hals.

»Aha. Wenn du meinst.« Er setzte eine belanglose Miene auf und ließ sie stehen. Statt nach oben und ins Bett zu gehen, griff er sich seine Jacke und verließ das Haus.

***

Lucretia beobachtete Brian, wie er mit hängendem Kopf davonschlurfte. Sie beneidete Jolene nicht um diesen Sohn und war froh, dass Oakley anders geraten war, seit er fest unter ihrem Dach lebte.

»Tante Lu?«, hörte sie seine Stimme aus dem ersten Stock. »Kommst du mal bitte?«

Sie wischte sich die feuchten Finger am Küchenhandtuch trocken und ließ den Abwasch stehen. Oakley würde ihr ohnehin damit helfen, wenn sie ihn darum bat. Seit ihrem Herzinfarkt passte er wie ein Schießhund auf sie auf.

Sie stieg die Treppe hinauf und verharrte am letzten Absatz. Ihre Fingerknöchel liefen weiß an, so sehr klammerte sie sich ans Geländer. »Was …« Sie hüstelte und sammelte sich. »Was treibst du denn da?«

Oakley hockte mitten in einem Papierhaufen. Fotos, Dokumente und Briefe lagen durcheinander verstreut um ihn herum.

»Das habe ich alles auf dem Speicher entdeckt. Es ist meine Familiengeschichte, nur noch nicht sortiert. Dieses Haus hat einmal euren Eltern, also meinen Großeltern, gehört, oder?«

»Ähm … ja, schon …«

»Hier lagern sicher viele Erinnerungen, die mir helfen, Mum und Dad besser zu verstehen, vor allem ihn. Ich muss wissen, wieso er mich vor zwanzig Jahren einfach zurückgelassen hat. Ich war immerhin erst zwölf und noch ein Kind.«

»Weil er ein Taugenichts ist, der nur an sich selbst denkt!« Sie spie den Satz fast aus. »Und wieso suchst du überhaupt danach? Du tust dir bloß selbst weh.« Lucretia versuchte, sich ihre aufsteigende Panik nicht anmerken zu lassen. »Wollen wir nicht lieber in die Messe gehen? Ab heute wird es weihnachtlich, hat der Reverend gesagt. Sie haben geschmückt.«

Oakley sah auf und runzelte die Stirn. Sein langes schwarzes Haar fiel ihm ins Gesicht, und er strich es elegant zurück. »Du gehst doch selbst nie hin, auch nicht an Weihnachten.«

»Aber heute haben sie den ersten Teil der Krippe mit Ochse und Esel aufgebaut. Du hast sie früher immer so gern gesehen. Weißt du noch?« Ihr wurde warm ums Herz, als sie an den jungen Oakley und seine großen glänzenden Augen zurückdachte.

Er lächelte liebenswert, fast ein wenig wehmütig. »Das stimmt, aber ich bin kein kleiner Junge mehr. Weihnachten hat für mich keine Bedeutung, seit Mum tot ist und Dad lieber das Weite gesucht hat, statt sich um mich zu kümmern. Wir sind leider keine Familie mehr.«

»Aber du hast doch mich«, antwortete sie leise und biss sich sofort auf die Wange. Das hatte sie nicht sagen wollen! *Verfluchte Medikamente!* Ständig fühlte sie sich emotional geladen und dann wieder schlaff wie ein Fähnchen ohne Windzug.

Ein seltsamer Ausdruck trat in seine blauen Augen. Es waren die seines Großvaters Andrew. »Das stimmt. Du hast mich aufgenommen, als ich es brauchte und niemand für mich da war. Aber du musst verstehen, dass ich meine Geschichte kennen muss. Ich weiß kaum etwas über meine Wurzeln und den Rest meiner Familie. Vielleicht gibt es ja noch entfernte Cousinen und Onkels.« Er klang ganz eifrig, was Lucretia zunehmend wehtat. Dass er nun auch noch die alten Erinnerungen ausgekramt hatte, versetzte sie in Alarmbereitschaft.

»Aber magst du das nicht wann anders machen? Ich koche uns gleich etwas für den Abend. Deine Leibspeise.«

Auch das konnte ihn nicht davon abbringen, weiter in der Vergangenheit zu graben. Früher oder später würde er irgendwo auf die Wahrheit stoßen.

Als Oakley einen alten verzierten Umschlag aus dem Stapel zog, erschrak Lucretia. Zuerst rührte sie sich nicht, aber als er Anstalten machte, das Kuvert zu öffnen, fasste sie sich kurzerhand an die Brust und fiel mit einem Stöhnen vor seine Füße.

# 6. Kapitel

»Sie machen ein Gesicht wie drei Tage Regenwetter«, sagte Myrna, als sie dem Sergeant öffnete.

Thea reckte sich von ihrem Platz aus, um ihn in Augenschein zu nehmen. »Du hattest also keinen Erfolg?«, fragte sie frei heraus und erntete strenge Gesichter. »Was denn? Bei Jolene Downing würde es mich nicht wundern, wenn man versagt. Das hat nichts mit deinen Fähigkeiten zu tun.«

Ward presste die Lippen aufeinander und nickte ihr kurz zu. Dann wandte er sich wieder an Myrna. »Ich stand eine ganze Weile vor der Tür, aber niemand hat geöffnet. Ich konnte sie also gar nicht erst fragen.«

»Und den Rest der Zeit haben Sie wo verbracht?«

»Harry musste sich mal austoben, also bin ich eine Runde um den Hill gegangen«, erklärte er und kratzte sich verlegen am Hinterkopf.

Myrna winkte lächelnd ab. »Sie brauchen kein schlechtes Gewissen zu haben. Ich weiß ja, dass Sie genauso über Handy erreichbar sind wie ich. Sie haben das Telefon vom Revier doch umleiten lassen?«

»Natürlich, so wie immer.« Harrison nickte eifrig.

Er kam Thea mittlerweile vor wie ein gefügiger Hund. Ward unterschied sich kaum noch von Harry. Sie war froh, dass er ihn nicht auch hereinbrachte, weil sie sonst wieder niesen müsste, bis ihre Nase wund und gerötet war. So gern sie diesen Hund einmal gestreichelt hätte, so wenig wollte sie den kleinen Racker in ihrer Nähe haben. Ganz anders Myrna, die sich eine Zeit lang um Hanks Labradorrüden Foster gekümmert hatte. In dieser Zeit war Thea kaum aus ihrem Zimmer gekommen, wenn sie nicht gerade auf dem Friedhof gearbeitet hatte, und dort war sie so lange wie möglich geblieben, um dem Tier aus dem Weg zu gehen.

»Können wir dann los? Die Messe ist gleich vorbei.« Thea drängelte, weil sie es kaum erwarten konnte, endlich einen neuen Fall zu haben.

»Immer mit der Ruhe. Der Reverend ist noch eine Viertelstunde beschäftigt.«

»Wir könnten im Pfarrhaus auf ihn warten und uns dabei umsehen.« Thea dachte natürlich auch an die Dachbodenluke, durch die sie letztes Mal nicht gegangen war. Die Schritte darüber wollten ihr nun nicht mehr aus dem Kopf gehen.

Harrison schnaufte entrüstet. »Das wäre Hausfriedensbruch und ist strafbar. Wir warten auf den Pfarrer und befragen ihn ganz in Ruhe.«

»Du zerstörst also genauso gern Träume wie Evans.«

Er fuhr sich über den Bart und lächelte in Myrnas Richtung. »Das schafft das Regelhandbuch der Polizei von ganz allein, nicht wahr, Inspector?«

Auch Myrna hatte nicht mehr als ein bedauerndes Lächeln für sie übrig.

Thea zog sich die Jacke wieder aus und setzte sich vor ihre Teetasse. Gedankenverloren rührte sie darin. »Ihr solltet aber wissen, dass ich nicht die einzige Unbefugte bin, die im Mordfall *Jane Doe* vom Friedhof nachforscht.«

Die Ermittler wechselten einen bedeutsamen Blick.

»Von wem sprichst du?«, fragte Myrna.

Thea gab sich entspannt. »Das Mädchen von vorhin, die mit den rosa Haaren, hat mich zu einem Wettstreit herausgefordert, wer den Fall zuerst löst.«

Myrna kniff die Augen zusammen. »Was verspricht sie sich davon?«

»Ich weiß es nicht. Könntet ihr mich wenigstens über die Unbekannte schreiben lassen? Noch weiß ja niemand, wer sie ist, also lesen das auch keine Verwandten oder Freunde. Nur meine Follower. Ihr glaubt nicht, was ›Wookieeboy‹ für einen Druck ausübt. Er zwingt mich ja fast dazu, zu ermitteln, selbst wenn es keinen Fall geben sollte.«

»Ach, der schon wieder.« Myrna rollte mit den Augen. »Ich dachte, dieser Spinner würde irgendwann Ruhe geben.«

Harrison grinste schief. Als Thea ihn dabei ertappte, setzte er rasch einen ernsten Gesichtsausdruck auf. Sie wusste, dass er heimlich ihren Blog las und gern so tat, als würde ihn das alles nicht interessieren. Sie kommentierte seine Miene nicht und wendete sich stattdessen wieder an Myrna. »Darf ich bitte darüber schreiben? Immerhin habe ich die Leiche selbst gefunden und bin nicht verdächtig.«

»Du weißt aber, wer es stattdessen ist. Willst du das wirklich breittreten?«, fragte Myrna und hob abwartend eine Augenbraue.

Harrison sah von einem zum anderen. »Meint ihr schon wieder Nathan Shaw? Das kann doch wohl nicht wahr sein!« Er warf die Hände in die Luft und fegte dabei beinahe einen Zierteller von der Wand. »Müssen wir ihn erst exhumieren, damit ihr Ruhe gebt?«

Er riss die Haustür genau in dem Moment auf, als die Kirchenglocke läutete und das Ende der Messe verkündete. Von Weitem sahen sie, dass die Gemeindemitglieder das Gotteshaus verließen. Zuvor hatte man leisen Gesang aus der Kirche gehört, der vom Wind bis zu ihnen herübergetragen worden war.

Myrna zog sich Mantel und Handschuhe an sowie eine Beanie für die Ohren. »Kommt, wir gehen. Hast du Callan geschrieben?«

»Er kümmert sich bei nächster Gelegenheit um die Akten.«

Harrison hielt inne. »Die Akten? Meint ihr die aus dem unterirdischen Archiv, das Evans durch Zufall entdeckt hat? Wieso weiß ich nichts davon, dass sie oben sind? Ich würde gern selbst ein Auge darauf werfen.«

»Weil das nichts mit unserem Fall zu tun hat. Ich halte Sie auf dem Laufenden, Harrison. Die Knochen haben Vorrang.« Myrnas Sätze zeigten Wirkung. Er fragte nicht noch einmal nach.

Zu dritt gingen sie durch den Hintereingang vom St. Benet's Churchyard und warteten, bis Reverend Hugging zurück im Pfarrhaus war. Sie folgten dem Siebzigjährigen und klopften.

»Ja, bitte?« Er verschluckte sich beinahe, hatte man das Gefühl. Dann trat ein Ausdruck tiefer Erkenntnis in sein Gesicht. »Ich habe Sie schon erwartet. Es war nur eine Frage der Zeit, bis Sie kommen würden, Inspector.«

»Können wir drinnen reden?«

»Aber natürlich.« Er machte Platz und ließ sie ein.

»Darf Alethea mithören?«, fragte Myrna nach.

»Ich habe keine Geheimnisse vor ihr.« Er bedachte Thea mit einem langen Blick, der ihr einen Schauer über den Rücken jagte.

*Du lügst*, dachte sie. *Und das mitten in mein Gesicht. Na warte, Bürschchen. Dich knacke ich später. Jetzt sind andere Fragen wichtiger.* Sie bemühte sich um ein Lächeln für den alten Mann, den sie als Vertrauten und Freund kennengelernt hatte. Inzwischen war sie sich da nicht mehr so sicher.

Reverend Hughing setzte Tee auf und reichte ihnen jeweils eine Tasse mit Untertasse. Für Myrna hatte er sogar extra Kaffee parat.

Thea erinnerte sich, dass sie den Reverend mehrmals aufgesucht hatte, um mit ihm über das, was passiert war, zu reden. Hughing hatte Myrna den Therapeuten ersetzt. Auch für sie musste es ein seltsames Gefühl sein, ihn auszufragen.

Sie verteilten sich auf das alte Sofa und einen großen Sessel in der Ecke des Zimmers. Es roch nach Weihrauch, alten Büchern und Mandarinen, die in einer Schale auf dem Tisch standen und zum Zugreifen einluden.

Harrison zückte seinen Notizblock, während Myrna mit dem Verhör begann. »Wie Sie wissen, ermitteln wir aktuell im Fall der Knochen, die Thea im Grab von Mr O'Connor gefunden hat.«

»Ist mir bekannt.«

»Die Rechtsmedizin hat herausgefunden, dass es sich um eine Frau Ende fünfzig, Anfang sechzig handelt.«

Er legte seine Hände im Schoß zusammen, als würde er beten. Sie zitterten leicht. Auch seinem Gesicht sah sie an, dass er mit sich rang.

»Sie wissen mehr als wir, habe ich recht?«, fragte Thea und erntete einen strengen Blick seitens des Sergeants, aber Myrna legte besänftigend eine Hand auf seinen Arm.

Sie räusperte sich nun und übernahm wieder. »Kannten Sie die Tote, Reverend?«

»Ich? Woher soll ich ... Also ... Ich weiß ja nicht, ob ...«

»Nur die Ruhe. Wir haben Zeit und drängen Sie nicht.«

Wie Myrna so friedlich bleiben konnte, war Thea schleierhaft. Sie öffnete den Mund, schloss ihn aber wieder, als ihre Freundin den Kopf schüttelte. *Spielverderberin!*

Hughing schwitzte und tupfte sich die Stirn mit einem Stofftaschentuch trocken. Er benahm sich mehr als auffällig.

Harrison stützte sich auf seine Oberschenkel und beugte sich vor. Seinen Block reichte er an Myrna weiter. »Peter, wir kennen uns schon eine Weile. Ich weiß, dass Sie keiner Fliege etwas zuleide tun können. Sie haben mir damals geholfen, als ich am Abgrund stand und mich durch den Alkohol fast verloren hätte. Ich wollte meinen Beruf aufgeben. Dank Ihnen sitze ich heute noch hier. Sie haben mir am schlimmsten Tag meines Lebens geholfen. Bitte reden Sie mit uns. Niemand im Zimmer ist Ihr Feind. Lassen Sie uns helfen und Ihnen ein paar Sorgen nehmen.«

»Sorgen nehmen?«, antwortete Hughing kehlig und lachte kurz auf. Er wischte sich übers Gesicht und schien verzweifelt, bis Thea ihre Hand auf seine legte und das Zittern beendete.

Myrna suchte seinen Blick. »Wer war sie? Sie wissen es doch. Ich habe es schon bemerkt, als Sie seltsam auf diesen Schal reagiert haben.« Sie holte ein Foto aus ihrer Tasche. Darauf war ein langer, ausgefranster Stoff mit Löchern und Schmutzflecken zu sehen. Die rote Farbe war ausgeblichen, aber noch deutlich zu erkennen. »Zu wem gehörte dieser Schal, Reverend?«

Er gab auf und ließ seine knochigen Schultern fallen. »Ich kann Ihnen den Namen nennen, aber möchte etwas als Gegenleistung.«

»Mir ist neu, dass ein Pfarrer verhandelt und nicht freiwillig helfen will«, meinte Thea. »Das macht Sie immer verdächtiger.«

Er sah von einem zum anderen. In seinen blauen Augen lagen Trauer und Müdigkeit. Sein faltiges Gesicht sah noch eingefallener aus als sonst, und tiefe Schatten lagen auf seinen Wangen. Er war die letzten Tage wahrscheinlich kaum zu Schlaf gekommen. Hatte er etwa ein schlechtes Gewissen, weil er eine Frau getötet hatte? War das alles womöglich ein schrecklicher Unfall gewesen? Nein, nicht bei mehreren Schlägen auf den Hinterkopf. Diese Tat war ganz klar aus Hass begangen worden. Thea glaubte dennoch nicht daran, dass Hughing ihr Täter war.

»Ich möchte, dass Sie beweisen, dass ich unschuldig bin, wenn es so weit ist.«

»Das klingt, als würden wir behaupten, Sie seien schuldig. Wie kommen Sie darauf?«, fragte Myrna weiter.

Wards Stift schnellte über das Papier und gab kratzende Geräusche von sich, die Thea fast wahnsinnig machten. Sie hielt an sich, weil sie auf keinen Fall eine Antwort verpassen oder den Reverend unterbrechen wollte, der nun endlich mit der Sprache herausrückte.

»Vor einem Jahr war eine Frau hier, die mich unter Druck gesetzt hat. Sie hieß Susan Mcanally und wollte die Kirche schließen sowie den Friedhof an den Pendle Hill verlegen lassen.«

Thea erinnerte sich an seinen Kommentar über besagte Dame und ärgerte sich, dass sie nicht gleich darauf gekommen war. Doch woher hätte sie wissen sollen ...

Myrna half ihm, weiterzusprechen. »Sie haben sich natürlich geweigert. Schließlich ist das hier ein Gotteshaus und keine Imbissbude, die man mal eben woanders wiederaufbaut. Hier steckt Geschichte drin.«

Hughings Miene wurde aufgeschlossener. Er fühlte sich allem Anschein nach verstanden. »Miss Mcanally hat gedroht, mit John Birming zu reden und an dieser Stelle ein Begegnungszentrum zu errichten. Sie wollte den Fortschritt und mehr Touristen nach Pendle bringen.«

»Verständlich, so verschlafen, wie dieses Nest ist«, meinte Thea ruhig. »Aber wieso mit Birming? War er damals nicht nur Stellvertreter des Bürgermeisters?«

»Er hatte viele gute Beziehungen. Über ihn wollte sie an die ganz großen Fische heran, denke ich. Als sie trotz Drohung nicht wiederkam, habe ich gedacht, dass sie abgeblitzt ist. Man hat mir nie mitgeteilt, was aus ihr wurde.«

Harrisons Stift ruhte nun. Er sah zu Hughing und leckte sich einmal aufgeregt über die Lippen. »Und wieso glauben Sie, dass es sich bei der Toten um Miss Mcanally handelt?«

Hughing zeigte auf das Foto, das vor ihm auf dem Tisch lag. »Das Alter passt, und sie hat bei ihrem letzten Besuch so einen Schal getragen.«

»Also vermuten Sie es bloß.«

»Wenn ich es wüsste, wäre ich ja der Täter.«

Das leuchtete ein.

Er nickte bedrückt und bekreuzigte sich. »Die arme Seele. Ich hoffe, sie hat ihren Frieden gefunden. Ich fühle mich natürlich mitschuldig.«

Thea setzte sofort nach. »Wieso das?«

Er bedachte sie mit einem vielsagenden Blick. »Mein Totengräber war an diesem Tag krank, also habe ich das Grab für den verstorbenen Mr O'Connor ausgehoben. Da ich noch eine wichtige Messe vorbereiten musste, habe ich es einfach offen gelassen und nicht weiter bewacht. Die Beerdigung sollte am nächsten Morgen stattfinden. Am Abend hat es wieder geschneit, und man konnte den Weg kaum vom Gras unterscheiden.«

Myrna wechselte einen Blick mit Thea und Ward. Ihnen ging gleichzeitig ein Licht auf. Myrna sprach aus, was wohl alle dachten: »Sie glauben, dass es ein Unfall gewesen ist, oder?«

Hughing blickte irritiert hoch. »Ja, natürlich. Susan ist sicher in das Loch gestürzt und hat sich den Kopf angeschlagen. Ich sollte dafür bestraft werden.« Er streckte seine Hände aus, aber die Handschellen klickten nicht.

»Und wer hat das Grab geschlossen? Sie?«

»Das war Ihr Vater, Nathan, aber erst am nächsten Morgen. Er war nicht ganz fit, wollte sich diese Arbeit aber nicht nehmen lassen. Nathan hat den Sarg hinabgelassen. Weder die Trauergäste noch ich haben etwas bemerkt. Wir haben den Körper einfach nicht gesehen.«

Thea beugte sich zu den Ermittlern. »Also wurde ihre Leiche womöglich extra versteckt und mit Erde bedeckt, damit man sie nicht gleich sah. Dann käme wieder jeder infrage.«

Hughing keuchte, weil er sie natürlich gehört hatte. »Deuten Sie gerade an, dass ... Nein, Nathan hat sie nicht ermordet! Ich lege meine Hand für ihn ins Feuer!«

Thea lächelte grimmig. »Für ihn würden Sie so einige Dinge tun, nicht wahr?«

Er öffnete den Mund, wurde aber von einem Klopfen abgelenkt. Die Tür öffnete sich, und ein blasses Mädchen mit schwarzen Locken und großen grauen Augen trat ein. Schüchtern sah sie von einem zum anderen.

Der Reverend schien ganz erleichtert über die Unterbrechung. »Louise, komm doch näher. Das sind Freunde von der Polizei. Sie haben ein paar Fragen zum letzten Jahr.«

»Geht es um die Knochen?«, fragte sie eingeschüchtert.

»So ist es. Wie heißt du?« Myrna begann nun, sie zu befragen, wenn schon einmal die Möglichkeit bestand.

»Louise Fairchild.«

»Und wie alt bist du, Louise?«

»Sechzehn seit Ende November. Ich helfe dem Reverend zur Weihnachtszeit bei den Vorbereitungen und den Gottesdiensten.«

»Warst du auch im letzten Jahr hier?«

Sie nickte eifrig und nestelte an ihrem dunkelblauen Winterkleid. Sie war der Inbegriff von grauer Maus, wirkte aber trotzdem sehr aufgeschlossen, kaum dass sie sich unterhielten. So langsam geriet sie sogar ins Plaudern. »Ich arbeite in mehreren Kirchen und kümmere mich um unterschiedliche Feiertage. Natürlich bekomme ich kein Geld dafür, aber das ist schon in Ordnung. Es ist ein Dienst an der Gemeinde.« Ihre Augen leuchteten, als sie davon erzählte. Hier hatte jemand seine Bestimmung gefunden.

»Was für eine Verbindung hast du zum Reverend?« Myrna deutete auf Hughing.

»Als es mir sehr schlecht ging, hat er mich ein paar Wochen lang bei sich aufgenommen. Das war lebensrettend für mich, weil ich an einem Scheideweg stand. Er hat mir gezeigt, dass ich nicht auf der Straße landen muss und mich mit meiner Pflegefamilie lieber ausspreche, als sie zu verteufeln. Inzwischen verstehen wir uns wieder gut. Ich darf für die Kirchen arbeiten und bekomme im Gegenzug Essen und Kleidung gestellt.« Dann schien sie sich zu erinnern, weswegen sie hergekommen war. »Verzeihung, dass ich störe, aber es rennt ein kleiner Hund wie wild geworden durch die Kirche. Gehört der Ihnen?«

Ward sprang auf und folgte Louise aus dem Zimmer. »Harry ist gerissener, als ich dachte.« Stolz schwang in seiner Stimme mit. »Ich bin gleich wieder da. Er muss sich befreit haben, aber nun sperre ich ihn in den

Dienstwagen. Eine Autotür wird er wohl nicht aufbekommen.«

»Denken Sie daran, dass wir winterliche Temperaturen haben! Lassen Sie ihn nicht zu lange dort!«, rief ihm Myrna besorgt hinterher. Weil er sie nicht gehört hatte, hechtete sie vom Sofa und eilte ihm nach.

Thea nutzte den Moment, fasste Hughing beim Arm und raunte: »Hatte Susan mit meinem Vater zu tun? Haben sich die beiden je getroffen?« Sie konnte nicht anders. Wenn ihr etwas auf der Zunge lag, musste es einfach raus. Das war keine böse Absicht, sondern ihre Natur.

Er suchte ihre Augen und fing sie mit seinem eindringlichen Blick ein. Thea hielt den Kontakt aufrecht, bis Hughing endlich einknickte.

»Nicht, dass ich wüsste. Höchstens aus der Ferne. Er kannte sie nur von meinen Erzählungen. Nathan hat nichts mit der Sache zu tun. Er war an dem Abend nicht einmal dort. Ich habe Licht im Chamberling-Anwesen gesehen.«

»Das bedeutet nicht, dass er auch wirklich zu Hause war. Mein Vater könnte ein Mörder sein, und Sie decken ihn«, zischte sie wütend. »Ist es das, was einen Reverend ausmacht? Schützt er etwa nur die schwarzen Schafe unter uns?«

Sie hätte nie für möglich gehalten, dass er doch zu durchschauen war. Thea hatte ihn als unergründlichen Geheimniskrämer voller Gegenfragen und guter Ratschläge kennengelernt. Nun meinte sie, ihn ganz eindeutig lesen zu können.

»Was tuschelt ihr da?«, fragte Myrna und kniff misstrauisch die Augen zusammen. »Ich möchte dich nicht rauswerfen müssen.«

Unschuldig hob Thea ihre Hände und schürzte die Lippen. »Alles gut, das war ... privat.«

»Ich verstehe.« Myrna hob eine Augenbraue und griff sich Wards Notizblock, den er hatte liegen lassen. »Was können Sie mir alles über Susan Mcanally sagen?«

Hughing blies die Wangen auf und überlegte. »Sie war nervtötend, muss ich gestehen. Es war nicht ihr erster Besuch bei mir. Andauernd hat sie mir in den Ohren gelegen.«

»Ein Motiv hätten Sie demnach. Immerhin hat Susan angedeutet, die Kirche zu schließen. Ihr Zuhause und Ihre große Leidenschaft waren bedroht.«

»Sie hat mir gleichzeitig aber eine gute Stelle in diesem modernen Zentrum angeboten, die sicher besser bezahlt gewesen wäre.«

Myrna bohrte weiter. »Ein Mann wie Sie macht sich doch nichts aus Geld. Für Sie sind ganz andere Werte wichtig. Verstehen Sie mich nicht falsch, das rechne ich Ihnen hoch an. Aber in Bezug auf unseren Fall macht es Sie leider verdächtiger. Ich schließe niemanden aus, auch keinen Pfarrer, so leid es mir tut.«

»Das verstehe ich natürlich. Außerdem bin ich froh, dass Ihre Beißkraft zurückgekehrt ist.« Er zwinkerte vielsagend. »Allerdings beißen Sie sich an mir die Zähne aus, Inspector. Ich wäre nämlich nicht untergegangen. Ich hätte bloß Susans Vertrag unterzeichnen müssen, schon wäre ich wieder im Geschäft gewesen und hätte mit jungen Menschen arbeiten dürfen. Sie sehen, dass ich keinen echten Groll gegen diese Frau gehegt habe.«

Myrna bedankte sich und scheuchte Thea von ihrem Sessel hoch. »Bleiben Sie bitte in der Stadt.«

»Warten Sie, Miss Evans!«, rief er, als sie bereits an der Tür waren.

»Ja?«

»Wie starb Miss Mcanally denn nun? Wenn es kein Unfall gewesen ist, wird sie sich wohl kaum selbst in das Loch gestoßen haben.«

»Ihr wurde der Schädel eingeschlagen. Mehrfach. Wir gehen von einem Mord aus. Ob sie verfolgt wurde und die Tat damit geplant war oder aus blinder Wut geschah, müssen wir erst noch herausfinden.«

Sein Gesicht wurde leichenblass. Er musste sich an der Stuhllehne festhalten, um nicht zu Boden zu sinken. »Ein Mord auf dem St. Benet's Churchyard? Und ich dachte, dass diese Geschichte rund um Hope Fernsby das Schrecklichste war, was in Pendle passieren kann«, hauchte er bestürzt.

»Danke für Ihre Kooperation, Reverend. Wir melden uns, falls es noch Fragen gibt.« Und die würde es früher oder später geben.

***

»Wieso hast du ihm die ganzen Details verraten?«, fragte Thea auf dem Weg nach draußen. »Du bist doch sonst viel vorsichtiger damit.«

Sofort prallten sie auf eine Wand aus Frost und Schnee, die Thea kurz die Luft zum Atmen raubte. Sie hüstelte leicht und schloss ihre Jacke bis zum Kinn.

Myrna zuckte mit den Schultern. »Da du sowieso bald den ersten Blogbeitrag schreibst und Hughing deine Seite verfolgt, hätte er es spätestens darüber erfahren. Ich wollte seine Reaktion aber nicht versäumen. Außerdem ist er uns entgegengekommen, weshalb ich mich erkenntlich zeigen wollte. Ich möchte ihn nicht unnötig verunsichern, indem ich ihm verheimliche, was vor seiner Tür passiert ist. Welches Gefühl hattest du bei ihm?«

»Er hat uns die Wahrheit gesagt.«

»Das denke ich auch. Er war zuletzt aber immer ein guter Schauspieler. Vielleicht macht er uns etwas vor. Wir müssen vorsichtig sein.«

»Ich kann ihn mir nicht als Mörder vorstellen.« Thea schniefte vor Kälte und verbarg ihren Kopf unter der Kapuze, um sich vor dem Neuschnee zu schützen.

»Jeder von uns könnte einer sein. Das sieht man den wenigstens an. Die Nettesten sind meistens die Schlimmsten. Aber zutrauen würde ich es ihm ebenso wenig. Bei deinem Vater bin ich mir dagegen unsicher. Schließlich kenne ich ihn kaum. Aber er hat mir da unten das Leben gerettet, und das rechne ich ihm hoch an.«

»Nicht nur dir, wenn man Callans Erzählung glauben kann. Er hat ihn und die beiden Nervensägen aus dem Labyrinth gerettet und ihnen den Weg gewiesen, bis sie wieder Empfang hatten.«

Sie warteten auf der Schwelle zum Friedhof auf Ward, der noch mit Harry beschäftigt zu sein schien.

Thea sah zu der Stelle, die immer noch abgesperrt war. Sie überlegte, wie es sich anfühlte, mitten im

Winter auf einem verlassenen Friedhof überfallen und niedergeschlagen zu werden. Keine schöne Vorstellung.

»Ihm ist St. Benet's viel zu wichtig«, sagte Myrna aus dem Nichts. »Er hätte niemals unterschrieben und diese Kirche aufgegeben. Das kann ich mir nicht vorstellen.«

»Ganz meine Meinung. Wir sollten bald ein Treffen in der Bibliothek abhalten.«

»Aber zuerst finden Ward und ich heraus, ob es sich bei der Toten wirklich um Susan Mcanally handelt. Wenn ja, können wir den Kreis der Verdächtigen eingen. Vorher bleibt uns nur ein großes Fragezeichen.«

Thea hatte das Pfarrhaus mit gemischten Gefühlen verlassen. Am liebsten wollte sie zurückgehen und da weitermachen, wo sie aufgehört hatte, aber für heute hatte der Reverend genug durchgemacht. Sie würde ihn wann anders und allein auf Nathan ansprechen.

Sie winkte Ward und Myrna, die im Revier noch eine Weile arbeiten würden.

Thea machte sich auf den Heimweg. Sie hielt inne, als sie eine Bewegung in der Dunkelheit ausmachte. Schnell versteckte sie sich hinter einer Tanne.

*Ist das nicht diese Emilia?*, dachte sie erstaunt. *Was zum Teufel treibt sie am Grab von Hope? Ist sie deshalb nach Pendle gekommen?*

Emilia machte Fotos von dem Grabstein, was verboten war. Hatte er womöglich etwas mit dem aktuellen Fall zu tun? Thea wüsste nicht, was, aber sie sollte dieses Mädchen besser im Auge behalten. Schließlich gab es da eine Wette, die sie gewinnen wollte. Es wäre nicht verkehrt, herauszufinden, wie viel sie wusste.

Am liebsten wäre Thea aus ihrem Versteck gesprungen und hätte Emilia für ihren unverschämten Umgang mit dem Grab der Familie Fernsby zurechtgewiesen. Schließlich war sie die Totengräberin und dafür verantwortlich. Aber sie folgte lieber ihrem Bauchgefühl und wartete stattdessen geduldig.

Thea fackelte nicht lange, als Emilia den Friedhof verließ. Sie folgte ihr heimlich einmal quer durch Pendle, am hell erleuchteten Pub vorbei und bis zu den Healys. Auch dort hielt Emilia nicht an. Es war bitterkalt, aber die Spannung wärmte sie auf.

*Wo willst du um diese Zeit hin?*

Sie verfolgte Emilia bis zum Pendle Hill, auf dessen Spitze man ein kleines Licht sah. Ansonsten waren die Wiesen und Weiden pechschwarz. Der Mond ließ sich vor lauter Wolken nicht blicken.

Thea zuckte zusammen, als ihr jemand auf die Schulter tippte.

»O mein Gott!«, rief sie und machte einen Satz zur Seite. »Du hast mich zu Tode erschreckt!« Sie fühlte sich ertappt.

»Wieso schleichst du mir nach?«

»Ich tue was?«

»Du verfolgst mich seit dem St. Benet's Churchyard. Glaub nicht, dass ich das nicht bemerke. Ich weiß immer, was um mich herum passiert. Meine Mum nennt es einen sechsten Sinn.«

Thea schnaufte genervt. »Na schön, du hast mich erwischt. Was hast du am Grab von Hope Fernsby gemacht?«

Emilia stand nun näher bei ihr. Thea fühlte ihren warmen Atem auf ihren Wangen und brachte sofort etwas Abstand zwischen sich und die andere.

Endlich schaltete Emilia die Taschenlampe auf ihrem Handy ein. Sie ließ ihr Gesicht schaurig von unten beleuchten, als wäre sie in einem Feriencamp, in dem sich die Kinder nachts Schauergeschichten erzählten. »Ich werde den Geist von Susan Mcanally beschwören«, hauchte sie geisterhaft.

Thea lachte laut los. »Was willst du? Ich glaube dir kein Wort.«

Emilia setzte eine trotzige Miene auf und stemmte die Hand in die Seite. »Du wirst schon sehen, dass sie mir ihren Mörder selbst verraten wird. Ein verfluchter Ort wie Pendle ist das beste Terrain für eine Beschwörung. Jetzt, da ich den Namen kenne, brauche ich bloß noch einen ruhigen Platz«, sie deutete auf den Hill, »und etwas Rauch.«

»Willst du ein Lagerfeuer machen? Das ist hier nicht gestattet und zu dieser Jahreszeit fast unmöglich. Und auch die Fotos von Hopes Grab müssen wieder gelöscht werden. Verwirf deinen Plan besser gleich wieder.«

Es gefiel Thea nicht, wie überheblich sie sich gab. Emilia war selbstsicher und bestens vorbereitet. »Erstens habe ich die Fernsbys selbst gefragt und mir vorher die Erlaubnis eingeholt.«

»Mit welcher Begründung? Was versprichst du dir von den Fotos? Und woher kennst du bitte schön Susan Mcanally?«

Sie überging Theas erste Fragen munter. »Und zweitens habt ihr so laut gesprochen, dass selbst die Toten den Namen erfahren hätten. Die Fenster des Pfarrhauses sind extrem dünn.«

»Evans wird nicht begeistert sein und dich durch die Mangel nehmen, wenn sie hört, dass du gelauscht hast.« Auch Theas Drohung zeigte keine Wirkung.

»Soll sie nur. Ich bin euch trotzdem immer einen Schritt voraus.« Sie grinste, löschte das Licht und machte sich an den rutschigen Aufstieg.

»Pass bloß auf, dass du nicht die nächste Leiche bist! Hier gibt es Wölfe und einen Mörder, der frei herumläuft! Außerdem wird hier nicht gestreut!«, rief sie ihr nach. *Hoffentlich fällst du wenigstens ein Mal auf den Hintern für deine Frechheiten*, dachte sie gemeinerweise.

Ihr Wunsch wurde erfüllt: Als sie in der Finsternis einen Schrei, gefolgt von einem derben Fluch hörte, musste sie schadenfroh lachen.

Thea vergewisserte sich, dass sich Emilia nicht ernsthaft verletzt hatte, bevor sie nach Hause ging.

Sollte sie ruhig ihre Räucherstäbchen verbrennen und zu einem nicht vorhandenen Geist beten. Thea würde dann längst weiter sein als sie.

# 7. Kapitel

Lucretia lag in ihrem Krankenbett und wimmerte lang gezogen, um ihren Schmerz deutlicher zu machen.

Ihr Gedankenkarussell raste. Was sollte sie jetzt bloß machen? Sie musste diese Briefe sofort zerstören. Dumm genug, dass sie sie überhaupt behalten hatte.

»Die Ärztin sagt, dass du simulierst. Du kannst deine kleine Show also jetzt beenden.« Oakleys autoritäre Stimme schnitt schonungslos durch ihre Gedanken und unterbrach den Sturm in ihrem Kopf fürs Erste.

»Habe ich nicht!«, rief sie beleidigt und verschränkte die Arme fest vor der Brust. »Diese Frau hat keine Ahnung!« Lucretia drückte sich ängstlich in die Kissen.

»Ich habe herausgefunden, dass du am 23. Februar 1991 ein Kind zur Welt gebracht hast. Man hat es mir kurz nach deinem Infarkt verraten. Du kannst dir vorstellen, dass ich aus allen Wolken gefallen bin, denn das ist *mein* Geburtsdatum. An verrückte Zufälle glaube ich allgemein nicht, Lu.«

»Sie haben eben einen Fehler gemacht und den falschen Namen aufgeschrieben. Cynthia ist deine Mutter.«

Oakley seufzte und zog seinen Stuhl näher heran. »Das wollte ich mir auch einreden und habe deshalb in der Vergangenheit gewühlt. Ich habe den Brief längst gelesen, bevor du deine kleine Show abgezogen hast.

Mein Vater hat ihn dir geschrieben. Ihr wart ein Liebespaar.«

Ihre Schultern fielen herab. Lucretias Magen krampfte sich zusammen. »Du ... Du hast mich also angelogen?«

»Ich wollte deine Reaktion testen, die nun ... na ja ... etwas dramatischer ausgefallen ist, als ich erwartet habe. Die Lüge kannst du mir bei deiner Vorgeschichte wohl kaum vorwerfen. Eher wäre ich derjenige, der dir Vorhaltungen machen sollte.« Er grinste verschmitzt, was sie beruhigte. Oakley war also nicht wirklich sauer. Er wurde wieder ernst. »Wieso hast du es mir nie erzählt? Du hättest doch einfach mit mir reden können. Ich bin ein erwachsener Mann und kein Kind mehr.«

Lucretia konnte seinem Blick nicht standhalten und sah aus dem Fenster. Sie fühlte sich ertappt und beschämt. »Wie hätte ich dir je sagen können, dass Cynthia nicht deine leibliche Mutter ist? Du hast sie über alles geliebt, und so sollte es auch bleiben.«

Oakley legte seine warme Hand auf ihre und drückte sie leicht. »Seit zwanzig Jahren habe ich doch längst eine andere Mutter. Dieser Brief von meinem Vater an dich hat mir nur die Augen geöffnet und so viele Fragen beantwortet, die mich gequält haben, seit ich zwölf gewesen bin. Ich könnte nie wütend auf dich sein, sondern fühle mich sogar erleichtert. Außerdem habe ich es immer ganz tief in mir geahnt.«

Lucretia drehte ihren Kopf. Oakleys Augen glänzten. »Du bist ein guter Junge.«

»Wieso warst du dann ständig so streng zu mir? Du hast mich sogar um Geld erpresst. Ist das die feine Art einer Mutter?« Er lehnte sich wieder zurück und unterbrach den Hautkontakt.

Lucretia fühlte sich sofort verloren. Als würde sie in der Luft schweben und keinen Halt mehr finden. »Weil ich nicht wollte, dass du mich als deine Mutter ansiehst. Es musste ein Geheimnis bleiben, um keinen Skandal auszulösen. Ich habe mich aus diesem Grund emotional abgespalten und dich selbst in meinem eigenen Kopf ab und zu Neffe genannt.«

»Wie war dein Verhältnis zu Mum? Ihr habt mir ja alle etwas vorgemacht. Ich kenne euch eigentlich gar nicht richtig.«

»Sie hat mir die Affäre mit deinem Vater nie verziehen, aber ihr war es wichtig, dass ich in deiner Nähe bleibe. Die zwei haben mitgespielt, um dir den besten Start zu ermöglichen. Du solltest sorglos aufwachsen können. Ich frage mich bis heute, ob ich Schuld an ihrer Erkrankung hatte.«

Oakley schüttelte den Kopf. »Sie hat geraucht wie ein Schlot. Ihren Krebs musst du dir ganz sicher nicht aufbürden. Was ist mit Dad? Wieso ist er so plötzlich verschwunden? Hast du ihn davongejagt? Immerhin hat er dich geschwängert und konnte dann nicht dazu stehen. Ich würde es dir nicht einmal verübeln.«

Lucretia schniefte. Oakley reichte ihr ein Taschentuch. »Er ist nach Cynthias Tod von selbst gegangen. Seine letzten Worte an mich waren, dass er mit uns«, sie zeigte abwechselnd auf Oakley und sich, »nichts zu tun haben will. Kannst du dir vorstellen, dass das derselbe Mann gewesen ist, der den Liebesbrief geschrieben hat? Kaum war ich schwanger, hat er mich ignoriert und sich aus einem schlechten Gewissen heraus lieber wieder um Cynthia gekümmert. Dabei war *er* der Verführer. Dieser Lustmolch«, grummelte sie. »Er hat uns Schwestern gegeneinander ausgespielt. Aber auch mich trifft die Schuld. Immerhin habe ich mitgemacht und ihr damit wehgetan. Das wollte ich nie.« Lucretia erinnerte sich noch genau an sein Gesicht, an das warme Lächeln und die starken Hände. Ein Mann zum Zupacken, und ein Charmeur obendrein. Der perfekte Verführer, aber ein eiskaltes Herz.

»Und Mum ... ich meine, Cynthia?«

»Nenn sie ruhig weiterhin so. Für dich war sie immer deine Mutter.« Lucretia machte eine Pause und knetete ihre Finger nervös. »Wir wollten alle drei nicht, dass diese Affäre ans Licht kommt. Du weißt, wie es hier in Pendle zugeht, sobald nur der Hauch eines Gerüchts in der Luft schwebt. Also haben wir so getan, als wäre Cynthia mit dir schwanger. Du wurdest direkt nach der Geburt an sie übergeben. Niemand hat je etwas geahnt.«

Oakley sog die Luft zischend ein. »Aber ... das muss doch fürchterlich für dich gewesen sein. Immerhin hast *du* mich geboren, nicht sie.«

»Es verging kein Tag, an dem ich dir nicht die Wahrheit sagen wollte. Für deine Zukunft habe ich es nicht getan. Stell dir vor, du wirst auf ewig als Bastard betitelt. Nicht auszumalen!«

Oakley winkte ab. »Wir leben im 21. Jahrhundert. So schlimm ist das doch heutzutage nicht mehr.«

»Der Rest der Welt ist vielleicht in der Gegenwart angekommen, aber nicht unser kleines Pendle. Ich wollte den Menschen außerdem noch in die Augen sehen können.«

Niemand sagte etwas, bis Oakley die Stille brach. »Und nun? Was machen wir jetzt? Weiter eine Lüge leben, oder stehen wir zu dem, was passiert ist?«

»Das entscheidest du. Ich vertraue auf dich. Seit ich mit Jolene auf dem Friedhof gewesen bin, um Nathan Shaws Sarg auszugraben, halten mich doch sowieso alle für verrückt.«

Oakley runzelte die Stirn. »Ich denke nicht, dass jemand etwas weitererzählt hat.«

»Irgendwann wird es durchsickern. Aber weißt du was?« Sie beugte sich vor und fixierte ihn. »Sollen mich ruhig alle für geisteskrank halten. Das ist mir egal. Sie starren mich sowieso an, seit ich meine Haare rot färbe.«

Oakley stand auf und sortierte die bunten Blumen in der Vase, die noch vom vorherigen Patienten stammten. Einige waren verwelkt, aber die Rosen hielten sich wacker.

Lucretia hatte nun auch ein paar Fragen, seit sie das Eis gebrochen hatten. »Wie konntest du es ahnen? Ich habe alles dafür getan, dass du es nicht wusstest. War es nur das Krankenhaus und diese eine Info?« Gespannt wartete sie ab und presste die Lippen fest aufeinander, bis sie sie kaum mehr spürte.

Oakley drehte sich um und fuhr sich durchs Haar. »Insgeheim wusste ich es bereits. Immer wenn ich etwas Dummes angestellt habe, hast du dich benommen wie eine überfürsorgliche Mutter. Du hast getobt, als ich mit den Tattoos nach Hause kam, kaum dass ich achtzehn war.« Er drehte seine Arme so, dass sie die keltischen Bilder und Runen darauf sehen konnte.

»Außerdem schimpfst du ständig wegen Thea, weil du sie nicht als meine Freundin akzeptieren willst.«

Lucretia lachte gequält. Sie legte ihren Kopf zurück ans Kissen. »Diese Shaw verbirgt etwas. Sie und ihr Vater. Ich traue beiden nicht.«

»Sie ist wirklich nett, wenn man sie näher kennt. Eigentlich seid ihr euch sogar recht ähnlich.«

»Was?«, rief Lucretia empört und wäre am liebsten aus dem Bett gesprungen. Das wollte sie ungern auf sich sitzen lassen!

Oakley beruhigte sie, indem er Lucretia sachte zurückdrückte. Er setzte sich wieder. »Na ja, ihr seid beide ziemlich verbohrt, wenn ihr euch einmal etwas in den Kopf gesetzt habt. Aber dass du bei ihr einbrichst, durch schmutzige Tunnel irrst und sie schlecht behandelst, finde ich nicht in Ordnung. Wieso hast du das alles überhaupt getan? War das Jolene, die dich angestiftet hat?«

Beim Gedanken an ihre Freundin fühlte sie wieder den Stich im Herzen. »Mit der bin ich fertig!«

Oakley lachte. »Ihr könnt doch gar nicht ohneeinander. Ich sehe euch beiden an, dass ihr leidet. Jolene wirkt wie das Elend in Person, und du hast seitdem Langeweile und starrst stundenlang aus dem Fenster. Vielleicht solltest du überlegen, die Frührente aufzugeben und wieder einen kleinen Job zu übernehmen. Fit genug bist du schließlich. Es muss ja nicht in der Industrie sein. Frag doch mal Fiona. Sie würde dich sicher im Café aushelfen lassen.«

»Die kann mich genauso wenig leiden wie alle anderen. Nein, danke.« Verwundert sah sie ihn an. »Aber ich dachte, du bist froh, dass ich mit Jolene gebrochen habe.«

»Ich kann diese Frau nicht ausstehen, aber ich möchte auch nicht, dass es meiner *Mum* schlecht geht.«

Das sagte er mit solcher Liebe in der Stimme, dass Lucretia Tränen in die Augen schossen. Oakley zog sie in seine Arme und hielt sie eine Weile fest.

»Es tut mir alles so furchtbar leid. Ich werde es wiedergutmachen«, sagte sie und löste sich von ihm. Sie musste ein paarmal blinzeln, um die Sicht zu schärfen. Lucretia verlieh ihrer Stimme einen energischen Unterton. »Deine Freundin wäre mir sowieso früher oder später auf die Schliche gekommen, weil sie intelligent und neugierig ist. Und sie liebt dich, auch wenn mir das nicht passt. Kein Wunder, du hast den Charme und das Aussehen deines Vaters geerbt.«

Oakley lächelte gefasst und erhob sich. »Solange ich sonst nichts von ihm geerbt habe, ist es mir recht.«

»Willst du etwa schon gehen?«, fragte Lucretia ängstlich. Sie hatte gerade erst ihren Sohn wiedergefunden. So schnell würde sie ihn nicht gehen lassen, jetzt, da die Wahrheit raus war.

»Ich hole uns ein Stück Kuchen vom Bäcker nebenan. Der soll besser sein als der aus der Klinikkantine und hat noch geöffnet. Du ziehst dich in der Zwischenzeit an und triffst mich danach im Foyer. Wir werden diesen Abend zusammen verbringen und uns unterhalten. Ich habe noch viele Fragen.«

Lucretia erwiderte sein Lächeln glücklich. »Und ich werde sie dir beantworten.«

***

Myrna hatte Hank eine Weile nicht gesehen und freute sich auf den gemeinsamen Nachmittag mit ihm und seiner achtjährigen Tochter. Sie würden den Pub für heute schließen, Essen kochen und abends Gesellschaftsspiele spielen, bis Alison von ihrer Mutter abgeholt wurde.

Myrna hatte solch ein Familienbeisammensein immer vermisst. Ihre eigene Verwandtschaft kümmerte sich kaum um die Belange der anderen. Bei Familie Evans war es seit jeher um Geld, Erfolg und Macht gegangen. Hauptsache, man zeigte sich von seiner besten Seite. Wie es in ihrem Inneren aussah, hatte insbesondere ihre Mutter nie interessiert.

Sie ließ sich in Hanks starke Arme sinken und genoss den Moment der Wärme und Fürsorge sehr.

Mittlerweile hatte sie auch Alison kennengelernt und sich ein wenig mit ihr angefreundet. Deren treue, braune Augen waren eindeutig die ihres Vaters.

Gemeinsam schnitten sie Gemüse für ihre vegetarische Lasagne, die Hank beherrschte wie kein anderer. Dabei waren riesige, fleischlastige Burger sonst sein Steckenpferd. Den ganzen Abend lachten, erzählten und scherzten sie.

»Du wirkst nachdenklich«, meinte er, als die Teller leer und die Mägen gefüllt waren. Alison ging unterdessen mit Labrador Foster Gassi und würde erst in einer halben Stunde zurückkehren.

Sie genossen so lange die Zweisamkeit bei Wein und Kerzenschein.

»Ist sie nicht zu jung, um allein mit dem Hund rauszugehen? Es ist bereits dunkel.«

Hank lächelte warm, wodurch sich sein dunkler Anchor-Bart verzog. »Sie ist alt genug, ein wenig Verantwortung zu übernehmen. Außerdem kennt sie mittlerweile die Gegend und war sogar schon allein am Pendle Hill. Ich freue mich, dass du dich genauso um meine Tochter sorgst, aber es ist wirklich nicht nötig. Alison weiß, worauf sie achten soll, und sie hat ein Handy bei sich für den Notfall sowie den Wachhund an ihrer Seite.«

Myrna vermutete, dass er seinem Kind alles bieten wollte, was es brauchte. Immerhin kämpfte er noch immer um das Sorgerecht, das er damals freiwillig abgegeben hatte. Alison sollte sich in erster Linie wohlfühlen bei ihm.

»Und schauen sie dir immer noch so stark auf die Finger, weil du eine Kneipe leitest?«, fragte Myrna.

Das Lächeln verschwand und wich einem nachdenklichen Ausdruck. Er konzentrierte sich auf das Glas vor seiner Nase und spielte damit. »Meine Ex hat ihnen eingeredet, dass ich kein guter Vater sei. Ich möchte Alison aber auch nicht einengen. Lieber soll sie behütet aufwachsen und nicht überwacht werden. Ich denke, dass ich der beste Vater für sie bin, wenn ich ihr mit Rat und Tat zur Seite stehe und sie beschütze, sobald sie es braucht.«

Myrna bewunderte Hank für seine Ruhe. Ein anderer wäre vielleicht längst durchgedreht und hätte an Alison geklammert oder sie mit Geschenken überhäuft, um sich ihre Liebe zu erkaufen. Nicht so Hank. Er wollte lieber ein Vorbild sein.

»Du machst es perfekt. Es hat sich gelohnt, dass du nie aufgegeben hast«, sagte Myrna und streichelte seine Hand.

Hank zog sie auf seinen Schoß und küsste sie zärtlich. Wie sie diese stillen Momente zwischen ihnen liebte!

Er löste sich von ihr und fuhr liebevoll durch ihren Pixie. »Aber nun raus mit der Sprache. Was beschäftigt dich wirklich?«

Myrna seufzte leise. »Du weißt, dass ich nicht viel zum Fall sagen darf, aber da es der Reverend und Thea bereits wissen, weihe ich dich auch ein. Außerdem habe ich noch eine Frage dazu. Du hast von den Knochen auf dem St. Benet's Churchyard gehört?«

»Habe ich.« Er nickte und hielt ihre Hand fest in seiner, als sie sich zurück auf ihren Stuhl setzte.

»Es ist eine Frau Ende fünfzig, bei der es sich laut Peter Hughings Aussage um eine gewisse Susan Mcanally handeln könnte. Die Informationen zu ihr erwarten wir heute Abend. Sie hat an ihrem letzten Tag in Pendle vor fast genau einem Jahr einen roten Schal getragen. Genau so einer wurde bei der Leiche gefunden. Auch das Alter stimmt überein. Susan war achtundfünfzig, als sie verschwand. Hughing hat geglaubt, dass sie wiederkommt, kam sie aber nicht.«

»Was wollte sie hier bei uns? Urlaub machen?«

Myrna überlegte. Mehr durfte sie Hank eigentlich nicht verraten. »Es war wohl beruflich, aber genauer weiß ich es selbst noch nicht. Sie plante ein Begegnungszentrum hier in Pendle.«

»Und nun willst du wissen, was mir vor einem Jahr aufgefallen ist, weil ich der Wirt des einzigen Pubs weit und breit bin?« Hank schaltete immer schnell und durchschaute Myrna mit Leichtigkeit. Normalerweise würde sie das verunsichern, aber bei ihm gefiel es ihr.

Sie nickte und holte ein ausgedrucktes Foto aus ihrer Hosentasche. »Kannst du dich an sie erinnern?«

Hank sah sie eine Weile an und lächelte dann. »Du lässt den Inspector wirklich nie zu Hause, was? Doch ich wusste ja, auf wen ich mich einlasse.«

»Entschuldige, aber es ist wirklich dringend.« Sie schob ihm das Foto von Susan, das Ward und sie auf der Firmenwebsite der ›Mcanally Inc.‹ gefunden hatten, über den Tisch. »Kennst du sie?«

Hank griff danach und betrachtete es stirnrunzelnd. Er bewegte das kantige Kinn und schien sich ernsthaft Gedanken zu machen. »Ihre Frisur ist keine Seltenheit, die Augen sind auch nicht unbedingt auffällig, und überhaupt kann ich mir Gesichter nur schwer merken. Es kann schon sein, dass sie hier war, aber dann erinnere ich mich nicht mehr an sie. Tut mir leid, ich hätte dir gern geholfen.«

»Schade, aber einen Versuch war es wert. Hat der Pub Kameras?«

»Mehrere, aber die Aufnahmen von vor einem Jahr sind längst überschrieben. Besser, du gehst mit diesem Foto zu einer von unseren beiden Dorfhexen. Die zwei können sich Gesichter besser merken als ich. Und sie beobachten nicht erst seit gestern alles und jeden hier im Borough.«

»Ob sie mit mir reden werden?« Myrna war verunsichert.

Hank beugte sich vor und sah ihr tief in die Augen. Sofort lief ein wohliger Schauer über ihren Rücken. »Du darfst nicht an dir zweifeln. Du bist eine gute

Ermittlerin und wirst das mit diesem Fall sicher wieder einmal unter Beweis stellen. Glaub etwas mehr an dich, Myrna.«

Sie lächelte. Hank war der Einzige, der sie beim Vornamen nannte. Sie genoss es, ihn aus seinem Mund zu hören. »Was würde ich nur ohne dich machen?«

»Wahrscheinlich ebenfalls einen Mord aufklären. Es war doch Mord, oder? Ich habe Gerüchte im Pub gehört, dass man dieser …«

»Susan.«

»… dass man dieser Susan den Schädel eingeschlagen hat.«

»Wer verbreitet das?« Myrna war empört, dass es sich schon jetzt wie ein Lauffeuer herumsprach. Hughing hielt sie für zu verschwiegen dafür. »Haben Thea oder Harrison etwa wieder …«

Hank hob beruhigend die Hand. »O nein, ihr Blogbeitrag ist noch nicht online, falls du das meinst. Und Ward wird sich hüten, Lucretia noch einmal Berufsgeheimnisse zu erzählen. Nein, da war dieses Mädchen mit den rosa Haaren und der Zahnlücke eindeutig schneller.«

Myrna erinnerte sich sofort an Emilia. »Sie wohnt bei Jolene und mischt sich gern in fremde Angelegenheiten ein. Ich werde sie mir vorknöpfen.«

Hank grinste schief. »Das glaube ich dir aufs Wort. Mit einer wütenden Myrna Evans will sich niemand anlegen – außer Brian und Nate natürlich. Aber die haben ihre Quittung längst bekommen. Zumindest Brian benimmt sich seit einigen Wochen erstaunlich zahm. Ich hoffe, das bleibt so.«

Als sie die Tür hörten, stürmte Foster bereits auf sie zu. Alison brachte kalte Winterluft und jede Menge Schnee mit, der als feuchter Matsch auf dem Boden endete. »Ich habe jemanden dabei«, sagte sie fröhlich. »Darf Ems bleiben, bis Mama kommt? Sie könnte ja mitspielen. Dann bilden wir Teams.«

Hank lachte laut los, während Myrna die Kinnlade herunterfiel. *Das darf doch nicht wahr sein! Die schon wieder!*

Emilia schien keineswegs erstaunt, sondern sogar hocherfreut.

Myrna lächelte Alison an, ehe sie deren Gast einen strengen Augenaufschlag schenkte.

Hank gestattete ihren Besuch natürlich. »Magst du auch etwas essen, Ems?«, fragte er die neue Freundin seiner Tochter und wirkte dabei so entspannt und gut gelaunt wie eh und je. Er humpelte auf der Krücke Richtung Bar und stellte die leeren Teller auf den Tresen. »Wir haben Lasagne gemacht, allerdings vegetarische. Alison isst kein Fleisch.«

»Nein, danke, ich habe schon gegessen. Und nach so einer Geisterbeschwörung muss ich mich erst einmal erholen. Ich wollte Alison nur nicht allein nach Hause gehen lassen. Hier draußen lauern zu viele Gefahren. Ich brauche jetzt Ruhe. Die Bilder in meinem Kopf stehen noch nicht still und sind alle durcheinander.«

*Das glaube ich dir gern*, dachte Myrna und wusste nicht, ob sie lachen oder schimpfen sollte. Konnte sie dieses verrückte Mädchen überhaupt ernst nehmen?

Hank wechselte einen amüsierten Blick mit Myrna. »Ähm ... sehr interessant. Magst du dich nicht setzen?«

Er deutete zum Tisch, aber Myrna zog Emilia bereits grob nach draußen.

Es war bitterkalt. Sie schlang die Arme um sich und stellte das Mädchen zur Rede. »Was zum Henker treibst du hier eigentlich? Erst tauchst du wie aus dem Nichts auf, dann forderst du meine beste Freundin zu einem albernen Wettstreit heraus, und zu guter Letzt bist du plötzlich Alisons gute Bekannte? Nein, das glaube ich dir nicht. Du bezweckst doch etwas. Und was meinst du mit ›Geisterbeschwörung‹? Hast du ein Ouija-Brett bei Mrs Downing?«

»Das benutzen nur die Anfänger.« Sie winkte überheblich ab. Ihre riesigen Augen wurden noch ein Stück größer. Sie leuchteten aufgeregt. Nun sah sie fast selbst wie ein Wesen vom anderen Stern aus. »Ich möchte viel mehr erreichen, als einen Fluch auf mich zu ziehen. Ich will schließlich nicht wie Estefania Gutiérrez Lázaro enden.«

»Ist das die, von der Thea in ihrem Blog spricht? Das Mädchen, das erst verrückt geworden und dann im Krankenhaus gestorben ist? Ich glaube nicht an Hokuspokus. Für alles gibt es eine wissenschaftliche Erklärung.«

Emilia zog eine Schnute. »Eine Erklärung, die kein Ermittler und kein Arzt dieser Welt je finden konnte? Vielleicht hast du bei Estefania mehr Glück als mit Susan Mcanally. Wie mir scheint, tappt ihr alle drei noch im Dunkeln.«

Myrna hätte ihr gern den Mund verboten, ballte aber nur heimlich die Fäuste und lauschte aufmerksam. Vielleicht konnte sie diesem Mädchen ein paar Informationen entlocken, wenn sie freundlich blieb. »Du beschwörst also Geister. Und was hat dir Susan so erzählt, als du mit ihr gesprochen hast?« Sie kam sich albern vor.

»Du nimmst mich nicht ernst, aber das ist in Ordnung. Ich habe nichts anderes von dir erwartet, Evans. Ich versuche auf meine Weise, den Täter zu ermitteln, und du auf deine.«

»Wie funktioniert das mit dieser ... Beschwörung? Ich bin neugierig.«

»Dazu muss ich an jeden Ort gehen, den Susan Mcanally kurz vor ihrem Tod besucht hat, um ihren Geist in mich aufzunehmen. Durch das Verbrechen an ihr ist er an diese Welt gebunden, bis man ihren Mörder findet und ihren Körper ordentlich begräbt. Außerdem redet sie nicht einfach mit mir, sondern sendet mir Gefühle, Erinnerungsfetzen und Lichter.«

»Woher willst du wissen, wo sie überall war? Bist du ihr vor einem Jahr gefolgt? Das würde dich zur Verdächtigen machen.«

Emilia lächelte geheimnisvoll. »Das nennt sich Recherche. Ich bin sehr fleißig gewesen, seit ich hier bin.«

Myrna hatte genug Unsinn gehört. Sie hatte noch ein anderes Hühnchen mit diesem durchgeknallten Teenager zu rupfen. »Wir sollten uns lieber über deine Art und Weise unterhalten, mit Geheimnissen und Privatsphären umzugehen. Du hättest den Namen der Toten nie erfahren dürfen. Nicht einmal Thea wird ihn in ihrem Blog nennen, weil die Familie noch nicht benachrichtigt wurde.« Myrna war außer sich, behielt aber die Ruhe. Sie tobte nur innerlich und hoffte, dass ihr nicht anzusehen war, wie aufgelöst sie in Wirklichkeit war.

Emilia tätschelte ihre Schulter wie bei einem guten Freund. »Mach dir nichts draus, Evans. Es kann nicht jeder immer gleich gute Ergebnisse liefern. Susan war in der Mordnacht hier im Pub.«

»Sagt wer? Hank hat es nicht bestätigt. Er kann sich nicht an sie erinnern. Woher hast du diese Information?« Myrna verengte die Augen. Ihre Zähne klapperten. Die Finger versteckte sie unter den Achseln.

Emilias Lächeln wurde noch breiter. »Ich darf als Ermittlerin keine Details verraten. Das muss ich dir ja nicht sagen. Aber ich gebe dir einen gut gemeinten Tipp: Lucretia Miller hat es mir gesagt. Falls du mehr wissen willst, müsst ihr mich zur nächsten Besprechung von *Churchyard Crimes* einladen.«

Myrna schüttelte den Kopf. »Nichts da. Thea, Callan und ich sind *Churchyard Crimes*. Nicht einmal mein Kollege gehört dazu, auch wenn er mit mir ermittelt. Wir kennen dich nicht und fragen uns eher, was du mit alledem bezweckst. Informationen absichtlich vor der Polizei zurückzuhalten, ist nicht direkt strafbar, macht dich aber in meinen Augen verdächtig.«

Emilia verlor das Lächeln nicht, sondern beugte sich vor, bis ihr Kopf neben Myrnas war. »Wer sagt, dass wir uns nicht längst kennen, Inspector?«, flüsterte sie ihr ins Ohr und kicherte leise.

Sie ließ die irritierte Myrna stehen und winkte beim Weggehen. »Grüß Alison von mir! Sag ihr bitte, dass ich dringend losmusste, um einen Mörder zu schnappen!«

# 8. Kapitel

Das erste Treffen in der Bibliothek des Chamberling-Anwesens stand bevor. Hier hatten sich Thea und Myrna bereits bei ihrem ersten Fall eine kleine Ermittlungsstation eingerichtet.

Als Callan außer Atem in der Tür stand und *Churchyard Crimes* damit komplett war, zog Thea die Pinnwand hervor. »Fangen wir an, unsere Informationen zusammenzutragen«, sagte sie und zückte eifrig Filzstift und Karteikarten. »Das Opfer heißt Susan Mcanally?« Sie hielt inne und sah Myrna an.

Diese nickte. »Wir haben die Bestätigung vorhin erhalten. Kaum hatten wir den Namen, ging es ganz schnell. Sie ist es, daran gibt es keinen Zweifel. Seit einem Jahr, genauer gesagt seit dem 15. Dezember 2022 wurde sie nicht mehr gesehen.«

Thea beschriftete die Karte und pinnte sie in die Mitte der Tafel. Dann nahm sie die nächste und schrieb schweren Herzens Reverend Hughings Namen auf. Sie zog einen Faden von ihm zu Susan und setzte eine weitere Markierung mit dem möglichen Motiv an die Tafel: ›Angst um Existenz? Kirchenschließung?‹.

Nun meldete sich Callan zu Wort, der währenddessen auf seinem Handy mitschrieb und Protokoll führte. »Eines verstehe ich nicht: Wenn sie seit einem Jahr weg war, weil sie die ganze Zeit in diesem Grab gelegen hat, wieso hat sie dann niemand als vermisst gemeldet? Hatte sie denn keine Freunde oder Familie? Was ist mit ihrer Wohnung?«

»Das klären wir gerade, aber Susan hatte wohl die Angewohnheit, ihre Miete ein Jahr im Voraus zu bezahlen. Das Geld dafür hatte sie durch große Immobiliengeschäfte und Projekte wie das geplante Begegnungszentrum übrig. Sie war alleinige Eigentümerin von ›Mcanally Inc.‹.«

Thea setzte das Unternehmen zu Susans Namen und wartete auf weitere Infos.

»Soll ich diese Firma durchleuchten?«, fragte Callan. Auch er war ganz bei der Sache. Sie ergänzten sich gut. »Vielleicht hat sie Gelder veruntreut und wollte in Pendle untertauchen, wurde aber gefunden.«

Myrna schmunzelte. »Wir sind hier nicht bei *Psycho*, Callan.«

»Die Dusche fehlt ja auch«, erwiderte er und streckte ihr die Zunge heraus, was sie zum Lachen brachte. »Möglich wäre es.«

Thea überlegte. »Und bei ›Mcanally Inc.‹ hat sich niemand gewundert, dass die Chefin nicht mehr auftauchte? Sie hatte doch sicher Angestellte und Geschäftspartner als erfolgreiche Businessfrau.«

Myrna blätterte in ihren Notizen. »Die Stelle wurde neu vergeben. Ihr ehemaliger Assistent Silva Ammond hat übernommen, als sie nicht mehr in Erscheinung getreten ist. Ihn werden Ward und ich morgen befragen. Zum Glück konnte die Kriminaltechnik Susans Handydaten retten. Ihr letzter Anruf ging an Mr Ammond raus und dauerte rund zwei Minuten.«

»Nach einem Jahr unter der Erde konnten Daten gerettet werden? Erstaunlich, was heutzutage alles geht. Das sollte ich unbedingt in meinen Blog aufnehmen.« Thea schürzte beeindruckt die Lippen.

»Ein Handyakku hält sich vierhundertfünfzig bis tausend Jahre im Boden. So etwas zersetzt sich nicht so schnell«, erklärte Myrna. »Und auch der Rest davon braucht ähnlich lange. Zudem war das Handy in ihrer Tasche und somit vor dem Gröbsten wie Dreck und Feuchtigkeit geschützt. Nur das Display war gesprungen und der Akku natürlich leer.«

Thea pinnte den Kollegen an ihre Tafel. »Ich tippe auf Ammond. Er hat am meisten von ihrem Tod profitiert.«

»Nicht so voreilig.« Myrna warnte sie nicht das erste Mal. »Wir wissen immer noch zu wenig, um einen dieser Leute in die engere Wahl zu nehmen. Wir sollten auch Mr Pearls Aussage berücksichtigen.«

»Mr Pearl? Was sagt er denn so?« Callan kratzte sich nervös am Hinterkopf und leckte sich über die Lippen.

Thea musterte ihn. »Warum bist du auf einmal so aufgekratzt?«

»Ich bin doch nicht aufgekratzt!«, krächzte er mit überschlagender Stimme und räusperte sich. »Das ist nur der Stimmbruch.«

»Du bist längst raus aus dem Stimmbruch. Was verheimlichst du uns jetzt schon wieder?« Thea fixierte ihn und versuchte hinter diese blasse, sommersprossige Fassade zu blicken.

Myrna bohrte nun ebenfalls nach. »Wieso benimmst du dich, als hättest du etwas Schlimmes angestellt? Hast du uns etwas zu beichten?«

Callan sah wieder auf sein Handy und tippte wie wild auf das Display. »Ihr spinnt ja. Alle beide.« Man hörte ihn leise murmeln. »Weiber ...«

Thea wusste, dass sie heute nichts mehr aus ihm herausbekommen würden. Sie wollte wann anders nachhaken. Stattdessen konzentrierte sie sich auf ihren Fall. Der würde die Kommentarspalte auf ihrem Blog zum Bersten bringen, wenn sie es richtig anstellte. Sie fühlte sich schon jetzt ganz euphorisch.

»Ich und Ward werden zuerst einmal diese ›Mcanally Inc.‹ in Augenschein nehmen und uns mit Mr Ammond unterhalten. Bis dahin wissen wir auch mehr über Susans Privatleben, ob sie Vorstrafen hatte, wie sie als Vorgesetzte war und welche Käsesorte sie bevorzugte.«

Callan runzelte die Stirn. »Wieso willst du wissen, was sie gegessen hat? Ist das schon wieder ein Fall voller Allergien und Unverträglichkeiten? Hatten wir davon nicht langsam genug?«

Thea rubbelte ihm grinsend durch die roten Locken. »Das sagt sie doch nur so, Dummerchen!«

»Hey, lass das!«, rief er und wischte ihre Hand weg. »Du kannst echt so was von nervig sein.«

»Dito.«

Myrna stellte sich dazwischen. »Streitet nicht, sondern helft mir lieber.«

Callan verschränkte die Arme und setzte sein ›Ich-weiß-alles-besser‹-Gesicht auf. »Also, im Gegensatz zu euch stochere ich nicht nur im Nichts herum, sondern suche handfeste Spuren. Ich weiß ja nicht, was ihr gemacht habt, aber ich habe Susan während eurer Mutmaßungen längst durchleuchtet.«

Thea beugte sich zu Myrna, die bereits wieder die Fäuste ballte und kurz vor einer Schimpftirade stand. »Er klingt fast so wie Emilia, findest du nicht?«

»Nicht nur fast, sondern genau wie sie. Und ich kann sie nicht ausstehen.«

»Wer ist Emilia?«, fragte Callan dazwischen und sah neugierig von einem zum anderen. »Habe ich was verpasst?«

Myrnas Miene veränderte sich. Erst entspannte sie sich, dann wurde sie beinahe verschlagen. »Sie ist dein nächster Auftrag. Hast du Lust, wieder einmal Spion zu spielen und *Churchyard Crimes* einen Dienst zu erweisen?«

Callan war sofort Feuer und Flamme, ließ sich die Beschreibung des Mädchens geben und versuchte, mehr über Emilia Tremblay im Netz herauszufinden.

Währenddessen widmeten sich Thea und Myrna wieder dem aktuellen Fall.

»George Pearl hat ausgesagt, dass er gesehen hat, wie seine Nachbarin seine Frau ermordet hat.«

Theas Augen wurden groß. »Seine Nachbarin ist Jolene, oder?« Sie rieb sich die Hände. »Die würde ich gern einmal in Handschellen sehen. Dann vergeht ihr das fiese Lachen vielleicht.«

Myrna stoppte sie in ihrer Freude. »Mr Pearl scheint etwas durcheinander zu sein, denn er nannte Harrison ein Datum von vor einem Jahr. Aber jetzt halt dich fest. Es soll der 15. Dezember gewesen sein.«

»Der Tag, an dem es das letzte Lebenszeichen von Susan gab«, hauchte Thea begeistert.

»Seine Aussage könnte vielleicht noch wichtig werden. Notieren wir das am besten und behalten es im Hinterkopf.«

Thea nickte und bereitete auch dafür ein Kärtchen vor, das sie neben die Verdächtigen hängte und ohne Faden beließ.

»Als Nächstes haben wir noch Emilia Tremblay, die plötzlich, genau einen Tag vor dem Leichenfund, auftaucht und unsere Ermittlungen stört.«

»Ich finde nichts zu ihr«, sagte Callan und rieb sich angestrengt über die Stirn. »Sie scheint ein Geist zu sein. Emilia hat weder Social Media noch eine Website. Sie ist nicht einmal in irgendeinem Forum unter ihrem Namen angemeldet.«

Myrna nickte. »Dann wird dir nichts anderes übrig bleiben, als sie höchstpersönlich zu verfolgen. Schließlich wohnt sie bei Jolene. Denk dir einen Vorwand aus, in ihrer Nähe zu sein.«

»Aber Emilia wird es dir nicht leicht machen«, meinte Thea mit Bedauern. Sie dachte noch immer an den Schreck, den ihr dieses Mädchen versetzt hatte. »Sie hat mich sofort bemerkt, als ich ihr gefolgt bin. Und du musst wissen, dass sie verrückt ist. Emilia spricht angeblich mit Geistern und halluziniert wahrscheinlich. Bring dich in Sicherheit, wenn es nötig wird. Nicht dass sie am Ende noch unsere Mörderin ist. Wer weiß, ob sie vorher schon einmal in Pendle gewesen ist.« Thea pinnte Emilias Namen mit an die Tafel. Als Motiv schrieb sie ein Fragezeichen auf. Bislang gab es keine Verbindung zwischen ihr und Susan Mcanally.

Myrna setzte sich und betrachtete das Bild aus der Ferne. »Einige Namen haben wir. Fragt sich nur, wer noch alles ein Motiv für die Tat hatte. Morgen wissen wir mehr. Lasst uns eine Nacht darüber schlafen und die nächsten Ergebnisse abwarten.«

Thea sah sie wahrscheinlich genauso erwartungsvoll an wie Callan. »Heißt das, wir dürfen weiter ermitteln? Und ich kann endlich meinen Beitrag schreiben?«

»Du darfst, aber verrate nicht zu viel. Du kennst die Regeln.« Myrna hob einen Finger. »Und niemand befragt Verdächtige allein, außer, es wird erlaubt.«

Callan rollte mit den Augen, blieb aber still und tippte weiter auf die Tastatur. Ein leises Klacken erfüllte den zweistöckigen Raum.

»Schreib bitte noch Lucretia Miller auf«, sagte Myrna.

»Was hat Oakleys Tante jetzt wieder angestellt?« Thea war genervt. Er hatte ihr für den Abend abgesagt, um lieber Zeit mit dieser Nervensäge zu verbringen. Was den Sinneswandel ausgelöst hatte, musste sie erst noch herausfinden.

»Sie ist keine Verdächtige, jedenfalls noch nicht. Aber laut Emilia weiß sie etwas über Susan. Sie soll sie vor einem Jahr hier in Pendle gesehen haben. Sie könnte Details liefern.«

»Lucretia ist also eine wichtige Zeugin? Na dann, gute Nacht.« Thea lachte gequält und wischte sich über die müden Augen. »Was will sie denn ganz genau beobachtet haben?«

»Das weiß ich noch nicht. Emilia hat mir nur diesen Tipp gegeben.«

»Wie überaus freundlich von ihr. Dieses Mädchen geht mir langsam, aber sicher auf die Nerven. Und nicht nur das, vorhin hat ›Wookieeboy‹ schon wieder

Stress gemacht. ›Peach92‹ musste ihn beruhigen, sonst wäre es auf meinem Blog eskaliert.«

»Der Follower, der glaubt, dass UFOs über Pendle schweben? Wie könnte er dir je schaden?« Myrna hob eine Augenbraue und strich ihren blonden Pixie glatt.

»Er hat angedroht, den Blog zu boykottieren, wenn es nicht bald einen neuen Fall gibt.«

»Das klingt danach, als würde er dich zum Mord in der Nachbarschaft anstiften wollen.« Sie lachte. »Nimm diesen Spinner bloß nicht ernst. Er glaubt doch andauernd, man habe diesen oder jenen geklont, entführt oder auf die Erde geworfen.« Sie lachte amüsiert. »Wieso lässt du dich davon beeindrucken? Das ist doch sonst nicht deine Art.«

Thea ging auf und ab und rieb sich über die Oberarme. Sie sah angespannt aus dem Fenster.

Draußen heulte der Wind und rüttelte an den Vorrichtungen, die dank ihrer monatelangen Renovierung endlich dicht und sicher waren. Gerade rechtzeitig, denn ein Schneesturm kündigte sich an. Morgen früh würden sie bestimmt eingeschneit sein. Zum Glück standen keine weiteren Beerdigungen an.

»›Wookieeboy‹ war damals mein allererster Abonnent. Durch ihn habe ich weitergemacht und Spaß an der Sache gefunden. Er ist eigenartig und meistens schrecklich verrückt, aber ich habe auch einen Narren an ihm gefressen. Wenn ausgerechnet er gehen sollte, ist das, als würde ein Teil meines Blogs fehlen. ›Wookieeboy‹ gehört irgendwie ... dazu.«

Myrna lächelte nun nicht mehr frech, sondern verständnisvoll. »Du wirst nachher deinen ersten Beitrag posten. Lass Susans Namen aber bitte aus dem Spiel.

Nur die allgemeinen Fakten. Dass du sie gefunden hast, dürfte auf reges Interesse stoßen. Das wird deinen Lieblings-Follower sicher besänftigen. Aber lass dich bitte nicht von einem anonymen User im Internet erpressen. Das ist er nicht wert.«

»Ich weiß, Evans, ich weiß«, antwortete sie gedankenverloren. Ein wenig waren Theas Follower und sie wie eine Familie. Ihr Blog hatte ihr durch eine schwere Zeit geholfen und sie abgelenkt, wenn sie es brauchte. Selbst so ein ›UFO-Spinner‹ wie ›Wookieeboy‹ gehörte einfach dazu.

»Wir haben einen Namen auf der Liste vergessen«, sagte Myrna und holte Thea ins Hier und Jetzt zurück.

»Ja? Wen denn?«

Als sie den Blick ihrer Freundin sah, wusste sie, worauf diese hinauswollte. Thea stöhnte. »Ich rede bald mit ihm! Versprochen! Gleich morgen gehe ich zu Reverend Hughing und finde heraus, wo ich Nathan finden kann. So schwer kann das in diesem kleinen Ort ja nicht sein.«

»Das hoffe ich, denn sonst bleibt mir nichts anderes übrig, als sein Grab zu öffnen, festzustellen, dass niemand darin liegt, und danach eine landesweite Fahndung rauszugeben. Es tut mir leid, aber du weißt, wie dringend es ist. Außerdem ist er dir längst ein paar Antworten schuldig.«

Theas Magen stauchte sich unangenehm zusammen. Am liebsten hätte sie sich übergeben. Sie schmeckte bittere Galle auf ihrer Zunge und starrte wieder eine Weile aus dem Fenster mitten ins Schneegestöber, um klar zu denken.

Sie wollte nicht mit ihrem Vater sprechen. Nicht nach allem, was mit ihrer Mutter passiert war. Eine Unterhaltung mit ihm würde alles wieder nach oben holen und die angestauten Gefühle freilassen. Thea würde für nichts garantieren können. Gleichzeitig brauchte sie endlich Gewissheit über einige Dinge, und sie wollte ihm so vieles an den Kopf werfen, das seit Jahren wie heiße Lava in ihr brodelte.

»Ich enttäusche dich nicht und springe über meinen Schatten«, sagte sie schließlich. »Wenn nicht für mich, dann für den Reverend. Ich glaube nicht, dass er ein Mörder ist, aber er ist und bleibt der Hauptverdächtige.«

Myrna nickte wieder. »So ist es. Wenn sich niemand sonst verdächtiger benehmen sollte und ein stärkeres Motiv hat, muss ich die Schlinge langsam zuziehen und ihn unter Druck setzen. Dieser Mann verbirgt so vieles vor uns, und wir müssen endlich erfahren, was es ist. Wie wir wissen, schleicht er nachts umher, läutet angeblich die Glocke und dann wieder doch nicht ... Er kennt womöglich die Tunnel unter unserem Haus und läuft hier herum. Können wir so jemandem vertrauen?« In ihrer Frage schwang eindeutig eine zweite mit: Schützte Hughing einen Verbrecher? »Mach ihm bitte deutlich, dass wir ihn entlasten können, je mehr er uns preisgibt.«

Thea sah ein, dass es keinen anderen Weg gab. Sie würde ihren Vater finden und dem Pfarrer helfen. Aber bedeutete das automatisch, dass Nathan Shaw zum Hauptverdächtigen in einer Mordermittlung wurde?

***

Am folgenden Vormittag wartete Jolene im Tiefschnee neben dem Haus, bis ihr Sohn ging. Sie hatte ihm gesagt, dass sie noch einkaufen würde, um für sie beide zu kochen.

*War ja klar, dass er nicht wartet, sondern gleich wieder verschwindet!*, dachte sie verärgert.

Mit ihrem Stock kam sie nur langsam voran. Beinahe wäre sie ausgerutscht und auf die Nase gefallen. Zum Glück war Brian ebenfalls zu Fuß unterwegs und beeilte sich nicht.

Er machte einen Halt am ›Hills Inn‹, das noch geschlossen hatte, und drückte seine Nase gegen die Scheibe.

*Was will er hier? Hat er die Biere so nötig, dass er schon jetzt vor der Kneipe auf Einlass wartet? Was ist nur aus meinem Jungen geworden? Ich habe ihn doch nie verzogen ... oder doch?*

Jolene fragte sich, ob sie als Mutter versagt hatte. Sie wollte nicht wahrhaben, dass dieser Callan recht behielt und ihr Sohn ein Verbrecher war. Und dennoch hatte der Autoschlüssel gefehlt. Außerdem hasste er Myrna Evans wie die Pest. Hatte er stattdessen Hank Forsythe angefahren und beinahe umgebracht? War Brian zu so einer Tat imstande? Hatte Nate ihn angestiftet oder der Alkohol seine Sinne vernebelt?

Er bemerkte Jolene nicht, sondern schlurfte weiter. Weil die Wege noch nicht freigeräumt waren, hinterließ Brian eine Scharte im Schnee, die sie für ein besseres Gleichgewicht nutzte. Jolene hatte Probleme, die Beine zu heben, und nahm die gegebene Chance gern wahr.

*Wo geht er nur hin? Will er sich mit Nate treffen? Oder weiß er, wo mein Auto ist? Bitte mach, dass er es nicht weiß! Es muss eine andere Erklärung für den fehlenden Schlüssel und die leere Garage geben.* Jolene hoffte inständig, dass sich ihr Verdacht als falsch herausstellte.

Sie konnte von Glück sagen, dass diese Evans noch nicht dagewesen war, um sie zu verhaften. Immerhin war der Wagen auf sie zugelassen. Dass Jolene ihn seit Jahren nicht mehr fuhr, wäre dieser Städterin sicher egal. Hauptsache, die Handschellen klickten. Callan hatte genug ausgeplaudert. Er wusste von dem Unfall mit Hank und ihrem Volvo, den kaum noch jemand in Pendle kannte.

Ihre Lunge schmerzte. Sie keuchte und musste hüsteln vor Kälte. Zum Glück ließ sich die Sonne blicken und schenkte ihr etwas Wärme auf den Wangen. Andererseits ließ sie den Schnee so sehr funkeln und glitzern, dass Jolene ihre Augen abschirmen musste, um nicht blind zu werden.

Brian ging bis zum Pendle Hill. Den hatte er als Kind sehr gern besucht, vor allem mit seinem Vater. Jolene wurde schwer ums Herz, als sie beobachtete, wie sich Brian auf die Knie in den Schnee warf und die Hände vors Gesicht schlug. Sein Oberkörper bebte. Er weinte bitterlich und schluchzte irgendwann so laut, dass sie ihn aus der Ferne hören konnte.

Ihr Mutterherz brach entzwei. Sie konnte nicht an sich halten und umarmte Brian.

Jolene zog ihn auf die Beine und hielt ihn fest umklammert. »Ich vermisse ihn auch«, sagte sie ruhig. Ein Kloß breitete sich in ihrem Hals aus, und sie schniefte mit ihm, als sie an Victor dachte. Damals war das Leben noch in Ordnung gewesen.

»Oh, Mum ...« Ein weiterer Schluchzer schüttelte ihren Sohn, der auf einmal nicht mehr stark und brutal wirkte, sondern wie ein Häufchen Elend. »Ich habe etwas ganz Schlimmes getan.«

Jolenes grausamste Befürchtungen bewahrheiteten sich.

Auf einmal waren ihr die Akten, die Myrna Evans in den Tunneln gefunden hatte, gar nicht mehr so wichtig. Ihr Leben spielte sich in der Gegenwart mit Brian ab, auch wenn sie am Sterbebett ihres Vaters ein Versprechen gegeben hatte und dafür bereits zu weit gegangen war, um jetzt aufzuhören.

Ihr Herz schlug ungesund, und sie musste sich über die spröden Lippen lecken, um überhaupt sprechen zu können. Sie war an einem Scheideweg angekommen. Jolene würde sich entscheiden müssen, wer oder was ihr wirklich wichtig war.

Sie nahm sein Kinn zwischen die Finger und zwang ihn, sie anzusehen. Jolene bemühte sich um Fassung, als sie in das verängstigte Gesicht ihres Jungen sah. »Ich weiß, mein Schatz. Aber ich bin eine Downing, und die regeln die Dinge selbst. Lass mich nur machen. Niemand wird meinem Kind ein Haar krümmen.«

# 9. Kapitel

Callan arbeitete sich Stück für Stück durch die verstaubten Akten, die Myrna und er nach oben geholt hatten. Dass Thea und sie ausgerechnet ihn für den Job wollten, machte ihn stolz. Immerhin ging es hier um das Geheimnis des Hauses, auf das Thea immer recht empfindlich reagiert hatte.

Er brauchte nicht lange, um zu erfassen, dass es Spionagekram war. Einige Namen googelte er und wurde fündig, aber die meisten Betroffenen waren längst ins Ausland geflohen oder tot. Man hatte zahlreiche, teils hochrangige Nationalsozialisten ausgekundschaftet. Callan fand Lebensläufe, Familienstände, aufgelistete Verwandte, die Arbeit und den Tagesablauf der jeweiligen Person. Sogar eine militärische Karriere war aufgelistet.

Tief beeindruckt, weil er ein Stück Zeitgeschichte in der Hand hielt, wühlte er weiter. Es würde eine Weile dauern, bis er das Archiv aus dem Labyrinth komplett ausgewertet hatte.

Schnell schnappte er sich seinen Laptop und machte sich daran, Fotos von den einzelnen Seiten zu schießen. Callan erstellte eine digitale Tabelle, in der er Namen und Informationen eintrug, bevor er die Akte weglegte und sich die nächste vornahm. Das war die perfekte Winterbeschäftigung, statt nur am PC zu hocken und

Spiele zu spielen. Er interessierte sich sehr für Geschichte, und das Chamberling-Anwesen bot jede Menge davon.

Callan erstarrte zur Salzsäule. Beinahe wären ihm die Dokumente aus der Hand gerutscht. *Das gibt es doch nicht!*, dachte er fassungslos und begeistert zugleich. Diese Augen hätte er überall wiedererkannt! *Deshalb wolltest du also unbedingt hier einbrechen und hast Lucretia von dem Goldschatz erzählt, damit sie mitmacht.*

Callan griff zum Handy und wollte Thea anrufen, ehe ihm einfiel, dass sie auf dem Friedhof war und arbeitete. Außerdem wollte sie danach mit Reverend Hughing sprechen und endlich klären, welcher Geist durch die Tunnel unter ihrem Haus wandelte. Für Callan stand seit einer Weile fest, dass es niemand anderes außer Nathan Shaw sein konnte. Sie hatten ja nicht auf ihn hören wollen ...

Er machte auch von dieser Akte Fotos und warf den Deckel schnell wieder zu, bevor ihn diese starren, strengen Augen noch weiter verfolgten. Callan wollte später persönlich mit Myrna und Thea drüber reden.

Stattdessen kümmerte er sich darum, Emilia Tremblay zu observieren. Noch ein Grund mehr, das Haus der Downings aufzusuchen. Zwei Fliegen mit einer Klappe. Callan rieb sich die Handflächen voller Tatendrang. Endlich wurde er wieder gebraucht. *Churchyard Crimes* wäre ohne ihn verloren. Das glaubte er zumindest gelegentlich.

Er checkte vorher Theas neuen Beitrag auf dem Blog. ›Wookieeboy‹ hatte sich allem Anschein nach beruhigt. Er schrieb:

*Na, endlich geht es wieder los! Braucht ihr immer erst einen Anstoß? Diese Frau wurde ermordet, und ihr Täter läuft ganz klar durch Pendle! Das Borough ist verflucht!*

›Peach92‹, sein ewiger Gegenpart, schickte einen Smiley, der die Augen verdrehte, und setzte hinterher:

*Du schon wieder mit deinen Verschwörungstheorien! Lass sie doch erst mal ermitteln, dann sehen wir weiter. Thea, wir brauchen mehr Infos über diese Knochen, die seit einem Jahr in der Erde liegen. Zu wem gehören sie?*

*Sind sie menschlich oder von einer fernen Spezies?*

Callan klappte das Gerät zu. Jetzt wusste er, was Thea damit gemeint hatte, dass ihre Follower mittlerweile fordernd wurden.

Er zog sich seine dicke Jacke, den Wollschal und seine Mütze über, bevor er das Haus verließ. Callan fror schnell bei diesem Wetter.

Dicker Pulverschnee bedeckte inzwischen ganz Pendle. Fast meinte man, dass hier niemand mehr lebte.

Callan atmete lieber in seinen Schal, als die klirrend kalte Luft einzusaugen. Er machte sich auf den Weg zu Jolene und dieser Emilia, von der er bis jetzt nur wilde Geschichten über Geisterbeschwörungen und kryptische Kommentare gehört hatte.

***

Myrna legte ihre Sachen in der Polizeistation ab und stellte sich an die Heizung, um sich aufzuwärmen, während sie auf Ward und Harry wartete. Gemeinsam würden sie heute nach Preston fahren und Susans alten Arbeitsplatz inspizieren.

Die Tür schwang auf. Der Wind säuselte, bis sie wieder geschlossen war. »Haben Sie gehört? Wir haben bald einen neuen Bürgermeister«, erzählte Harrison.

Harry sprang um Myrnas Beine, bis sie ihn endlich beachtete, liebevoll tätschelte und vorerst in sein Körbchen schickte.

»Von wem wurde das Amt denn in der Zwischenzeit geleitet? Wohl kaum von John Birming aus dem Gefängnis.« Sie gluckste.

Er setzte eine fragende Miene auf. »Ich glaube, er hatte damals einen Stellvertreter, der es dann gemacht hat. Den Namen weiß ich nicht mehr. Im Frühling soll jedenfalls ein neuer Gemeindevorsteher bestimmt werden.«

Myrna klebte die Bilder von ihren letzten gemeinsamen Unternehmungen an die Fotowand, die das Zimmer heller und freundlicher wirken ließ. Nun sah das Revier weniger wie eine Polizeistation, sondern mehr nach einem Ort für jedermann aus.

Ward beobachtete sie mürrisch und betrachtete die Fotos, die manchmal auch ihn in verschiedenen Situationen zeigten. »Musste das Bild von mir und dem Hamburger unbedingt rein? Ich habe mir meine halbe Hose an dem Tag vollgekleckert«, grummelte er missmutig.

»Es zeigt nur, dass Sie menschlich sind. Solchen Leuten vertraut man mehr. Soll ich es abnehmen?«

Er lächelte schief. »Nein, denn ich sehe gerade, dass Sie das von sich mit Harrys Hundehaufen auch behalten haben. Das ist ausgleichende Gerechtigkeit.«

Sie lachten gemeinsam über ihre Missgeschicke. Die Stimmung entspannte sich, und Myrna wurde wieder warm ums Herz.

Sie freute sich schon auf Weihnachten, weil sie es mit ihren Freunden verbringen würde. Von ihrer Familie erwartete sie, wie die letzten Jahre, keine Einladung. Seit Myrna den Polizeidienst angetreten hatte, mieden ihre Eltern sie, und auch ihr Bruder belächelte Myrna für ihre Entscheidung, die in seinen Augen dumm gewesen war.

»Woran denken Sie?«

Myrna winkte ab und lächelte. »Ach, nichts Wichtiges. Privatkram.« Sie wusste, dass Ward ungern über Privates sprach, erst recht über Liebesdinge. Sicher glaubte er, dass sie Probleme mit Hank hatte, und fragte deshalb nicht nach. »Lassen Sie uns lieber aufbrechen und den Fall aufklären. Ich würde Weihnachten gern in Ruhe verbringen, statt mir über Susan Mcanallys Knochen Gedanken zu machen.«

Nachdem Harry sein Fressen verdrückt hatte, setzten sie sich in Myrnas Wagen. Es dauerte eine Stunde bis nach Preston. Der Schnee erschwerte die Sicht, und die Straßen waren rutschig, weshalb Myrna vorsichtig fuhr.

Auch hier wurden Erinnerungen an ihren letzten großen Fall wach, der Myrna schwer wie Blei auf der Seele lag.

Harrison riss sie aus den Gedanken. »Können wir kurz bei der Rechtsmedizin halten?«

Myrna tat, was er wollte, und parkte vor dem Polizeirevier von Preston. Gleich daneben lagen Rechtsmedizin und Pathologie von Lancashire. »Haben Sie noch Fragen an Sam Farrell? Ist Ihnen etwas zu der Toten eingefallen?«

»So in der Art.« Ward errötete und wich ihrem Blick aus.

Erst jetzt bemerkte sie, dass er sich die Haare gekämmt und sogar den Bart mit irgendeinem Öl gepflegt hatte. Außerdem roch Harrison nach einem herben Männerparfum, das sie noch nicht an ihm kannte.

Sie zwickte ihm in die Seite, woraufhin er zusammenzuckte. »Sie sollen das doch nicht machen! Das ist sexuelle Belästigung am Arbeitsplatz!« Er beschwerte sich nur, weil er von sich ablenken wollte.

»Von mir aus dürfen Sie das auch bei mir machen. Wir sind doch Freunde und Kollegen, oder?«

»Sind wir.«

Myrna war froh, dass er das ohne Murren bestätigte.

»Trotzdem mag ich das nicht.«

»Ich werde es für alle Zeiten sein lassen, solange Sie mir den wahren Grund für unseren Besuch nennen.«

Ward fuhr mit dem dicken Zeigefinger auf der Armatur entlang. Nun wirkte er wie ein kleines Kind. »Da gibt es nichts zu wissen. Ich wollte Sam sprechen.«

»Nur Sam? Oder hat unser Halt etwas mit der Dame vorne in der Rechtsmedizin zu tun? Wie war doch gleich ihr Name? Mara ...? Mina ...?«

»Mona Summers«, murmelte Ward peinlich berührt. »Woher wissen Sie von ihr?«

»Sergeant Carpenter hat mir einen Hinweis gegeben, als ich ihn das letzte Mal gesehen habe. Na los, gehen

Sie schon rein, ehe ich weiterfahre. Fragen Sie sie nach einem Treffen. So viel Zeit muss sein.«

»Irgendwann bringe ich diesen Carpenter noch um«, raunte Harrison und wuchtete sich aus dem Auto.

Myrna sah ihm nach und freute sich für Ward. Schließlich konnte sein Leben nicht nur aus Harry und Kriminalfällen bestehen.

Als er wiederkam, hingen die Schultern genauso tief wie die Mundwinkel.

»Was hat sie gesagt?«

»Sie hat mich weggeschickt und wollte nicht einmal mit mir spazieren gehen. Dabei dachte ich, das sei harmlos genug und nicht gleich so aufdringlich. Ich bin wohl einfach nicht ihr Typ.«

»Ist sie vergeben?«

»Nein, das habe ich vorher überprüft.«

Myrna legte ihm eine Hand auf die breite Schulter. »Kopf hoch, Harrison. Es wird sich bestimmt eine neue Chance ergeben. Sie hat sich vielleicht nur überrumpelt gefühlt. Und falls sie dann immer noch bei ihrem Nein bleibt, müssen Sie es akzeptieren. Kein Grund, Trübsal zu blasen. Wir lenken uns jetzt mit der Befragung von Mr Ammond ab. Einverstanden?«

Ward nickte stumm und starrte den restlichen Weg über trübsinnig aus dem Fenster.

***

Thea stand eine Weile vor der Tür, ohne zu klopfen. Sie wusste, dass der Reverend im Pfarrhaus war und heute keine Messe vorbereiten musste. Er würde höchstens zwischendurch die Glocke läuten. Allerdings hatte Thea vorhin Louise Fairchild gesehen, die Hughing unter die Arme gegriffen hatte. Vielleicht übernahm sie für die Zeit, die sie bei ihm war, auch das Glockenläuten.

Thea hob die Hand, dann hielt sie inne. Ihre Neugier war größer als die Vernunft, weshalb sie es Emilia Tremblay gleichtat, ums Haus schlich und an den Fenstern lauschte. Der Teenager behielt recht: Sie konnte Stimmen hören.

Hughing unterhielt sich mit jemandem, der im Schatten des Korridors stand und sein Gesicht leider nicht zeigte. Eine große Gestalt, die Thea nicht erkennen konnte.

Als Hughing sich umdrehte, duckte sie sich und kniete im Schnee. Thea hielt ganz still und wartete ab. Ihre Jeans weichte durch. Sie lauschte auf jedes Geräusch. Zu ihrem Entsetzen öffnete sich das Fenster über ihrem Kopf.

»Wollten Sie zu mir? Wieso kommen Sie nicht einfach durch die Tür?«, fragte der Pfarrer in seiner gewohnt ruhigen und freundlichen Art.

»Ich wollte nicht stören«, antwortete sie und klopfte sich den Schnee von der Hose. »Sie haben einen Gast.«

Hughings Mundwinkel zuckte angespannt, aber er behielt die Fassung. »Kommen Sie bitte herein, ehe Sie sich den Tod holen. Das ist kein Wetter, um auf einem Friedhof zu arbeiten.«

*Keine Antwort ist auch eine Antwort*, dachte sie knatschig. »Ich musste die Warnschilder vom Schnee befreien und habe die Grube abgedeckt, damit sie sich nicht füllt. So wollte es Evans.« Sie machte eine Pause und sah zu dem Grab. »Schlimme Sache mit Susan. Ich hoffe, wir können sie bald beerdigen, falls das Begräbnis überhaupt hier stattfindet. Sie kam immerhin aus Preston und war bloß zu Besuch.«

Er nickte stumm und deutete zu einer Kanne. »Der Tee zieht gerade. Möchten Sie auch eine Tasse? Sie sollten für heute Feierabend machen, Alethea. Die restlichen Äste und Blätter können auch ein anderes Mal eingesammelt werden. Sie haben die Wege ja bereits freigeräumt und für Sicherheit gesorgt. Das reicht fürs Erste.«

Thea lächelte zaghaft. »Sehr gern, Reverend. Warten Sie, ich komme rum.« *Und als Erstes werde ich einen Blick auf den Dachboden werfen, bevor du mich wieder daran hinderst.*

Als Hughing ihr die Tür öffnete, wartete sie nicht ab, sondern stürmte einfach hinein.

Sie hörte seine Rufe in ihrem Rücken. »Alethea! Miss Shaw! Was tun Sie denn da?« Klang er verängstigt? Thea wusste es nicht, aber es war ihr gleich.

Sie stieß die Luke auf und ließ den Lichtkegel ihrer Handytaschenlampe über hölzernen Boden, ein paar wertvolle Gemälde, zahlreiche staubige Kisten sowie eine alte Standuhr gleiten. Nichts deutete darauf hin, dass hier jemand lebte und schlief.

»Kann ich Ihnen behilflich sein?«, fragte der Pfarrer vom Fuß der Leiter aus.

Thea stieg wieder herunter. »Ich dachte ... Ach, vergessen Sie's bitte. Ich dachte, ich hätte jemanden gehört.«

Hughing bat sie hinüber ins Wohnzimmer und brachte ihr eine Tasse aus der Küche mit.

»Sie hatten bis eben noch Besuch.«

»Ich weiß nicht, wen Sie meinen. Ich bin allein, wie sonst auch.«

*Du willst mir also nicht verraten, mit wem du dich unterhalten hast? Schön, dann finde ich es eben selbst heraus.*

»Möchten Sie über Susan sprechen? Der Schock sitzt sicher tief«, sagte er einfühlsam. »Ich habe Zeit, falls Sie sich etwas von der Seele reden wollen. Ein Reverend hat immer ein offenes Ohr für seine Gemeinde.«

Thea lehnte sich mit der dampfenden Tasse zurück, bis sie gegen die gepolsterte Lehne des Sofas stieß. Vorsichtig nippte sie an ihrem Tee und ließ den Pfarrer nicht aus den Augen. »Ich glaube nicht daran, dass Sie ein Mörder sind, doch vorher muss ich ein paar Dinge mit Ihnen klären.«

»Ich danke Ihnen, aber was sollten wir beide zu klären haben? Ich wüsste nicht, was.« Wieder log er. Sein Blick huschte unruhig von links nach rechts, und sein Lächeln war jetzt nicht mehr echt. Myrna hatte ihr einiges im Entschlüsseln von Mimik und Gestik beigebracht.

Thea stellte die Tasse ab, ehe sie alles verschüttete. Sie klemmte ihre zitternden Hände unter die Oberschenkel und beruhigte sich zunächst mit gewöhnlichen Fragen zum Fall. Schließlich war sie nicht nur als Privatperson, sondern auch für *Churchyard Crimes* hergekommen. »Können Sie mir mehr über Susan sagen? Wie war sie als Mensch?«

Er sah aus dem Fenster und wurde ernst. »Ich glaube, dass sie keine böse Person war, aber sie hat nicht gern die guten Seiten an sich gezeigt, wenn Sie verstehen.«

»Kannten Sie sie von davor?«

»Susan war ein paarmal bei mir, um über Geschäftliches zu reden. Für die Kirche oder Pendle hat sie sich nicht wirklich interessiert. Es begann mit ihrem Einschmeicheln und endete mit einer Drohung. Ich habe mich für meine Gedanken geschämt, die ich an diesem Abend hatte. Aber dass es so mit ihr zu Ende geht, wollte ich natürlich nicht. Ich bete jeden Tag für ihre Seele.«

»Hat sie mal über Familie oder Freunde gesprochen? Einen Partner erwähnt?« Thea verscheuchte den Gedanken an Myrna, die ihnen eingebläut hatte, niemanden allein zu befragen, und konzentrierte sich nur auf den Reverend.

Hughing schüttelte den Kopf und sah wieder Thea an. Er trank etwas Tee, bemerkte dann aber, dass ihm das Getränk die Zunge verbrühte, und stellte die Tasse schnell wieder weg. »Sie hat nie über Privates gesprochen, aber mehrmals über die Schulter gesehen.«

Thea rückte bis an die Kante vor. »Hat sie sich verfolgt gefühlt?«

»Ich kann es mir zumindest nur so erklären. Eine Weile vor ihrem Tod wurde sie in ihrer Firma wohl übel beleidigt.«

»Von Mitarbeitern?«

»Nein, das waren irgendwelche Gangmitglieder. Genauer weiß ich es nicht, aber es stand sogar in der Zeitung, weil sie auch aus Lancashire stammt. Susan war außerdem niemand, der sich Freunde, sondern lieber Feinde machte. Sie hat nicht nur unsere Kirche schließen wollen, sondern auch die von Josh Palmer.«

Thea zückte ihr Handy und machte sich nun doch Notizen. »Erzählen Sie mir mehr von ihm. Josh ist Ihr Konkurrent?«

Hughing gluckste kurz. Der Schelm in seinen Augen kehrte zurück. »Konkurrent ist zu viel gesagt. Er ist ein Kollege. Kirchen konkurrieren nicht miteinander, sondern helfen sich gegenseitig. Wobei ich gestehen muss, dass Josh sehr auf sich selbst achtet und wenig auf andere. Er ist die Art von Pfarrer, die gerade bei den jungen Gemeindemitgliedern punkten will und sich für gewisse Dinge nicht zu schade ist.«

»Gewisse Dinge?« Theas Augen wurden groß. »Zieht er mit den Teenagern durch die Nachtclubs?«

»Das nicht, aber er hat eine etwas ... aufdringliche Art und Weise. Ich weiß nicht, wie ich es am besten beschreiben soll. Josh biedert sich gern an und hält den nötigen Respektabstand nicht ein. Er ist nicht nur Seelsorger und Zuhörer, sondern mischt sich auch gern in die Leben der Betroffenen ein.« Er schien mit sich zu kämpfen, ehe er sagte: »Er sucht insbesondere die Nähe der reichen Familien, die ihre Verwandten zu Grabe tragen. So, nun ist es raus.«

Thea überlegte und verengte dabei die Augen. »Meinen Sie damit, dass er ein Erbschleicher ist? Als Reverend? Das wäre ein Skandal!«

Hughing legte den Finger an die Lippen. »Das haben Sie nicht von mir. Mein Eindruck könnte außerdem täuschen. Machen Sie sich lieber selbst ein Bild von ihm. Seine Gemeinde schätzt Josh Palmer sehr.«

Sprach da etwa der Neid aus ihm, weil sein Kollege so viel beliebter und moderner war als er? Oder wollte

Hughing bloß von sich ablenken und immer neue Verdächtige ins Rennen schicken?

»Wir werden ihn überprüfen. Danke für den Tipp. Wären noch mehr Kirchen von den Umbauten betroffen gewesen?«

Hughing erhob sich schwerfällig und streckte sich. Seine dürren Gelenke knackten wie alte Äste. Er schob die Vorhänge zu und goss Thea Tee nach. »Nicht dass ich wüsste, aber das überlasse ich besser den Profis. Die St. Michael's Church steht in Great Mitton, also nicht weit von hier, vielleicht eine halbe Stunde mit dem Auto.«

Thea tippte auch das in ihr Smartphone ein und legte es dann beiseite. Sie rieb ihre klammen Handflächen an der Hose ab und sammelte ihren restlichen Mut. »Reverend, ich bin nicht nur deshalb gekommen.«

Ein Schleier legte sich über seine Augen. Er setzte sich sofort wieder und sah Thea mit diesem typischen, durchdringenden Blick an. »Ich weiß«, raunte er.

»Wo ist er? Wo haben Sie ihn versteckt, wenn nicht auf dem Dachboden?« Sie musste keinen Namen nennen, denn es war beiden klar, wen sie meinte. »Evans muss dringend mit ihm sprechen ... und ich auch.« Thea senkte den Blick und studierte ihre Finger.

Hughing schluckte hörbar. »Sie lassen sich wahrscheinlich nicht mehr mit der Geschichte eines Toten und eines Grabsteines besänftigen.«

»Ganz sicher nicht. Callan konnte keinen Totenschein finden, im Begräbnisbuch ist Nathan zwar notiert, aber niemand, nicht einmal seine besten Freunde oder ich als sein einziges Kind waren bei seiner Beerdigung. Nathan wurde noch in derselben Nacht beerdigt, in der er gestorben ist, und nur Sie waren Zeuge davon, weil Sie ihn begraben haben.«

»Und wenn ich Ihnen sage, dass er sehr krank war und dies sein letzter Wille gewesen ist?«

»Dann würde ich Ihnen kein Wort glauben.« Theas Brust wurde eng, und ihr Herz schlug wie wild, obwohl der Pfarrer lächelte. Sie war schwer getroffen von diesem Schwindel. »Evans hat ihn außerdem auf dem Foto als den Mann aus den Tunneln wiedererkannt. Nathan schleicht durch sein eigenes Haus und ist lebendiger denn je.«

Stille trat ein. Sie schwiegen eine Weile. Thea hörte nur das Schlagen der großen Standuhr. Manchmal säuselte noch der Wind dazu und warf Schnee, lose Äste und Blätter gegen die Scheiben.

Hughing schnaufte leise und nickte dann. Er schürzte die Lippen und faltete seine Hände. »Ich habe Nathan immer geraten, früher mit Ihnen zu reden, aber er wollte es einfach nicht.«

Thea sprang auf. Der Tisch wackelte gefährlich, als sie sich darauf stützte und ihn anfunkelte. »Also habe ich recht! Sie und er machen gemeinsame Sache, haben mich über ein halbes Jahr lang für dumm verkauft und dem ganzen Borough etwas vorgemacht. Wieso, verflucht?«

Er wollte seine Hände auf ihre Schultern legen, aber sie machte einen Schritt rückwärts, um Abstand zu gewinnen. Thea hatte das Gefühl, diesen Mann gar nicht zu kennen. Dabei hatte sie an ihrem ersten Tag geglaubt, ihm vertrauen zu können. Tja, so sehr konnte man sich täuschen. Das Äußere eines Menschen spiegelte selten sein Inneres wieder. Das hatte sie nun erneut gelernt.

»Haben Sie nie darüber nachgedacht, wie es mir damit geht? War ich Ihnen denn völlig egal? Ich dachte, er wäre tot!«

Hughing wollte sie aufhalten, aber Thea wehrte seine knochige Hand ab. »Nicht!«, rief sie. »Ich brauche jetzt Zeit für mich.« Thea klemmte sich die Jacke unter den Arm und sprintete zur Tür.

»Alethea, warten Sie!«

Mit Tränen in den Augen drehte sie sich ein letztes Mal um. »Worauf? Dass Sie mir wieder eine fabelhafte Geschichte von meinem ach so tollen Vater erzählen? Ich will weder hören, wie beliebt er gewesen ist, noch möchte ich ihn überhaupt sehen. Wir sind fertig miteinander!«

»Er hatte seine Gründe. Bitte geben Sie ihm diese eine Chance, alles zu erklären.« Hughing wirkte ganz verzweifelt, aber Thea fühlte kein Mitleid mit ihm. Nicht mehr. »Sie wissen, dass Ihr Vater nicht der schlimme Mensch ist, für den Sie ihn halten.«

»Ich weiß inzwischen gar nichts mehr, Reverend. Nathan war nie Teil meines Lebens, also ist es auch nicht schade, wenn er es nicht mehr wird.« Nun log sie, um sich und ihr gebrochenes Herz zu schützen. Natürlich hätte sich ein kleiner Teil in ihr gefreut, ihn kennenzulernen. Trotzig wischte sie sich die Tränen aus den Augen. »Sein Haus kann er gern wiederhaben, wenn er will. Ich werde dann zurück nach London gehen und Pendle ein für alle Mal verlassen. Schließlich wurde ich unter einem falschen Vorwand hergelockt.«

Hughing stand mit hängenden Schultern da. Beinahe schaffte er es mit seinem kläglichen Anblick, dass sie doch einknickte. »Bitte gehen Sie nicht. Pendle braucht Alethea Shaw genauso wie Myrna Evans und all die anderen. Sie sind das, was diese Gemeinde ausmacht.«

»Schön gesagt, aber ich kann Ihnen nicht mehr vertrauen, Reverend.« Sie atmete angestrengt. Es war, als würden sich grobe Finger um ihren Hals legen und zudrücken. Ihre Stimme klang erstickt, als sie weitersprach. »Wenn Sie als gottesfürchtiger Mann schon eines Ihrer wichtigen Gebote brechen und mein Vertrauen verspielen, wie soll es da erst mit meinem Vater sein?«

»Ich war es ihm schuldig und bitte um Vergebung, dass ich gelogen habe. Es war ein dummer Plan und von Anfang an zum Scheitern verurteilt. Ich habe Nathan immer wieder gesagt, dass Sie zu intelligent sind, um darauf hereinzufallen. Außerdem haben Sie tatkräftige Freunde, wie mir scheint. Der junge Callan Healy hat sogar unerwartete Bündnisse geschlossen, um die Wahrheit herauszufinden. Jedenfalls hätte ich Ihnen gleich reinen Wein einschenken sollen, Alethea. Erst recht, weil Sie bei mir arbeiten und unter meinem Schutz stehen.« Sie glaubte ihm, aber der Schmerz saß noch zu tief, um es zuzugeben.

»Ich brauche keinen Schutz. Weder von Ihnen noch von Nathan. Das, was ich will, sind Antworten.«

»Und die werden Sie bekommen. Ich werde mit ihm reden, weiß aber selbst nicht, wo er gerade steckt. Er hat seine Zelte abgebrochen und das Zimmer auf dem Boden ausgeräumt, bevor Sie hergekommen sind.«

Theas Zorn kochte wieder hoch. »Zu dumm, ist Nathan doch genauso verdächtig wie Sie. Wenn ich ihn nicht bald spreche, wird Evans seinen leeren Sarg exhumieren und ihn danach landesweit suchen lassen.«

»Nathan könnte keiner Fliege etwas zuleide tun. Er ist harmlos. Außerdem war er krank zu Hause, als Susan starb. Das habe ich Ihnen doch erzählt.«

»Die eine Lüge mehr würde Ihnen beiden sicher nicht schaden. Wer weiß, ob Sie nicht vielleicht sogar gemeinsame Sache gemacht haben, um die unliebsame Susan aus dem Weg zu räumen«, zischte sie durch die Zähne.

»Das ist doch Unsinn!«, rief er empört und stemmte die Hände in die Seiten. »Ja, wir haben Geheimnisse, aber wir sind keine Mörder. Denken Sie bitte nicht so schlecht von uns. Wenn Sie mir nicht glauben, wer dann?«

Thea blieb hart. Noch einmal würde sie sich nicht einwickeln lassen und auf ein freundliches Gesicht und weise Worte hereinfallen. »Wollen wir doch mal sehen, welche Gebote Sie sonst noch gebrochen haben, Reverend.« Nun strömten ihr die Tränen doch über beide Wangen. Sie drehte sich um und knallte die Tür hinter sich zu.

Erst draußen fiel die mühsam aufrechterhaltene Fassade von ihr ab. Sie rannte nach Hause und verkroch sich mit ihrem Laptop in der Bibliothek, teilte die neuesten Erkenntnisse mit ihren Followern und störte sich nicht an ›Wookieeboys‹ vorlauter Art, die sie ein wenig an Callan erinnerte. Sie war froh über die Ablenkung, so verrückt sie auch sein mochte.

Für heute wollte Thea nichts mehr von Nathan Shaw oder Peter Hughing wissen, sondern sich voll und ganz in den Fall stürzen. Zu dumm, dass ausgerechnet die beiden ihre Hauptverdächtigen waren.

# 10. Kapitel

Myrna musste eine Weile nach einem Parkplatz in der Nähe der ›Mcanally Inc.‹ suchen. Man hatte sie trotz Polizeimarke nicht durch die Schranke und auf das Gelände gelassen.

Preston war zwar nicht London, aber bei Weitem reger besucht als Pendle. Die Straßen und Häuser waren mit bunten Lichtern und Sternen geschmückt, die eine schöne Weihnachtsstimmung erzeugten. Sogar einen kleinen Markt gab es, von dem der köstliche Geruch von Christmas Plum Pudding, Teepunsch, Lebkuchenbiskuit und Welsh Cookies herüberwehte und sich im Wagen ausbreitete, bis Myrna das Wasser im Munde zusammenlief. Obwohl es bereits dunkel war, stauten sich die Autos, und die Menschen waren zu Hunderten im Schnee unterwegs. Hier tobte das Leben, ganz im Gegensatz zur benachbarten Gemeinde.

»Da drüben ist einer!«, rief Ward und traf sie beinahe mit seinem Arm, als er auf den Parkplatz zeigte.

Myrna atmete auf. *Endlich angekommen!*

Harrison stieß einen gälischen Fluch aus, als er ausstieg und bis zu den Knöcheln im grauen Schneematsch versank. »Wie ich Innenstädte hasse!«

»Nörgeln Sie nicht, Sergeant, sonst zücke ich die Kamera und halte diesen Moment für unsere Fotowand fest.«

»Das würden Sie nicht wagen«, knurrte er und erwiderte ihr Lächeln schief.

Harry schnappte nach den Flocken, die vom Himmel fielen, und wühlte im Schnee. Am liebsten wollte er losstürmen, aber Ward hielt ihn zurück. In einer fremden Stadt, die vom Weihnachtschaos heimgesucht wurde, brauchten sie nicht noch einen verloren gegangenen Hund.

Zwei Querstraßen weiter meldeten sie sich erneut beim Pförtner des gläsernen Bürokomplexes an und konnten endlich passieren, wenn auch zu Fuß.

»Sieht mir hier sehr nach Bankenviertel aus«, raunte Ward.

Sie bestiegen den Lift und fuhren in die fünfte Etage, die komplett zur ›Mcanally Inc.‹ gehörte.

»Susan besaß also Erfolg, Geld und Macht. Solche Frauen haben schnell Feinde, vor allem in den eigenen Reihen«, sagte sie.

Eine dick geschminkte Sekretärin fragte sie nach ihrem Termin, den sie nicht hatten. »Dann kann ich Sie leider nicht durchlassen. Bedaure. Nur mit Termin ...«

»Ist das hier Termin genug?«, fragte Ward genervt und hielt ihr die Polizeimarke etwas zu provokant unter die Nase. »Wir haben Fragen. Wichtige Fragen. Zu Ihrer Chefin.«

Nun wurden die Augen der anderen groß. »Sie kommen wegen Miss Mcanally? Weiß man inzwischen, wo sie sich aufhält?«, wisperte sie.

»Darüber würden wir gern zuerst mit Mr Ammond sprechen. Ist das sein Büro?« Myrna deutete auf eine hölzerne Doppeltür gegenüber dem Wartebereich und ging bereits darauf zu, bevor sie das Ja gehört hatte.

»Moment, Sie können da nicht einfach rein!«, rief die Angestellte und hetzte ihr erfolglos hinterher.

Ward beeilte sich nicht, sondern trottete gemächlich ins Büro des Chefs. Er grinste die überforderte Sekretärin breit an und drückte ihr Harrys Leine mit den Worten »Gut aufpassen. Er kann manchmal ein Schlingel sein und büxt dann aus.« in die Hand und schloss die Türen vor ihrer Nase.

»Guten Abend, Mr Ammond«, flötete Myrna und lächelte, als wäre es geplant gewesen, dass sie auftauchte. Während ihrer Zeit bei der Polizei hatte sie gelernt, dass sie ihre Gesprächspartner, erst recht reiche, mächtige Männer, am besten überrumpelte, um die gewünschten Auskünfte zu bekommen.

Silva Ammond war schlank, Mitte vierzig, braunhaarig und trug eine Brille. Er beendete sein Telefonat und legte auf. »Wer sind Sie? Meine Sekretärin gibt Ihnen gern einen Termin.« Er deutete zur Tür.

»Nicht nötig, dieser Termin hat sich dazwischengeschoben. Ich darf doch?« Myrna wartete auch hier nicht ab, sondern war so frech und schob den Stuhl gegenüber zurück. Sie zeigte auch ihm ihre Marke, die Silva neugierig beäugte.

»Die Polizei? Das hätten Sie gleich sagen sollen, dann hätte ich Sie nicht ... Moment, geht es um Susan?« Sein schmales Gesicht wurde bleich, und er rückte seine Brille mehrmals nervös zurecht.

»Inspector Evans, und das ist mein Kollege Sergeant Harrison. Wir ermitteln in einem Mordfall und erhoffen uns Ihre Hilfe, Mr Ammond. Wären Sie damit einverstanden, wenn wir Sie ein paar Dinge über Miss Mcanally und diese Firma fragen?«

Sein Gesicht wurde sogar noch blasser. Nun sah er ganz weiß und kränklich aus. Myrna machte Harrison Handzeichen, sodass er Ammond ein Glas Wasser aus der Karaffe auf dem Couchtisch einschenkte. Ward reichte es ihm, und er stürzte den Inhalt in einem Zug hinunter.

»Susan ist ... tot?« Ammond fiel schlaff in seinen Bürostuhl zurück und starrte auf die Papiere, die vor ihm auf dem riesigen Eichenholztisch lagen.

»Leider ja, ihre Leiche wurde vor einigen Tagen auf dem St. Benet's Churchyard in Pendle gefunden. Sie wissen, was sie dort gemacht hat?«

»Das ist ja schrecklich«, hauchte ihr Gegenüber. »Ich kann es mir denken, aber das Projekt, das sie damals geplant hatte, ist ein Jahr her und nie in die Wege geleitet worden, weil sie einfach verschwunden ist. Unsere Geldgeber sind abgesprungen, und auch die letzten Verträge kamen nie zustande. Die Firma hatte alle Mühe, diese Verluste wieder auszugleichen.« Man hörte ihm an, wie eingeschnappt er deswegen war. Dennoch wirkte Ammond geschockt. »Was ist denn passiert?«

Harrison lehnte sich gegen die Rückenlehne der Couch, weil es keinen weiteren Stuhl am Tisch für ihn gab. Myrna sah, dass er sich wieder Notizen machte, und war beruhigt. So konnte sie sich ganz auf die Befragung konzentrieren.

»Sie wurde erschlagen, und das wohl schon vor einem Jahr. Man hat ihre Leiche in einem Grab versteckt. Bei einer Umsetzung hat man nun ihre Knochen gefunden, die inzwischen eindeutig als Miss Mcanally identifiziert worden sind. Es tut mir leid, dass ich das fragen muss, aber wo waren Sie am 15. Dezember 2022?«

Ammond langte in ein Schränkchen unter dem Tisch und holte eine Flasche Whisky heraus. »Wollen Sie auch einen?«, fragte er erst Myrna und dann Harrison, der sich schon wieder nervös über die Lippen leckte und an seinen Fingern herumfummelte.

»Nein, danke«, antwortete Myrna für ihn mit. Nicht dass er wieder schwach wurde.

Ammond schwenkte sein Glas so schnell, dass Myrna Angst hatte, er würde den Inhalt verschütten. »Ich weiß es nicht mehr genau. Fragen Sie am besten meine Sekretärin.«

»Es war der Tag, an dem Susan ihr letztes Telefonat hatte, und zwar mit Ihnen. Klingelt da was?«

Ammond riss seine Augen auf und beendete das Schwenken. Stattdessen nahm er einen großen Schluck, bevor er antwortete. »Natürlich! Als sie in Pendle war und mit diesem ... diesem ... Hughing sprechen wollte. Ich habe sie danach nie wieder gehört oder gesehen.«

»Und Ihr Alibi?«

»Verdächtigen Sie mich etwa, obwohl Susan mit mir telefoniert hat?«

»Das kann man auch, wenn man direkt nebeneinandersteht!«, rief Ward aus dem Hintergrund.

Ammond seufzte. »Ich war hier und habe gearbeitet. Meine Mitarbeiter hatten frei, also war ich allein. Es gibt nur die Überwachungskameras an den Ein- und Ausgängen als meine Zeugen. Zufrieden?«

*Ach, jetzt erinnerst du dich also doch wieder*, dachte Myrna misstrauisch. »Wann haben Sie Susan das letzte Mal gesehen?«

Ammond überlegte. »Das ist fast genau ein Jahr her. Kurz vor Weihnachten muss das gewesen sein. Sie wollte diesen Deal mit dem Reverend klarmachen und ist mit dem Bus losgefahren, weil ihr Auto kaputt war. Es war derselbe Tag, an dem sie verschwand.«

»Sie sprechen von Hughing?«

»Ja, aber da war noch ein zweiter, den sie davor besuchen wollte.« Er überlegte fieberhaft. »Jake oder Josh Palmer. Er leitet die St. Michael's Church in Great Mitton.«

»Also war sie an mehreren Projekten gleichzeitig beteiligt?«, fragte Myrna weiter.

Ammond trank den Whisky aus und stellte die Flasche vernünftigerweise zurück. Myrna hätte auch keine Lust gehabt, einen Betrunkenen auszufragen.

»Es war mehr eine ganze Projektreihe. Die Begegnungszentren sollten zusammengehören und aufeinander abgestimmt sein. Ganz Lancashire hätte davon profitiert. Es wäre das Geschäft des Jahres geworden.« Er verfiel in einen Jammerton. »Dank Susan wurde nichts daraus.«

Harrison trat neben Myrna, Block und Stift weiterhin in den Händen. »Aber nun haben Sie immerhin ihre Stelle eingenommen. War es nicht lästig, der Laufbursche für eine Frau zu sein? Ich weiß, wovon ich rede.« Er lachte gekünstelt und schlug Myrna etwas zu fest auf den Rücken.

Sie hustete kurz und wollte Ward zurechtstutzen, aber als sie seinen verschlagenen Blick sah, wusste sie, dass er die Machorolle nur spielte.

Ammond lächelte verhalten. »Na ja, es war nicht immer einfach mit ihr. Susan hat viele Fehler gemacht. Ich hätte sie aber niemals von ihrem Posten gestoßen, falls Sie das damit andeuten wollen.«

»Sie haben ein starkes Motiv, Ihre Chefin aus dem Weg zu schaffen«, meinte Ward nun weniger freundlich als vielmehr misstrauisch. »Diese Stelle wäre niemals frei geworden, denn die Spitze des Imperiums war von der Frau besetzt, die es auch gegründet und benannt hat. Sicher, dass Sie nicht ein klein wenig auf Susans Platz geschielt und sich gewünscht haben, dass sie ... verschwindet?«

Ammonds Gesichtszüge entglitten. Er schnappte hörbar nach Luft. »Das würde doch wohl für jeden hier gelten! Susan war eine grauenhafte Vorgesetzte – für uns alle! Unfair, überheblich und zu gierig für den Job. Sie wollte immer mehr erreichen und Geld anhäufen, als gut für sie war, und hat sogar vor den kleinsten Gemeinden nicht Halt gemacht.« Er gestikulierte wild und ging dabei durch das Büro. Vor einer breiten Fensterfront blieb er stehen und starrte auf Preston hinab.

»Bitte setzen Sie sich, Mr Ammond. Wir wollen Ihnen und dem Unternehmen keineswegs schaden«, sagte Myrna umgänglich und deutete auf den Sessel, den er eben verlassen hatte. »Mein Kollege und ich müssen nur jede erdenkliche Möglichkeit in Betracht ziehen. Helfen Sie uns am besten, Sie von der Liste der Verdächtigen zu streichen.«

Ammond drehte sich mit einer einzigen ruckartigen Bewegung zu ihnen um. Seine Hände blieben dabei in den Hosentaschen. »Wir haben damals wirklich geglaubt, dass Susan freiwillig gegangen ist.«

»Freiwillig? Ist sie für ein Jahr ins Ausland gereist?«, fragte Harrison nach. »Doch nicht kurz vor dem Abschluss eines so großen Projekts.« Sein Stift schnellte wieder über den Block, sodass Myrna Zeit hatte, Gestik und Mimik des Geschäftsführers genau zu studieren.

Er wirkte ehrlich aufgebracht und bestürzt über Susans Tod. Myrna traute ihrem Bauchgefühl allerdings nicht mehr, seit sie sich derart hatte reinlegen lassen. Ihre Unfähigkeit hätte sie fast das Leben gekostet.

Sie notierte sich diesen Punkt im Stillen und würde später mit Ward über dessen ersten Eindruck von Ammond sprechen.

»Na ja, nicht direkt freiwillig.« Nun druckste er herum.

»Bitte setzen Sie uns ins Bild.« Myrna blieb weiterhin höflich. »Wir möchten gern mitreden.«

Ammond schob seine Augenbrauen zusammen, bis dazwischen eine Falte entstand. »Es gab Gerüchte.«

»Gerüchte?«

»Susan hat mehrmals aufgeregt, fast ängstlich gewirkt.«

»Hat man sie gemobbt?«, fragte Ward ernst.

Auf Ammonds Stirn standen Schweißperlen. Er nahm die Brille ab und wischte sich das Gesicht mit einem Taschentuch trocken. »Susan wurde angeblich erpresst. Mobbing war auch ein Thema, aber eher andersherum. Das ging, wenn überhaupt, von ihr aus. Sie war keine sehr nette Vorgesetzte, auch wenn man das nicht über eine Tote sagen soll. Ich kann ihren Charakter im Nachhinein aber nicht mehr verändern und schönreden. Sie war eine richtige Zicke und hat ihre schlechte Laune gern an den Angestellten ausgelassen, insbesondere an den Männern.«

Myrna wechselte einen Blick mit Ward. »Sie wurde erpresst, sagten Sie. Von wem und wie? Aber vor allem, womit? Hat sie Gelder unterschlagen?« Myrna erinnerte sich an Callans Vorschlag mit dem Film *Psycho*.

»Nein, das hätte sie nie getan. Es war auch nach ihrem Verschwinden alles noch da. Die Geschäfte liefen gut, wir waren auf unserem Höhepunkt der letzten Jahre. So etwas wirft man nicht einfach weg.«

Myrna stand nun ebenfalls auf und sah sich im Zimmer um. Sie versuchte, sich dieses Büro mit Susan Mcanally darin vorzustellen. Wie die geschäftige Businessfrau am Schreibtisch saß, telefonierte und auf Preston hinabsah wie die Königin von Lancashire. »Wissen Sie, mit wem Susan alles aneinandergeraten ist? Wer hätte ein Motiv und auch die Möglichkeit dazu gehabt, ihr Angst zu machen? Ich kann sie mir nach den ganzen Erzählungen nicht eingeschüchtert vorstellen.«

Ammond verzog abfällig den Mund. »Diese Frau war mehr Schein als Sein. Natürlich ließ sie sich insgeheim verunsichern. Ich kenne sie noch von früher aus der Schule. Da war sie anders, ein richtig graues Mäuschen ohne Freunde und Macht. Irgendwann hat sie sich selbst zu dieser Kunstfigur entwickelt, ihr Inneres verschlossen und alle Menschen von sich weggestoßen, die sie nicht weitergebracht haben.« Er atmete tief ein und aus, als müsste er sich erst darauf vorbereiten, den nächsten Teil zu erzählen. »Ich konnte sie einmal auf der Toilette heulen hören. Sie sagte etwas von einem grausamen Brief, der ihr geschickt wurde. Ich weiß nicht, ob sie telefoniert oder Selbstgespräche geführt hat.« Wards Stift bewegte sich nun deutlich schneller. »Susan war schwach und nicht bereit, diese Firma zu leiten. Dafür muss man ein hartes Herz haben, aber ihres war noch viel zu weich. An schlechten Tagen war sie besonders scheußlich zu allen. Sie hat sich eine Mauer errichtet, aber ich kannte sie besser und habe durch die Fassade hindurchgesehen.«

»Und Sie haben sie nicht gefragt, was da los war?«, fragte Harrison mit Sorgenfalten auf der Stirn. »Vielleicht hätte man ihr mit diesem Drohbrief helfen oder wenigstens herausfinden können, um was es ging.«

»Was bin ich? Der Papst? Mir war sie sowieso ein Dorn im Auge.« *Aha! Jetzt zeigst du dein wahres Gesicht, Ammond.* »Ihr Führungsstil war fatal. Ich musste nach ihrer Flucht erst einmal alle Wogen glätten, weil sie wegen verpasster Termine und geplatzter Deals Kunden und Partner vor den Kopf gestoßen hat. Beinahe wäre die ›Mcanally Inc.‹ baden gegangen.« Kein Wunder, dass er immer noch sauer auf sie war.

»Sie wissen aber, dass sie tot ist«, wiederholte Myrna vorsichtig. »Diese Frau konnte gar nicht anders, als abwesend zu sein. Es war nicht ihre Schuld.«

Ammond schnaufte nicht überzeugt. »Sie wäre auch so geflüchtet. Susan hat dem Druck einfach nicht standgehalten und uns alleingelassen.«

»Sie sprechen ständig von Erpressung und Flucht. Wer hat sie denn nun vergrault?« Myrna fixierte ihren Gesprächspartner und ließ ihn nun nicht mehr los. Sie brauchten klare Antworten. »War es nur dieser Brief, von dem sie sprach? Wer könnte ihn Ihrer Meinung nach geschickt haben?«

Ammond schluckte und fuhr sich hektisch durchs Haar. Er schien sich unwohl zu fühlen. »Hier im Unternehmen ist mir nichts aufgefallen, aber bei einer Firmenfeier vor einem Jahr, kurz vor ihrem Verschwinden, sind ein paar von diesen Radikalen aufgetaucht und haben das halbe Büro zerlegt. Sie haben Parolen an die Wände geschmiert und Susan aufs Übelste beleidigt.«

Harrison sah auf. »Radikale? Religiös oder politisch?«

»Weder noch. Ich habe keine Ahnung, zu welcher Gruppe diese Leute gehört haben, aber sie waren schlecht auf Susan zu sprechen. Wahrscheinlich welche aus der Anti-Feminismus-Szene. Sosehr ich sie aufgrund ihrer Arbeitsweise als Chefin nicht mochte, sosehr wollte ich sie in diesem Moment verteidigen. Es gibt viele Menschen da draußen, die sie wegen ihres Singlelebens und ihrer Karriere gehasst haben – oder einfach für ihr Geschlecht. Susan war vermögend und hatte keine Familie. Das reicht schon für Leute aus, die selbst nichts im Leben erreicht haben und neidisch sind, sie als Hexe anzuprangern. Genau solche Sprüche fielen am Tag der Feier auch. Sie solle sich lieber hinter den Herd stellen und so weiter.« Er rollte mit den Augen. »Na ja, Sie kennen es sicher, dass man Ihnen nichts zutraut und sich Männer über Sie stellen, einfach weil es Männer sind.« Er bedachte Harrison mit einem bösen Blick, der Myrna amüsierte. Ammond hatte ihm die Rolle des Machos offenbar abgekauft.

Nun sprach er doch wieder wie ein netter Kollege über Susan. Myrna glaubte Ammond, dass es ihm in erster Linie immer um das Unternehmen gegangen war.

»Kenne ich. Haben Sie Bilder dieser Parolen?«

»Die Polizei in Preston müsste sie in der Datenbank haben, aber ich sehe gern noch einmal die Festplatte durch.«

Myrna nickte dankbar. »Halten Sie sich bitte für Fragen bereit«, sagte sie und machte Ward deutlich, dass sie aufbrechen wollte. »Wir kommen vielleicht auf Sie zurück.«

»Wenn es geht, nicht während der Bürozeit. Die Angestellten sollen nichts davon erfahren. Ich möchte keine Panik auslösen, weil man Susan ... weil sie ... Sie wissen schon.« Er tupfte sich noch einmal die Stirn ab und warf das Tuch danach in den Papierkorb.

»Die Polizei legt sich ihre Termine nicht aus Spaß so, wie sie sind«, erwiderte Ward und lächelte verkrampft.

Myrna reichte Ammond ihre Karte. »Sprechen Sie bitte nicht zu offen über das, was wir beredet haben. In Ihrem eigenen Interesse.«

»Natürlich.« Vorsichtig, als könnte er sich daran verbrennen, nahm er Myrnas Visitenkarte entgegen. »Was ist mit Susans Beerdigung? Sie hatte keine Verwandten, außer ganz entfernte. Ich würde gern Geld aus der Firma dafür nutzen. Schließlich war die ›Mcanally Inc.‹ Susans Baby.«

»Der Leichnam muss von der Staatsanwaltschaft erst freigegeben werden. Wir melden uns bei Ihnen, wenn es so weit ist. Falls Ihnen oder Ihren Angestellten noch etwas einfallen sollte, können Sie sich auch nachts unter dieser Telefonnummer bei uns melden.«

Sie verließen das Gebäude mit mehreren Augenpaaren im Rücken.

»Ein Widerling. Nur auf den eigenen Erfolg aus.« Ward spuckte in den Schnee.

»Und dennoch hat er sich Sorgen um sie gemacht, als diese Radikalen aufgetaucht sind.«

»Alles Fassade, sage ich. Ammond hat uns etwas vorgemacht. Er hätte Susan ja sonst auch ein paar Sorgen abnehmen können, hat er aber nicht, sondern nur auf sich und die Vorteile geschaut, die er durch ihre Schwächen und Nöte bekommen hat. Er kam uns nur entgegen, weil er den Verdacht dadurch geschickt auf andere lenken konnte.«

»Das wäre möglich. Die Durchsuchung ihrer Wohnung wird hoffentlich Antworten liefern, wer diesen angeblichen Drohbrief geschickt hat und warum. Ein Motiv hätte Silva Ammond allemal, aber würde er das Unternehmen erst Richtung Abgrund steuern? Er hat ehrlich wütend gewirkt, als er von Susans Abwesenheit erzählt hat. Dieses Projekt hätte ihnen allen viel Geld und Ansehen eingebracht. Warum sollte er es auf einmal verderben, indem er sie umbringt und dann so tut, als wäre sie vor einem Erpresser geflohen?«

»Ich traue ihm den Mord zu, um seine Karriere voranzutreiben. Er konnte die Wogen glätten, wie er selbst sagt. Das Risiko ist er für den winkenden Erfolg vielleicht eingegangen.«

Ward ging ein paar Schritte extra, damit sich Harry erleichtern konnte. Myrna wartete unterdessen an einer Parkbank und dachte über Silva Ammond und

Susan Mcanally nach. Die Geschichte passte hinten und vorne nicht. Susans Assistent und jetziger Geschäftsführer kam für sie nicht als Mörder infrage. Aber sie hatte sich schon einmal geirrt. Ein zweites Mal würde sie niemanden ausschließen, nur weil ihr Bauchgefühl es ihr sagte.

# 11. Kapitel

Callan schlich Emilia nun seit geraumer Zeit hinterher, ohne dass sie ihn bloßstellte. Sie schien ihn nicht entdeckt zu haben, aber er ging die Sache sicher auch wesentlich intelligenter an als Thea, die sich manchmal wie ein Trampel verhielt.

Zuerst war Emilia bei seiner Mutter im Café gewesen, bevor es schloss, um sich eine heiße Schokolade zum Mitnehmen zu kaufen. Damit war sie am Pendle Hill entlangspaziert, als wäre es der schönste Sonnentag. Sie hatte zum Mond hinaufgesehen, der erst kurz nach Weihnachten voll sein würde. Callan hätte es nicht verwundert, wenn sie ihre Schokolade beiseitegestellt und angefangen hätte, zu jaulen wie ein Werwolf. Stattdessen hatte sie Fotos von den Hügeln und Weiden geschossen, ohne dass es ein interessantes Motiv gegeben hätte.

Callan wurde immer skeptischer. Wer färbte sich schon die Haare rosa und trug diese knallbunte Kleidung mitten im tristen Winter? Laut Thea war sie verrückt – oder einfach jemand, der um jeden Preis auffallen wollte.

Nun ging sie wieder zurück Richtung Downing-Cottage. Callan hatte sich seine Ausrede bereits zurechtgelegt, um es zu betreten. Wenigstens musste er dadurch nicht schon wieder irgendwo einbrechen.

Emilia verschwand im Haus, in dem mehrere Zimmer hell erleuchtet waren. Er wartete ein paar Minuten, bis auch in dem Zimmer, das sie gemietet hatte, Licht brannte. Erst dann klingelte er.

Jolene begrüßte ihn gewohnt unfreundlich. »Was willst du? Ich habe jetzt keinen Nerv für Teenagerprobleme.«

*Hat sie geweint?*, fragte er sich, als er ihr verklebtes Gesicht sah. Ihre Wangen und Augen waren gerötet. »Alles in Ordnung bei dir?«

»Natürlich! Frag nicht so dumm, sondern komm zum Punkt!«

Callan zuckte nicht zusammen, als sie ihn anfuhr. Ihre harsche Reaktion zeigte ihm nur, dass er recht hatte. Irgendetwas war passiert, was sie ihm nicht sagen wollte oder konnte.

»Mir ist noch etwas eingefallen zu deinem Internetzugang. Du willst doch keine Spam-Mails kriegen, oder? Außerdem ist dein Anti-Viren-Schutz abgelaufen. Ich habe einen Zugangscode übrig für ein Abo. Das würde ich dir schenken.«

Jolene murmelte etwas, das er nicht verstand, machte ihm aber Platz. Callan schlüpfte ins Haus und setzte sich an ihren Computer. Dort erledigte er erst einmal die Dinge, die er angekündigt hatte, um keinen Verdacht zu erregen. Im Anschluss installierte er heimlich seine kleine Spionage-Software. *Nur zur Sicherheit*, sagte er sich. *Wenn Evans davon wüsste, würde sie wieder toben.*

Als er fertig war, drehte er sich zu Jolene um, die im Sessel saß und angespannt auf das riesige Porträt über dem Kamin blickte. Ihre Finger hatte sie in den Stoff der Armlehnen gekrallt. Callan hielt die Luft an, aber die Augen ihres Vaters hatten sich entgegen seinem ersten Eindruck nicht bewegt.

»Jolene?«

Es war, als risse er sie aus einer Trance, denn sie erschrak höllisch. »Was denn?«

»Ich wollte sowieso mit dir reden.« Callan wusste nicht, wie er beginnen sollte. So zurückhaltend kannte er sich sonst nicht, aber er hatte das Gefühl, dass er diese Angelegenheit mit Vorsicht behandeln musste. Einmal, um Jolenes Gefühle nicht zu verletzen, und zum anderen, damit sie ihn nicht mit der alten Pistole ihres Vaters niederstreckte, von der er wusste. »Ich habe die alten Akten, die Evans im Labyrinth gefunden hat, mal ein wenig ausgewertet.«

Ihr Gesicht wurde wächsern. Sie unterbrach den Augenkontakt und sah wieder hinauf zu ihrem Vater. »Und? Was hat das mit mir zu tun?«

Callan seufzte leise. »Du weißt es doch längst. Aus diesem Grund wolltest du auch die ganze Zeit an das Haus kommen. Zu dumm, dass Thea es geerbt hat, bevor es zum Verkauf stand. Du hast Lucretia etwas von einem Goldschatz erzählt, um sie auf deine Seite zu ziehen.«

»Den Schatz gibt es wirklich.«

»Das will ich gar nicht bestreiten.« Callan setzte sich zu ihr. »Gemeinsam seid ihr mehr als ein Mal bei Thea eingebrochen. Wir drei sind da unten fast draufgegangen, weil du nach etwas gesucht hast, was dir viel wichtiger war als Gold. Ich dachte, ihr beide seid verrückt, aber du hast immer einen ganz bestimmten Plan verfolgt, nicht wahr?« Er deutete hinauf zum Gemälde.

Jolenes ganzer Körper sackte in sich zusammen. Ihr Stolz war fort. »Wirst du es dieser Shaw verraten?«

»Ich weiß nicht.«

Ihre Augen wurden größer. »Also hast du es noch nicht getan? Ich dachte, euer kleiner Club ist auf alte Geheimnisse aus, um sie breitzutreten und andere Menschen niederzumachen.«

Callan schüttelte den Kopf. Vor einem Jahr hätte er Jolene und ihre Familie sicher an den Pranger gestellt, aber er hatte durch seine beiden Freundinnen viel dazugelernt. Er fühlte sich heute reifer und besser als noch vor einem Jahr. »Du kannst nichts für seine Taten. Du wolltest nur euren Familiennamen schützen.«

»Ich habe es ihm am Totenbett geschworen. Und nun habe ich versagt.«

»Sag das nicht. Er hat dir eine fast unmenschliche Aufgabe gegeben, um seinen eigenen Ruf zu retten. Dein Vater hat dabei gar nicht an dich gedacht.«

»Es ist mir inzwischen alles egal. Hauptsache, Brian wird nicht geschadet. Etwas anderes interessiert mich nicht. Sollen die Menschen ihren Hass doch an mir auslassen. Macht damit, was immer ihr wollt.«

Sie überraschte Callan. Er hatte erwartet, dass sie auf ewig abstreiten würde, dass ihr Vater ein hochrangiger SS-General gewesen war. Was war auf einmal wichtiger geworden als der sogenannte Schatz im Chamberling-Anwesen, der sie Kopf und Kragen kosten oder zumindest den Ruf ihrer Familie zerstören könnte?

»Jolene, was ist los? Du verbirgst doch noch mehr Geheimnisse. Geht es um die Sache mit deinem Auto? Da müssen wir auch noch etwas klären. Evans ist mit diesem Fall beschäftigt, aber sie wird darauf zurückkommen, sobald wir ihn gelöst haben.«

Nun hatte er sie doch an einem wunden Punkt getroffen. Jolene bäumte sich auf. Sie hievte sich aus dem Sessel und baute sich bedrohlich vor ihm auf. Ihr Körper schwankte gefährlich, weil sie ihren Gehstock nicht bei sich hatte, und ihr Gesicht wurde zu einer Fratze. Sie packte Callan grob bei den Schultern und schob ihn in Richtung Tür. »Hau ab! Verschwinde! Ich will nichts mehr davon hören, von gar nichts!«

»Aber ...«

Sie drehte sich weg, als sie wieder weinte. So verletzlich hatte er Jolene noch nie erlebt. In seinen Augen war sie nichts weiter als eine störrische alte Hexe gewesen, die ihren Mitmenschen das Leben zur Hölle machte. Ein richtiger Weihnachtsgrinch noch dazu.

Callan war hin- und hergerissen. Sollte er einfach gehen oder auf eine Antwort pochen? »Jolene, es tut mir leid. Ich wollte nicht ...«

»Geh jetzt endlich! Du sollst verschwinden!«, fauchte sie ihn an.

»Die Polizei braucht noch diese Gästeliste aus dem letzten Jahr von dir. Du hast sie dem Sergeant immer noch nicht gegeben. Willst du uns denn nicht wenigstens damit entgegenkommen?«

Jolenes Schultern spannten sich an. »Ich werde den Teufel tun, euch zu helfen«, knurrte sie etwas leiser und sah ihn nicht dabei an. »Wenn ich nicht gleich die Tür höre, setzt es was!«

Callan ging rückwärts und war unschlüssig, was er als Nächstes tun sollte. Er hatte seinen kleinen Helfer installiert und war somit auf ein Nein vorbereitet gewesen. Dennoch behagte ihm diese neue Stimmung im Hause Downing nicht.

Seine Entscheidung wurde ihm abgenommen, als er Emilia am obersten Treppenabsatz stehen sah. Sie legte ihren Finger an die Lippen und bedeutete ihm, hinaufzukommen.

Callan nahm seine Chance wahr, öffnete und schloss die Haustür, damit Jolene dachte, er wäre gegangen, und folgte Emilia auf Zehenspitzen. Die Stufen knarrten, doch Jolene bemerkte es zum Glück nicht.

Die schreckliche Einrichtung in Emilias Zimmer verschlug ihm fast die Sprache. Die Wände waren mit einer scheußlichen Strandtapete bekleistert, und auf dem Boden lag noch immer derselbe scheußliche Teppich, den Myrna ihnen beschrieben hatte. Beinahe stolperte er über etwas Haariges, das nach einem Katzenspielzeug aussah. Er trat es unauffällig unters Bett.

Sie kam direkt zum Punkt. »Du hast mich heute verfolgt. Wieso?«

Callan war erst verblüfft, fing sich aber schnell wieder. Verwirrter war er ohnehin über Jolenes Reaktion, die ihn ein wenig aus der Bahn geworfen hatte. Er stellte stattdessen eine Gegenfrage: »Und warum machst du mitten in der Dunkelheit Fotos vom Hill? Man sieht doch gar nichts.«

Emilia seufzte, als wäre er ein kleines Kind, dem sie die Welt erklären musste. Sie regte ihn langsam wirklich auf, und er verstand, wieso Thea genervt von ihr war. »Das ist kein gewöhnlicher Fotoapparat, wie ihr alle denkt, sondern eine Wärmebildkamera. Damit kann ich Temperaturänderungen erkennen und paranormale Aktivitäten aufzeichnen.«

Callan lachte laut los und drosselte seine Lautstärke beim Gedanken an die aufgebrachte Jolene sofort wieder. Sie musste nicht unbedingt erfahren, dass er bei Emilia im Zimmer war. »Du spinnst ja wirklich! Und ich dachte, dass Thea übertreibt.« Er wischte sich die Tränen aus den Augen. »Und hast du schon ein Gespenst gefangen?«

»Blödmann!« Sie knuffte ihm in die Schulter. »Es ist allgemein bekannt, dass Geister Wärme abgeben.«

»Aha?«

Sie kam näher, bis er ihren heißen Atem auf den Wangen spürte. Emilia war fast so groß wie er, sodass er perfekt in ihren dunkelblauen Augen versinken konnte. Callan wich nicht zurück, um keine Schwäche zu zeigen. Er schluckte, als sie ihm so nah war.

»Und weißt du, was die Kamera noch alles aufzeichnen kann?«

»Was denn?«, krächzte er verunsichert. Callans Blick huschte automatisch zu ihren sinnlichen Lippen. Er hatte noch nie schönere an einem Mädchen gesehen. *Ruhig Blut! Sie ist eine Verdächtige und du der Ermittler, nicht umgekehrt. Lass dich nicht von ihr austricksen.*

Sie war keine vier Zoll von ihm entfernt und flüsterte: »Sie kann Diebe aufzeichnen, die sich am Eigentum anderer bedienen. Zum Beispiel auf dem Friedhof.«

Er erstarrte. Emilia lehnte sich wieder zurück und verschränkte die Arme. Ihr Grinsen war siegessicher. »Siehst du? Eine tolle Kamera ist das.«

Callan atmete durch und versuchte, Ruhe zu bewahren. »Du wirst davon doch niemandem etwas sagen, oder?«

»Ich habe, ehrlich gesagt, Besseres zu tun.«

»Gut.«

Sie hob einen Finger. Das Grinsen wurde noch breiter. »Allerdings verlange ich etwas im Gegenzug für mein Schweigen.«

Callan hatte befürchtet, dass sie ihn jetzt erpresste. »Was willst du? Meinen Körper behalte ich.«

Emilia tippte sich an die Stirn. »Als würde ich deinen dünnen irischen Körper wollen. Du bist nicht mein Typ.«

»Da habe ich ja noch mal Glück gehabt«, zischte er. »Und was willst du sonst? Etwa Geld? Iren haben nie Geld, also vergiss es. Das mit dem Regenbogen und dem Goldtopf ist Blödsinn.«

Emilia rollte mit den Augen. »Oh, Callan. Ich dachte, du hättest mehr Fantasie als Thea und Evans. Zumindest hatte ich immer den Eindruck, dass du in Wahrheit die Fäden bei euch ziehst.«

Er musterte sie geschmeichelt. »Könnte schon sein, aber dich kann ich trotzdem nicht einschätzen.«

Sie kam wieder näher. Dieses Mal wich er aus. Sein Gesicht war heiß geworden und sicher rot angelaufen. Er sah stattdessen aus dem Fenster. Von ihrem Zimmer aus hatte sie den perfekten Blick auf das Friedhofstor und die St. Benet's Church.

»Nette Aussicht. Schade, dass du vor einem Jahr nicht hier gewesen bist, als diese Frau ermordet wurde.« Er stutzte selbst. »Das soll nicht heißen, dass ich will, dass du in Gefahr gerätst. Aber du hättest den Täter vielleicht sehen können.«

»Vor einem Jahr habe ich noch gar nicht an Pendle gedacht. Das kam erst durch Theas ›Churchyard Crimes‹.

Aber genug des Small Talks, und nun raus mit der Sprache.« Sie bohrte ihm den Finger in die Brust. Ihre Augen leuchteten aufgeregt. »Was hast du mit dem Mann auf dem Friedhof getauscht? Ich bin echt neugierig.«

Callan verstand nicht. »Getauscht? Mit welchem Mann?«

»Nun tu doch nicht so. Ich habe euch beide gesehen. Du bist sowieso aufgeflogen. Meine Kamera hat euch aufgezeichnet. Erst steigt er mit einem prall gefüllten Sack über die Mauer und verschwindet ohne ihn, dann tauchst du auf, kletterst ebenfalls über die Friedhofsmauer und kommst mit etwas Großem zurück.«

Callan starrte sie an, als wäre sie wahnsinnig geworden. »Kannst ... du mir die Aufnahmen einmal zeigen?«

»Klar, aber mach dir keine Hoffnungen. Sie sind längst kopiert und gesichert. Im Falle meines Todes werden sie automatisch veröffentlicht.«

Callan hätte fast gelacht. Das sagte sie sicher nur, weil sie das in einem Film gehört hatte. Oder?

Er war so eingenommen von dem, was er auf ihrem Tablet sah, dass er erst spät bemerkte, dass Emilias Hand wie selbstverständlich auf seinem Oberschenkel lag. Seine Haut unter der Hose erwärmte sich, doch er ließ sich nichts anmerken. Wegschieben tat er die Hand aber auch nicht, weil sich Emilias Berührung viel zu gut anfühlte, um sie zu unterbinden.

Seine seltsamen Gedanken wurden just unterbrochen, als auf der Wärmebildaufnahme eine gleißend helle Person auftauchte, die sich dem Friedhof näherte.

»Wer ist das? Hast du ihn gesehen?«

»Ich dachte, das könntest du mir sagen. Immerhin hast du dich mit ihm verabredet.«

Callan erinnerte sich an keinen Mann. »Da denkst du falsch. Es muss Zufall gewesen sein, dass wir beide kurz hintereinander auf dem St. Benet's Churchyard gewesen sind. Von wann ist die Aufnahme?«

»Das müsstest du doch selbst wissen, wenn du dagewesen bist.«

Es war ihm peinlich, immer mehr zugeben zu müssen, aber sie zwang ihn leider dazu. »Ich war mehrmals auf dem Friedhof«, antwortete er kleinlaut.

Sie hob die Augenbrauen halb erstaunt, halb begeistert. »Ein Serientäter also. Das hätte ich dir nicht zugetraut, Callan Healy. Du steckst voller Geheimnisse.«

»Nun sag schon. Oder soll ich wieder gehen?«

Sie seufzte. »Diese Aufnahme entstand in der Nacht, bevor Thea die Knochen gefunden hat. Meinst du, dieser Kerl wusste davon und war deshalb dort?«

»Möglich. Kannst du mir eine Kopie davon senden?«, fragte er eifrig und war im Kopf längst wieder bei den Ermittlungen. »Thea und Evans sollten das auch sehen.«

»Auf gar keinen Fall!«, rief Emilia und ließ ihn nicht so einfach gehen. »Erst will ich meine Gegenleistung. Schließlich werdet ihr nur durch mich den Fall lösen. Wenn das da Susan Mcanallys Mörder ist, bin ich die ausschlaggebende Kraft. Das sollte honoriert werden.«

»Was stimmt denn nicht mit dir? Bist du etwa selbst die Täterin und willst dich hier unersetzlich machen und von dir ablenken?« Sein Tonfall war pampig, aber das war ihm egal.

»Ich möchte ein Mitglied von *Churchyard Crimes* sein.« Endlich war sie mit der Sprache herausgerückt.

»Das geht nicht so einfach. Ich kann das nicht allein entscheiden.«

»So lange kriegst du das Video nicht.« Trotzig reckte sie ihr Kinn und fokussierte ihn.

»Sollte es sich dabei um den Mörder handeln und dein Video ein wichtiger Hinweis gewesen sein, überlegen wir es uns. Das wird sich aber erst noch herausstellen. Reicht dir das fürs Erste?« Callan machte auf dem Absatz kehrt, ohne eine Antwort abzuwarten. Er hatte es gesehen, und das reichte ihm. Er würde den auffälligen Humpelgang des Fremden sicher wiedererkennen, wenn er ihn sah. Alles andere war durch die gleißende Wärmebildaufnahme leider unkenntlich gewesen.

*Davon muss ich Thea und Evans erzählen*, dachte er euphorisch. *Aber wie erkläre ich ihnen, was ich da gemacht habe? Besser, ich hole mir das Video irgendwie und schneide es so zurecht, dass man nur den Unbekannten sieht.*

Er stoppte an der Treppe und lauschte in die Stille, die von Jolenes Schluchzern durchbrochen wurde. Sollte er sie trösten? Besser nicht, denn dann würde sie ihn endgültig zum Teufel jagen. Callan würde es lieber Myrna überlassen, sie wegen des Unfalls zur Rede zu stellen. Das ging nur Hank und sie als Betroffene etwas an.

Lautlos schloss er die Tür und wäre beinahe mit der kleinen Lucretia zusammengestoßen.

»Hey, pass doch auf!«, rief sie zänkisch wie eh und je.

»Entschuldige, aber ich muss hier weg.«

»Wieso hast du es so eilig? Was hast du da drin gemacht?« Sie musterte ihn argwöhnisch.

»Ich habe Jolene mit dem Internet geholfen.«

»So lange?«

Callan stöhnte genervt. »Stalkst du mich etwa schon die ganze Zeit oder wachst du wie ein Hund vor ihrem Haus?«

Sie lachte gezwungen. »An dir habe ich ganz sicher kein Interesse, Bürschchen.«

»Also wolltest du zu Jolene und traust dich nicht, zu klingeln.«

Lucretia ballte die Fäustchen. Ihr Gesicht verwandelte sich in eine grantige Rosine. »Du weißt wohl wieder alles besser, wie?« Wütend stapfte sie davon und hinterließ Fußabdrücke im Schnee, die man für die eines Kindes hätte halten können.

Callan bemerkte, dass ihr sonst so knallrotes Haar langsam ergraute. Sie hatte sich also nicht mehr um das Nachfärben gekümmert.

Lucretia verschwand in ihrem Haus, vor dem Oakley Schnee schippte und sich nun auf die Schaufel stützte. »Das wird noch dauern, bis sie sich wieder annähern!«, rief er Callan zu, der näher kam.

»Die beiden können doch gar nicht ohneeinander. Die sind wie Pech und Schwefel – wortwörtlich. Du hättest Jolenes Laune mitbekommen müssen. In diesem Haus ist wohl Welttrauertag oder so etwas.« Er winkte Oakley. »Lass dich mal wieder im Chamberling-Haus oder im Café blicken.«

Oakley lächelte. Seine Wangen glühten von der schweißtreibenden Arbeit. »Ich musste ein paar Familienangelegenheiten klären.« Er zwinkerte geheimnisvoll und arbeitete sich daraufhin weiter durch den Schnee.

Callan hörte das laute Schaben der Schaufel noch, als er längst wieder daheim in seinem Zimmer war.

***

»Reverend, kann ich Sie sprechen?«

»Aber natürlich, Louise. Komm doch herein.« Peter deutete zur Couch. In letzter Zeit saßen ständig Leute darauf, als wäre er ein Psychotherapeut.

Sie setzte sich auf die Sofakante und nestelte an ihrem Pullover, den sie nicht ganz ausfüllte. Fast sah das Mädchen verloren darin aus. Ihre schwarzen Locken hingen herab und sprangen ihr nicht wie sonst um den Kopf. Alles in allem wirkte ihre ganze Erscheinung niedergeschlagen.

»Wird die St. Benet's Church nun geschlossen?«

»Wieso sollte man das tun?«

Louise blinzelte mehrmals, als würde sie ihre Tränen zurückhalten. »Na ja, weil man Sie doch verdächtigt. Und würde sich herausstellen, dass ...«

Peter lächelte sie warm an. »Das wird nicht passieren, mein Kind. Diese Kirche ist seit Jahrhunderten ein fester Bestandteil von Pendle. Niemand wird sie uns je wegnehmen. Das hätte Miss Mcanally auch ohne ihren Tod nie geschafft.« Er bekreuzigte sich. »Ich weiß doch, wie viel sie dir bedeutet.«

Louise sah endlich auf. In ihren grauen Augen sammelten sich Tränen. »Ich bin Ihnen so dankbar, Reverend. Ich hätte nie auf den rechten Weg zurückgefunden, wenn Sie nicht gewesen wären. Wer weiß, wo ich heute wäre?«

Peter bot ihr ein Weihnachtsplätzchen an, das sie, statt es zu essen, nur in der bebenden Hand hielt. Sie saß zusammengesunken da und erregte sein Mitleid.

»Hach, Louise, du brauchst keine Angst zu haben. Selbst wenn man mich verhaften sollte, wirst du immer einen Platz in dieser Kirche haben. Genauso wie in St. Michael's, St. Paul's und den anderen, in denen du so tatkräftig hilfst. Ganz im Gegenteil: *Ich* wäre ohne *dich* aufgeschmissen. Die Kirche braucht dich genauso sehr wie mich als Pfarrer.«

Louise lächelte gerührt und wurde dann wieder ernst. »Ich muss Ihnen noch etwas sagen. Es ist wichtig.«

»Möchtest du, dass ich dir die Beichte abnehme?« Peter bekam Angst, dass Louise ihm jeden Moment Schreckliches erzählte, so bleich und eingeschüchtert, wie sie aussah.

»Es geht nicht um mich.«

»Sondern?«

Sie sah sich mit Unbehagen um. »Sind wir hier wirklich unter uns?«

Peter machte ihr Mut. »Sicherer als in meiner Kirche geht es gar nicht.«

Louise sammelte sich merklich. Den Keks in ihrer Hand hatte sie immer noch nicht angerührt. »Ich habe einen Jungen beim Stehlen beobachtet. Auch an dem Abend, bevor man Miss Mcanallys Leiche gefunden hat.«

Peter war erleichtert, dass es nichts allzu Schlimmeres war. »Und was hat er gestohlen?«

»Ich glaube, er hat sich an den Gräbern zu schaffen gemacht. Jedenfalls ging er mit einem großen Kranz über der Schulter davon.«

»Also fehlten deshalb die Gestecke in letzter Zeit. Das war gar kein neugieriger Waschbär. Hast du ihn denn erkannt?« Sie verneinte. »Ist nicht weiter schlimm. Wir werden das schon irgendwie regeln, und ich verspreche dir, dass sich so etwas nicht wiederholt. Ihr sollt euch in meiner Kirche sicher und geborgen fühlen.«

Louise räusperte sich. Offenbar war sie noch nicht fertig. »Ich habe das hier neben einem Grab halb im Schnee entdeckt. Er muss es verloren haben. Hier geht es um weitaus mehr als nur ein paar Kränze, Reverend.«

Peter öffnete erstaunt den Mund, als sie ihm einen goldenen Armreif hinhielt. Selbst sein Laienauge sah, dass der Schmuck unheimlich wertvoll war. Und alt obendrein. Sie hielt ein wichtiges Familienerbstück in Händen.

»Ich werde den Besitzer herausfinden und meine Totengräberin bitten, unseren Friedhof zu überprüfen. Nicht dass wir es hier mit einem waschechten Grabräuber statt Jungenstreich zu tun haben.«

»Und wenn sie mit drinsteckt?«

»Alethea Shaw? Nein, das glaube ich nicht.« *Ich will es nicht glauben.* »Sie hat das Herz am rechten Fleck. Ihr können wir vertrauen«, sagte er mit etwas mehr Überzeugung in der Stimme.

Louise schien nur teilweise beruhigt und nickte mit zusammengepressten Lippen. Sie hoben sich kaum von ihrer hellen Haut ab.

»Ich bereite jetzt die Fürbitten vor, wenn es Ihnen nichts ausmacht. Zu Hause erwartet man mich nicht so früh.«

Peter nickte zufrieden. »Behalte das hier«, er hielt den Armreif hoch, »bitte für dich.«

»Mache ich. Sie können sich auf mich verlassen, Reverend.« Louise ging mit gesenktem Kopf. Sie würde noch eine Weile brauchen, bis sie wieder ein gesundes Selbstbewusstsein entwickelte, nachdem man sie von der Straße geholt hatte.

Peter war froh, dass sie sich ihm anvertraut und das wertvolle Stück nicht einfach verkauft hatte. Es gab eben doch noch gute Menschen auf dieser Welt.

Nachdenklich drehte er den Reif in den Händen. *Ein Junge also ...*

# 12. Kapitel

Thea konnte am nächsten Morgen nicht eine Minute länger im Bett bleiben, dabei hatte sie heute ihren freien Tag.

»Was ist mit dir? Schlecht geschlafen?«, fragte Myrna in der Küche und schob ihr ihren Kaffeebecher über den Tisch.

»Nein, danke, ich trinke lieber Tee mit Milch.«

»Earl Grey, richtig? Steht schon für dich bereit.« Sie nickte zum Küchentresen, auf dem tatsächlich eine dampfende Tasse stand.

»Wow, womit habe ich das denn verdient?«

Myrna schmunzelte und wartete, bis sie sich hingesetzt hatte. »Als Belohnung dafür, dass du nur das Nötigste preisgegeben hast, statt deinen Followern schon wieder alles zu verraten.«

»Auch ich lerne dazu. Außerdem bin ich gerade eher genervt von ihnen als angetan.« Thea erwiderte das Grinsen nur halb. Ihr Nacken war verspannt, und sie musste andauernd an diese dämliche Wette mit Emilia Tremblay denken. »Seid ihr gestern weitergekommen?«

»Silva Ammond hat ein Motiv, aber irgendwie auch keines.« Myrna erzählte ihr von dem Geschäftsführer, der ihrer Meinung nach nicht so dumm gewesen wäre, die lukrativsten Projekte sausen zu lassen.

Mit ihren Tassen gingen sie hinüber in die Bibliothek. Thea beschriftete mehrere Kärtchen. »Hat er denn ein Alibi?«

»Hat er nicht, weil er angeblich allein im Büro gewesen ist. Es gibt zwar Kameras, die ihn beim Betreten und Verlassen des Gebäudes gefilmt haben, aber er könnte theoretisch durch die Tiefgarage gegangen sein. Dort gibt es genug Schlupfwinkel. Für jemanden, der sich auskennt, kein Problem.«

»Und diese gemeinen Parolen stammten von wem?«

Myrna ging auf und ab, während sie Silva Ammonds Aussage wiederholte. »Mein Gefühl sagt mir, dass damit etwas nicht stimmt. Ich habe mich letzte Nacht über die Angriffe dieser Frauenhasser belesen. Sie beschränken sich auf psychische Gewalt im Netz oder auf Sachbeschädigung, wenn niemand hinsieht.«

»Sie sind also feige und meiden die direkte Konfrontation. Klingt nicht nach denselben Leuten, die auf der Firmenfeier vor aller Augen randalieren und sprayen.«

»Eben.« Myrna wirkte froh, dass Thea das genauso sah. »Also bleibt eine Frage.«

»Wer hat diese Leute wirklich angeheuert? Etwa der neidische Kollege, der auf ihren Posten scharf war? Würde er sie dann auch ermorden?«

»Das vielleicht nicht, aber er könnte hinter den Drohbriefen stecken, die man in Susan Mcanallys Wohnung gefunden hat. Es stimmte, was Ammond erzählt hat. Die Polizei hat damals schlampig gearbeitet, als sie verschwunden ist. Man hätte den Fall längst aufrollen müssen. Der perfekte Beitrag für einen True-Crime-Blog.« Myrna zwinkerte.

»Aber er würde euch doch nicht selbst darauf stoßen, wenn sie von ihm stammen. Das wäre unlogisch.« Thea massierte ihren Nacken, während sie nachdachte und das Netz aus Fäden und Stecknadeln betrachtete. »Hast du nicht auch das Gefühl, dass das hier nicht komplett ist? Irgendwo fehlt uns schon wieder ein Puzzleteil.«

»Ich denke, die wichtigsten Personen aus Susans Leben und ihre Begegnungen der letzten Tage stehen darauf. Oder?«

Thea hatte den Eindruck, dass sie sich verunsichern ließ. Das war untypisch für eine toughe Kommissarin wie Myrna, die sonst jedem die Stirn bot, selbst wenn er noch so brutal, mächtig und einschüchternd war.

»Evans, was hast du?«

»Nichts. Was soll sein?« Myrna machte ein unschuldiges Gesicht, aber sie konnte Thea nicht täuschen.

»Wir kennen uns mittlerweile ziemlich gut, würde ich meinen. Also bitte rede mit mir, wenn es dir schlecht geht. Du weißt, dass ich dir zuhöre und dich auch nicht verurteile, denn das machen echte Freunde nicht.«

Myrna seufzte, setzte sich und rieb über ihre Oberschenkel, um sich wohl zu beruhigen. »Ich hadere mit meinem Beruf. Normalerweise war mein Verstand scharf wie ein Messer, aber jetzt müsste er mal gewetzt werden, wenn du verstehst.«

Thea legte die Hand auf ihren Arm. »Du bist noch genauso scharfsinnig wie davor. Du hast es nur vergessen. Lass das, was war, endlich hinter dir. Niemand macht dir einen Vorwurf.«

»Ja, niemand außer mir selbst«, erwiderte sie traurig. »Das habe ich schon gemerkt. Aber für mich steht jede

Menge auf dem Spiel. Ich mache mir vielleicht einfach zu viel Druck.«

»Geht es um deine mögliche Versetzung zurück nach London? Ich weiß, dass du dir Hoffnungen machst, und es tut mir leid, wenn es nicht klappen sollte.«

Myrna schüttelte den Kopf. »Nicht nur deshalb. Vor allem ging es mir immer darum, meiner Familie etwas zu beweisen. Ich wollte, dass sie unrecht haben. Wenn ich aber kein guter Inspector mehr bin, werden sie sich die Hände reiben und auf mich herabsehen. Ich stelle mir ihre grinsenden Gesichter vor, jedes Mal, wenn ich die Augen schließe.«

Thea wurde wütend und ballte die Fäuste. »Wieso lässt du dir von solchen Leuten dein Leben vermiesen? Hier geht es einzig um dich und um deine Bestimmung, Evans! Macht dir dein Beruf denn noch Spaß?«

»Ja, schon«, murmelte Myrna.

»Na also!«, rief Thea und zog sie einem Impuls folgend vom Stuhl. »Und jetzt straff endlich deine Schultern und nimm den Kopf hoch. Wir haben zu tun. Das wäre doch gelacht, wenn man dich genauso wie Susan eingeschüchtert hätte. Denk immer daran, dass sie dadurch gewinnen würden. Aber du bist eine Kämpferin und wirst dich nicht ergeben. Du bist Inspector Myrna Evans und hast dich nicht umsonst so weit nach oben gearbeitet.«

Ihr Befehlston zeigte Wirkung. Myrna präsentierte sich auf einmal wieder wie die Frau, die sie kennengelernt hatte. Sie lächelte sogar. »Wollen wir dann los?«

»Wir? Was ist mit Harrison?«, fragte Thea überrascht. Sie freute sich immer, wenn sie als Assistentin eingesetzt wurde und bei den Befragungen dabei sein durfte.

»Ich habe ihn auf Sergeant Carpenter und die Vandalismus-Fotos angesetzt. Er ist also noch einmal nach Preston gefahren.«

Thea gluckste. »Da wird sich Carpenter aber nicht besonders freuen, ihn wiederzusehen. Ist er nicht immer noch schlecht auf uns zu sprechen seit der Sache in diesem Restaurant?«

»Wenigstens wird er dieses Mal direkt kooperieren, um keinen Ärger zu bekommen. Seine Männer haben Susans Wohnung bereits vor unserem Besuch durchsucht und die Drohbriefe sichergestellt. Ward schickt sie mir gleich zu. Es sind wohl drei Stück. Ansonsten deutete nichts auf ein Verbrechen hin.«

»Wieso ist sie damit nicht zur Polizei gegangen?«

»Sie hat die toughe Frau nur vorgespielt, wenn man Ammond glauben kann. Insgeheim war Susan zerbrechlich und ließ sich durchaus einschüchtern. Die Wut darüber ließ sie wiederum an ihren Angestellten aus. Vielleicht wollte sie nie zugeben, dass sie Angst hatte, um nicht als schwach zu gelten.« Myrna senkte den Blick.

»Du bist nicht wie sie. Zumindest lässt du deine Probleme nicht an anderen aus. Was ist mit ihrer Wohnung?«

»Seit sie nicht mehr wiederkam, war auch niemand mehr dort, wie der Bericht der Spurensicherung besagt. Ihre Miete war zwar bezahlt, aber der Strom, wie erwartet, abgestellt. Sie hatte keine Koffer gepackt und noch Essen in ihrem Kühlschrank. Ich bin froh, dass Carpenter und sein Team in der Wohnung waren. Es muss ranzig gerochen haben.« Myrna rümpfte die Nase. »Wir können froh sein, dass sie keine Haustiere hatte, die irgendwo verhungert in einer Ecke lagen.« Sie schüttelte sich kurz.

»Warum hat man nicht damals schon nach ihr gesehen?«

»Weil alle geglaubt haben, sie wäre davongerannt. Ich weiß, wie absurd das klingt, und kann es selbst nicht nachvollziehen. Schlampige Polizeiarbeit wäre noch die einfachste Erklärung.«

»Und wie machen wir jetzt weiter?«, fragte Thea.

»Ich dachte, du würdest brennend gern Lucretia Miller mit mir befragen, wenn du schon einmal frei hast«, sagte Myrna lächelnd. Sie hielt ihr die Jacke hin, die Thea dankbar entgegennahm.

Thea erwiderte das Grinsen. »Davon könnte mich nichts abhalten.«

Bis auf Reverend Hughing, der plötzlich vor ihnen auf der Veranda stand und die Hand zum Klopfen erhoben hielt. Seine Soutane war mit kleinen weißen Kristallen bedeckt. »Oh, zu Ihnen wollte ich.«

»Das dachte ich mir, Reverend«, erwiderte sie etwas zu kalt. »Möchten Sie mir endlich verraten, wo mein Vater steckt?«

Myrna stellte sich mit verschränkten Armen neben sie. »Das würde ich auch zu gern wissen. Er ist Verdächtiger in einem Mordfall.«

»Nicht, wenn ich Ihnen von Louises Fund erzählt habe. Sie hat das hier auf dem Friedhof entdeckt. Ein junger Grabräuber hat es wohl verloren.«

»Jung? Wie jung?«

»Das weiß sie nicht sicher, aber er war etwa in ihrem Alter, sagt sie.«

»Hat sie ein Gesicht erkannt?«, fragte Myrna weiter.

»Leider nein. Es war zu dunkel dafür.«

Neugierig nahmen sie den goldenen Armreif zur Hand und betrachteten ihn eine Weile. »Sieht wertvoll aus.«

»Junge oder Mädchen?«

»Junge.« Der Pfarrer blickte erwartungsvoll zu Thea. »Ich würde Sie bitten, die Gräber einmal zu kontrollieren. Nicht dass neben Kränzen und Gestecken noch mehr Dinge gestohlen wurden.«

»Also doch kein Waschbär? Interessant«, murmelte sie. »Vielleicht hat diese Angelegenheit sogar mit unserem Mordfall zu tun.« Sie wechselte einen Blick mit Myrna, die sofort nickte.

»Wenn es auch vor einem Jahr bereits einen Dieb auf dem Friedhof gegeben hat, ohne dass es Sie, Reverend, bemerkt haben, und Susan Mcanally ihn zufällig auf frischer Tat ertappte, hätte er ein Motiv, sie umzubringen. Vielleicht wollte sie ihn ans Messer liefern. Daher auch die vielen Schläge gegen den Kopf. Da wollte jemand auf Nummer sicher gehen.«

Thea wandte sich wieder an Hughing. »Ich kümmere mich darum.«

Auch Myrna war einverstanden. »Wir verschieben die Befragung auf später. Lucretia wird uns nicht weglaufen. Ich werde so lange neue Hinweise aus der Bevölkerung in der Polizeistation auswerten. Schreib mir, wenn du fertig bist.«

Als Myrna gegangen war, folgte Thea dem Pfarrer zum Friedhof. »Wo genau hat sie den Armreif entdeckt?«

»Dort drüben.« Er zeigte auf eine Stelle nahe dem abgesperrten Bereich.

Thea schnappte sich ihre Ausrüstung und betrachtete die Gräber daneben eingehend. Sie sah sofort, dass etwas seltsam war. Der Schnee war nicht so deckend und rein wie an den anderen Stellen, die Erde darunter aufgewühlt.

»Also dann ...«, sagte sie und drehte sich um. »Machen Sie Ihre Augen lieber zu. Das hier sieht jetzt böse aus.«

Hughing erschrak tatsächlich, als sie ihre Spitzhacke in den gefrorenen Boden jagte. Wie erwartet ging es einfacher als gedacht, weil sich bereits vorher jemand daran zu schaffen gemacht hatte. Die arme Mrs Johnson! ›Rest in Peace‹ galt nicht für sie.

Thea brauchte nicht tief zu buddeln, als sie schon auf etwas Goldglänzendes stieß. Sie hatte einen Schatz entdeckt – oder das Versteck eines Diebes.

Hughing stellte sich neben sie. »Ich dachte, er hätte es mitgenommen.«

Thea schüttelte den Kopf und legte die Schaufel schnaufend zur Seite. »Ganz im Gegenteil: Er hat sein Diebesgut hier versteckt, um es später zu holen. Haben Sie Kameras?«

»Bedaure.«

»Nicht schlimm, am Pub hängt eine. Vielleicht hat sie die Straße vor dem Haus aufgezeichnet und kann uns sagen, wer Pendle letzte Nacht betreten und verlassen hat. Bringen Sie den Schmuck am besten ins Pfarrhaus, ehe ihn jemand sieht, und rufen Sie Evans an. Sie soll sich darum kümmern.«

»Und was machen Sie?«

Thea setzte eine entschlossene Miene auf. »Ich werde mir diese Aufzeichnungen etwas früher beschaffen als die Polizei.«

***

Callan hörte das Hämmern an der Tür zu spät. Er warf einen Blick durch das Fenster und erstarrte. Es war Thea, die soeben von seiner Mutter ins Haus gelassen wurde. Und zu seinem Entsetzen hörte er sie sagen: »Entschuldige, Fiona, aber ich bin gleich wieder weg. Lass mich nur kurz mit Callan reden.«

Sie kam in einem Affenzahn die Treppe hoch und stürmte sein Zimmer, bevor er reagieren konnte.

Ertappt starrte er sie an. Erst danach fing er sich und spielte den Empörten. »Kannst du nicht anklopfen? Ich hätte nackt sein können!«

»Nichts, was mich schockiert hätte.«

»Mich aber!«

Sie machte eine wegwerfende Handbewegung. »Ich brauche deine Hilfe, bevor ich mit Evans zu Lucretia rübergehe. Du kannst doch ...« Sie brach mitten im Satz ab und sah sich um.

*Ich bin geliefert!*, dachte er und schloss die Augen in Erwartung der Standpauke.

»Callan ... Was ist das hier?« Thea zeigte auf die Beerdigungskränze, die er in mühevoller Handarbeit wiederhergerichtet hatte.

»Ich kann es erklären.«

Vorsichtig schloss sie die Tür, bevor ihre Schimpftirade über ihn hereinbrach. »Was denkst du dir eigentlich, unsere Toten zu bestehlen? Tickst du nicht mehr ganz richtig? Das ist Diebstahl und wird bestraft.«

Callan sprang auf und hob die Hände, als würde er ein wildes Tier beruhigen wollen. »Aber so lange nach dem

Begräbnis braucht sie doch niemand mehr. Ich habe mir nur mein Taschengeld etwas aufgebessert.«

Thea atmete tief durch. Sie kochte wohl vor Wut.

Callan schämte sich, empfand seine Tat aber nicht als schlimm. »Komm schon, niemand hat sie vermisst. Ich tue doch keinem weh damit, wenn ich mir hier und da einen Kranz nehme und sie weiterverkaufe, bevor sie vertrocknen.«

Thea öffnete den Mund und starrte ihn fassungslos an. »Eben doch! Selbst der verwirrte Mr Pearl hat danach gefragt. Seine Frau ist gerade einmal zwei Wochen unter der Erde, und schon bedienst du dich an seinen Sachen. Die Hinterbliebenen haben diese Gestecke teuer bezahlt und damit ihre letzte Ehre erwiesen.«

Callan senkte betrübt den Blick. »Wirst du mich verraten? Mum wäre furchtbar enttäuscht von mir.«

Thea massierte sich den Nasenrücken. »Wer weiß noch alles davon?«

»Niemand.«

»Callan, bitte! Ich kann sehen, dass du lügst.«

Er wich ihrem bohrenden Blick aus und schürzte die Lippen. »Diese Emilia hat mich mit ihrer Wärmebildkamera aufgezeichnet und es mir unter die Nase gerieben.«

Thea schlug die Hände über dem Kopf zusammen. »Das darf doch wohl nicht wahr sein! Und hast du auch diese Schmuckstücke entwendet und dort versteckt? Hughings Ministrantin hat dich gesehen, aber nicht erkannt. Du hast Glück gehabt.«

Callan schloss die Augen. Er fluchte leise. »Ja, ich habe gestohlen, aber nur diese paar Kränze. Mit dem Gold habe ich nichts zu tun. Dafür weiß ich, wer es war.«

»Ach ja? Woher?«

»Von Emilias Aufnahme. Sie dachte, ich mache gemeinsame Sache mit diesem Typen, aber es war reiner Zufall, dass ich kurz nach ihm auf dem St. Benet's Churchyard gewesen bin.«

»Und um wen handelt es sich?«, fragte sie ungeduldig.

»Wenn du mir das sagen kannst, brauche ich auch nicht die Aufnahmen der Pubkamera, wegen der ich eigentlich hergekommen bin.«

Callan beugte sich vor und raunte verschwörerisch. »Es war ein Mann, der stark humpelte. Er hat sein rechtes Bein nachgezogen. Ich kenne ihn nicht. Die einzige Person aus Pendle, die humpelt, ist Jolene.«

»Oder Hank, unser Wirt. Er hat ein Gipsbein«, meinte Thea nachdenklich. Sie senkte ihre Stimme jetzt ebenfalls.

»Dafür war er zu schmächtig. Nein, Hank war das ganz sicher nicht. Es muss ein Ortsfremder gewesen sein.«

»Callan, Schatz, ist alles in Ordnung bei euch?«, rief seine Mutter aus dem Erdgeschoss.

»Ja, Mum, alles bestens!« Er wendete sich wieder an Thea. »Bitte verrate mich nicht. Ich werde es nie wieder tun. Versprochen.« Er klang panisch, aber das war ihm gleich. Callan hatte tatsächlich ein schlechtes Gewissen.

»Mehr weißt du nicht?«

Er atmete auf. Thea schien nun mehr Interesse an diesem Goldräuber zu haben als an ihm. »Du kannst Emilia selbst fragen. Man erkennt es durch die Körperwärme leider nicht so genau. Er war groß, schmal gebaut und dennoch sportlich, als er über die Mauer gestiegen ist.«

»Über die Mauer?«

»Ja, eine nicht einsehbare Stelle, außer vom ersten Stock in Jolenes Cottage aus.«

»Und wo ist diese Aufnahme jetzt?«

»Bei ihr. Sie rückt sie erst heraus, wenn sie Mitglied von *Churchyard Crimes* ist.«

Thea runzelte die Stirn. Dann lachte sie heiter. »Spinnt die? Niemals lasse ich jemand Fremdes in unser Ermittlerteam. Wir kennen sie ja kaum. Und außerdem kann ich sie nicht leiden.«

»Das habe ich ihr auch gesagt. Na ja, bis auf den letzten Satz.« Er lachte mit ihr. »Du bist also nicht mehr sauer?«

Sofort änderte sich ihre Miene. »Und ob ich das bin! Aber ich werde dich nicht verraten, wenn du dich persönlich und in meinem Beisein bei Mr Pearl entschuldigst und seinen Trauerkranz für Thelma zum Friedhof zurückbringst.«

Callan wollte protestieren, beließ es aber bei einem Nicken. Er sah ein, dass es so am besten für sie alle war.

»Und außerdem brauche ich dann wohl doch die Aufnahme vom Pub. Wir wollen schließlich ein Gesicht erkennen.«

***

Thea musste Callan anstoßen, damit er endlich bei den Pearls klingelte. »Los jetzt. Du hast es versprochen.«

»Ist ja gut. Es ist mir peinlich«, zeterte er.

»Besser so! Dich sollte dein schlechtes Gewissen auffressen. Wie lange treibst du diesen Unsinn schon?«

»Erst seit letztem Monat. Meine Mum hat mir das Taschengeld gestrichen, weil ich mich ein paarmal aus dem Haus geschlichen habe. Aber ich brauche das Geld für ein neues Spiel. Wenn ich das nicht habe, lachen mich meine Freunde aus. Es ist schwierig genug, in Pendle den Anschluss zu behalten.«

»Nicht mein Problem und auch nicht das von Mr Pearl und den anderen, die du verletzt hast.« Thea hatte Callan längst verziehen, aber sie musste durchgreifen, um ihm eine Lektion zu erteilen. Bei der Polizei verpfeifen würde sie ihn sowieso nicht.

Nach langem Warten wurde die Tür endlich und wie in Zeitlupe geöffnet. »Miss Shaw!« Zum Glück erkannte er sie. George schien einen wachen Moment zu haben. »Und ist das nicht der junge Callan? Gott, bist du groß geworden. Du überragst mich ja wie einer dieser Wolkenkratzer.« Er lachte fröhlich. »Kommt doch bitte herein.«

Sie folgten ihm ins Haus, in dem es muffig roch.

»Wir wollten nicht lange stören, aber Callan hier hat Ihnen etwas zu sagen.« Sie drehte sich zu ihrem Begleiter. »Nicht wahr?«

Callan kratzte sich verlegen am Hinterkopf und verlagerte sein Gewicht mehrmals von einem Bein aufs andere. »Ich habe den Kranz vom Grab Ihrer Frau geklaut. Tut mir leid.«

»Du hast *was*?« Georges Miene war erst verwundert, dann sogar enttäuscht, ehe er wieder fröhlich lachte. »Kommt ins Wohnzimmer. Mein Sohn hat mir gestern Kuchen gebracht.«

Sie wechselten einen Blick. Callan drehte seinen Zeigefinger neben der Schläfe, woraufhin Thea angespannt nickte. Der alte George war eben nicht mehr auf der Höhe.

Unschlüssig setzten sie sich und verlebten eine angenehme Stunde mit diesem alten Kauz, der furchtbar nett, aber auch sehr verwirrt war. Mitten im Satz vergaß er, wie er begonnen hatte. Dann wiederum erzählte er von früher. Er konnte sich an die alten Zeiten deutlich besser erinnern als an die Gegenwart. Manchmal nannte er Thea aus Versehen Myrna oder sogar Nathan, was ihr nichts ausmachte. Sie tranken eine Tasse Tee zusammen und aßen ein Stück Kuchen, der nach Staub schmeckte und steinhart war. Wer wusste schon, ob sein Sohn wirklich erst gestern und nicht schon vor zwei Wochen dagewesen war.

»Wir müssen jetzt gehen. Es war sehr schön bei Ihnen, Mr Pearl«, sagte Thea und stand auf. Als sie die Fotos auf der Anrichte im Flur sah, warf sie einen Blick darauf. »Sind das Thelma und Sie?«

Er kicherte. Seine Augen leuchteten. »Kurz nach unserer Hochzeit. Sie war mit unserem Sohn schwanger.« Tränen glitzerten in seinen Augen. »Ich habe sie sehr geliebt. Und nun ist sie fort.«

»Und das hier?«, fragte Callan, um ihn abzulenken. Sein Tonfall hatte sich verändert, weshalb Thea neugierig wurde.

Sie sog zischend die Luft ein. *Das gibt es doch nicht!*

»Oh, das sind wir beide bei unserem letzten Ausflug ans Meer, bevor sie ... bevor sie krank wurde. Es war bitterkalt, aber wir hatten eine tolle Zeit zusammen. Kurz danach ist unser Sohn ausgezogen und hat seine eigene

Familie gegründet. Der Lauf der Zeit.« Seine Stimme hatte fast einen schwärmenden Tonfall angenommen. Man sah ihm dennoch die große Trauer an. Plötzlich entspannte sich sein faltiges Gesicht wieder. Er lächelte freundlich. »Wenn ihr wartet, trefft ihr sie noch. Thelma müsste gleich von ihrem Spaziergang zurückkommen. Wollt ihr ein Stück Kuchen? Unser Sohn hat ihn gestern vorbeigebracht.«

Thea stammelte zunächst herum. Dann wusste sie, was sie George jetzt am besten fragte. »Sie sagten aus, dass Ihre Nachbarin Thelma etwas angetan hat, richtig?«

Sein Blick wurde hasserfüllt. »Ich habe alles gesehen! Man hat ihr auf den Kopf gehauen und sie dann in ein Loch geworfen«, flüsterte er und sah sich um, als würde man sie belauschen. »Aber sagt das nicht weiter. Thelma braucht ihre Ruhe.«

»Sie sind sich sicher, dass das Ihre Frau gewesen ist? Letztes Jahr hat sie doch noch gelebt«, meinte Callan.

»Die Nachbarin hat sie umgebracht!«, schrie er auf einmal lauthals und ließ beide zusammenzucken. »Diese falsche Schlange hat meine Thelma auf dem Gewissen!« Er weinte, und Thea nahm ihn in den Arm, bis er sich beruhigt hatte.

»Wir werden herausfinden, was mit ihr passiert ist. Seien Sie unbesorgt. Darf ich mir das Foto leihen? Sie bekommen es unbeschadet zurück.«

Georges Schluchzen versiegte. Verwirrt sah er sich um und deutete dann zum Wohnzimmer. »Kommt doch rein. Ich habe Kuchen von meinem Sohn da. Er war gestern hier, um mir eine Freude zu machen. Thelma müsste auch jeden Moment eintreffen.«

Callan öffnete den Mund, aber Thea war schneller, ergriff die Hände des Greises und lächelte ihn an. »Wir müssen leider schon weiter. Ein anderes Mal vielleicht. Machen Sie es gut, Mr Pearl. Ich wollte Ihnen nur mitteilen, dass sich der Kranz Ihrer Frau eingefunden hat. Ein ... Waschbär hatte ihn gestohlen, aber er ist jetzt wieder da.«

Sie gab Callan Handzeichen hinter ihrem Rücken. Er verstand hoffentlich und entwendete das Foto aus dem Rahmen. Keine schöne Sache und mindestens so schlimm wie die Angelegenheit mit dem Kranz, aber sie würde es zurückbringen, sobald sie es Myrna gezeigt hatte. Eine Leihgabe war noch lange kein Diebstahl. *Doch, wenn der Besitzer nichts davon weiß!*, sagte ihr eine Stimme in ihrem Kopf.

Sie verließen das Haus und winkten dem alten, senilen Herrn, dem sie hoffentlich trotzdem eine Freude bereitet hatten.

Thea schickte Callan daraufhin mit einem letzten strengen Blick nach Hause. Er wusste, was er zu tun hatte. Alle Kränze würden wieder dort landen, wo sie hingehörten.

Myrna hatte geschrieben, dass sie vor dem Chamberling-Anwesen auf Thea wartete.

# 13. Kapitel

Lucretia verabschiedete sich von ihrem Sohn, der zur Arbeit ging. Sie wischte sich eine Träne aus dem Augenwinkel, als sie an den kleinen Oakley zurückdachte, der ihre Schwester Cynthia immer angesehen hatte, als wäre sie seine ganze Welt. Dabei hatte sie sich erst an ihn gewöhnen müssen und ihn sogar verabscheut, weil er nicht ihr Kind gewesen war. Lucretia konnte es ihr nicht verübeln. Oakley war der immerwährende Beweis dafür gewesen, dass ihr Mann und ihre eigene Schwester sie betrogen hatten.

Sie wollte unbedingt jemandem von der frohen Botschaft erzählen, aber ihr fiel niemand ein. Sie hatte keine Freunde mehr in Pendle. Die Menschen mieden sie, worüber sie früher nie traurig gewesen war. Jetzt sah die Lage anders aus. Sie hatte endlich ihren Sohn wieder und schämte sich nicht für das, was sie getan hatte. Na ja, ein wenig vielleicht. Ihre Schwester würde sich sonst im Grabe umdrehen. Aber dennoch war das heute definitiv ein Tag zum Feiern.

Sie spielte mit dem Gedanken, bei Jolene zu klingeln. Genau wie die letzten paar Male, bekam sie Muffensausen und machte auf dem Absatz kehrt. Wie sollte man so einen großen Streit schlichten? Sie hatte Jolene selbst davongejagt und nie wieder mit ihr reden wollen. Nun wünschte sie, sie hätte nichts gesagt.

Lucretia drehte sich um, prallte beinahe gegen Alethea Shaw und strauchelte zurück. »Was treibst du schon wieder hier? Oakley ist zur Arbeit gefahren.«

»So überrascht, mich zu sehen? Pendle ist nicht gerade groß, da kommt das vor.«

Lucretia hätte ihr das freche Grinsen aus dem Gesicht gewischt, wenn diese Evans nicht danebengestanden und alles gesehen hätte. Ihr Herz wummerte kräftig. Sie musste sich unbedingt beruhigen.

»Wir kommen in Frieden, nicht wahr, Thea?« Myrna Evans besänftigte beide Seiten bestmöglich. »Niemand möchte dem anderen schaden. Wir haben nach Ihnen gesucht, Miss Miller. Es gibt noch offene Fragen zum Mord an Miss Mcanally.«

»Das habe ich alles diesem rosahaarigen Mädchen schon gesagt. Die mit der Zahnlücke und dem verrückten Blick. Auch die hat keine Ruhe gegeben, bis sie hatte, was sie wollte.«

»So redselig kenne ich dich sonst gar nicht, Lu«, säuselte Alethea Shaw und legte den Kopf schief, als wäre Lucretia ein Hund. *Und ausgerechnet in die hat sich mein Oakley verliebt?*

»Würden Sie Ihre Antwort bitte für uns wiederholen? Was ist damals passiert? Sie könnten eine wichtige Zeugin für die Polizei sein.«

»Gibt es denn eine Belohnung?«

»Immer bist du nur auf Geld aus.«

Lucretia lag eine passende, nicht minder pampige Antwort auf der Zunge, aber ihr war nicht nach Streiten zumute. Sie wollte wütend auf die kleine Shaw und den Inspector sein, aber irgendwie konnte sie es nicht. Ihre frisch erwiderte Mutterliebe ließ den Hass nicht länger zu. Stattdessen kam sich Lucretia wie eine schlechte Schauspielerin vor.

Sie seufzte und sah sich schnell um. »Nicht hier. Kommt mit.«

Sie gingen in das rote Backsteinhaus. Die zwei wechselten einen überraschten Blick. Es war neu, dass Lucretia sie freiwillig in ihr Reich bat, statt sie zu verfluchen und davonzujagen.

»Was ist das hier? Misten Sie aus?« Der Inspector hob ein Foto aus dem Berg an Erinnerungen hoch, sodass ihre Freundin es sehen konnte.

»Wow, ist das Oakley? Ein niedlicher kleiner Fratz«, sagte sie begeistert und durchstöberte daraufhin weiter den Fotohaufen auf dem Esstisch.

»Nichts kaputt machen!«, brüllte Lucretia und schlug ihr auf die Finger. »Das sind alles Erinnerungen an meinen Sohn.«

»Sie haben einen Sohn?« Evans verengte ihre Augen leicht. »Seit wann denn das?«

Alethea schaltete schneller. Sie sah entgeistert von Lucretia zu den Bildern und zurück zu ihr. »Ich habe immer gedacht, dass ihr die gleiche Nase habt, weil du seine Tante bist«, hauchte sie. »Das gibt es doch nicht! *Du* bist Oakleys Mutter und nicht Cynthia?« Sie schrie beinahe und ließ sich auf den Stuhl fallen.

*Jetzt habe ich es dir aber gezeigt*, dachte Lucretia überheblich. Sie reckte stolz das Kinn und war dennoch einen ganzen Kopf kleiner als diese Berufsschnüfflerin, die neben ihr stand und beeindruckt durch die Zähne pfiff. »Ja, Oakley ist mein Sohn. Ich musste diese Charade aufrechterhalten, bis er selbst dahintergekommen ist. Aber er war immer schon ein schlaues Kerlchen. Nun ja, jetzt ist es raus. Ich bin seine leibliche Mutter.«

»Wieso diese Lügen? Und was ist mit seinem Vater?«, fragte Alethea, aber so nah standen sie sich nun auch wieder nicht, dass sie ihr alles verriet.

»Frag doch Oakley, wenn du mehr wissen willst. Meine Antwortzeit ist begrenzt, also nutzt sie weise.«

Lucretia freute sich tierisch über den schockierten und zugleich unschlüssigen Blick, den sie ihrer Freundin zuwarf. Sie hatte dieser vorlauten Göre endlich einmal den Mund gestopft und sie überrascht.

Von da an übernahm Evans das Reden. »Wir sind auch nicht wegen neuer Familienbunde gekommen, sondern wegen Susan Mcanally. Das ist die Frau, deren Knochen Thea auf dem Friedhof gefunden hat. Sie wissen also mehr darüber?«

Lucretia gefiel sich in ihrer Position, aber sie hatte ein Einsehen. Schließlich wollte sie die zwei gern wieder loswerden. »Nach der Messe am 15. Dezember wollte ich zur Kirche rüber. Sie war ja jetzt leer, und niemand hätte mich gestört. Draußen war es schon dunkel, und ich wollte noch für meine Schwester im Himmel beten.«

»Seit wann bist du denn plötzlich gläubig?«, fragte Alethea.

»Psst«, zischte der Inspector. »Sprechen Sie bitte weiter.«

»Ich habe diese Frau mit dem roten Schal schon vorher durch das Fenster vom Pub gesehen. Sie hat einen Schnaps nach dem anderen getrunken, als würde sie sich Mut machen wollen. Sie sah irgendwie ... ängstlich aus. Hat sich ständig umgesehen.«

»Wieso erinnern Sie sich so genau an sie?«

Lucretia fixierte Evans und hoffte, dass ihre Augen verwegen funkelten. »Ich weiß immer, wenn Fremde nach Pendle kommen. Die beobachte ich lieber ganz genau. Einer muss ja nach dem Rechten sehen und darauf achten, dass hier alles seinen Gang geht. Wer weiß, was die hier wollen.«

»Miss Mcanally war also im Pub. Und weiter?«, fragte Alethea leicht ungeduldig.

Lucretia kostete ihre Nervosität voll aus. »Danach ist sie in die Kirche gekommen, in der ich bereits saß. Ich habe sie gleich wiedererkannt. Was sie dazwischen gemacht hat, weiß ich nicht. Vielleicht draußen gewartet.«

»Das heißt, Susan streifte allein durch Pendle. Der Täter hätte sie jederzeit ermorden können. Wieso erst nach der Messe und der Diskussion mit Hughing?«, fragte Alethea.

Die Augenbrauen der anderen schoben sich zusammen. »Das lässt leider alles auf den Reverend schließen. Er hat ein Motiv, kein Alibi und wurde mit ihr gesehen.«

»Daran glaube ich nicht!«

Lucretia ging dazwischen. »Sie denken wirklich, Peter Hughing hätte jemanden ermordet?« Sie lachte schallend. »Der hat sogar ein schlechtes Gewissen, wenn er eine Mücke tötet. Dass unser neuer Inspector mal so auf dem Holzweg ist, hätte ich nicht für möglich gehalten.« Lucretia klatschte in die Hände.

»Sehr witzig«, murrte Evans. »Erzählen Sie lieber mehr. Bis jetzt bringt uns Ihre Geschichte kaum voran.«

*Uuui, sie kann ja doch wütend werden.*

»Da gibt es nicht viel zu sagen. Nur Peter und seine Ministrantin waren noch da, aber auch die verschwand bald. Diese Frau mit dem roten Schal kam reingeschneit wie die Königin. Das war nicht dieselbe Person, die ich im ›Hills Inn‹ gesehen habe. Sie war wie verwandelt. Vorlaut und frech, aber vor allem selbstsicher. Sie hat Peter absichtlich in seinem Gebet gestört. Die zwei haben eine Weile geredet, ehe er aufgesprungen ist und ihr die Tür gewiesen hat.«

»Sie haben also gestritten?«

»So ist es.«

»Haben Sie verstanden, worüber die beiden sprachen?«

»Nein. Dafür war ich zu weit weg. Der Hall in der Kirche hat nicht geholfen, sondern ihre Stimmen vervielfacht, sodass ich erst recht nichts mehr verstanden habe.« *Zu schade. Ich hätte sehr gern gewusst, um was es ging.*

»Und wo saßen Sie während dieser Zeit?«

»Auf meinem Platz in der letzten Reihe. Damals hatte ich noch nicht diese schillernde Haarfarbe. Was soll ich sagen? Sie haben mich einfach nicht gesehen.« Lucretia strich sich einmal über das kurze Haar, um ihre Worte zu untermalen. »Ich bin klein und unscheinbar. Das wollte ich damit ändern.«

»Hughing hat uns das alles bereits erzählt. Wir brauchen mehr Details.« Alethea stellte Forderungen. So etwas konnte Lucretia auf den Tod nicht ausstehen. Außer natürlich, sie war es selbst.

Sie beugte sich vor, bis ihr Gesicht ganz nah an dem der jungen Shaw war. »Neu ist, dass Hughing ihr kurz, nachdem sie gegangen ist, hinterhergerannt ist. Und er hat mehr als wütend dabei ausgesehen, sogar fuchsteufelswild. So habe ich ihn noch nie erlebt.«

Evans legte ihre Hand auf Aletheas Schulter. »Es sieht nicht gut aus. Das passt zum Todeszeitpunkt. Es muss der Abend des 15. Dezember gewesen sein, als sie starb. Die Schlinge zieht sich langsam zu, und wir finden immer mehr Indizien, die gegen ihn sprechen.«

Alethea wandte sich abrupt um und durchbohrte ihre Freundin mit ihrem Blick. »Ja, Indizien, aber keine Beweise. Bring mir welche, dann glaube ich es vielleicht.«

»In der Geschichte gab es Fälle, in denen jemand nur auf Indizienlage verurteilt wurde«, erzählte der Inspector ruhig.

Lucretia räusperte sich. »Wären wir dann fertig? Mehr weiß das Rosé-Mädchen von nebenan auch nicht.« Lucretia sehnte sich nach Stille. Einen Zickenkrieg wollte sie nicht in ihrem Haus haben. Provokant öffnete sie die Tür und wies hinaus. »Ich brauche Ruhe nach diesem Tumult. Oder wollt ihr dafür verantwortlich sein, dass ich wieder in der Klinik lande?«

»Natürlich nicht. Danke für Ihr Entgegenkommen, Miss Miller«, sagte Evans schnell.

Alethea folgte ihr auf dem Fuß. Ihr hatte es wohl die Sprache verschlagen, denn normalerweise drückte sie Lucretia einen frechen Spruch aufs Ohr, bevor sie ging. Nicht so heute.

*Noch ein Punkt für mich, kleine Shaw.*

***

Am Abend saßen sie zu dritt in der Bibliothek und trugen neue Erkenntnisse zusammen.

»Ich weiß jetzt, wieso George Pearl dachte, dass seine Nachbarin seine Frau Thelma ermordet hat«, sagte Thea und hatte sofort Myrnas Aufmerksamkeit.

Ihr Gesicht war voller Fragezeichen. »Du wirst es mir sicher gleich sagen, sonst platze ich vor Neugier. Was hast du herausgefunden?«

Thea holte ein Foto aus ihrer Tasche und zeigte es Myrna. Darauf waren George und Thelma Pearl zu sehen, wie sie im Winter an irgendeinem Strand für die Kamera posierten. Ein glückliches Paar voller Lachfalten.

»Das hat ihr Sohn geschossen, der seit geraumer Zeit in der Nähe von Birmingham lebt und arbeitet. George hat erzählt, dass es die letzten gemeinsamen Tage gewesen sind, bevor er abgereist ist. Kurz danach ist Thelma krank geworden. Fällt dir nichts auf?«

Myrna nahm ihr das Foto aus der Hand und kniff die Augen zusammen. »Der Schal ist genauso lang und rot wie der von Susan Mcanally. Heißt das, Georges Gehirn verwechselt die beiden, sagt aber trotzdem die Wahrheit, nur auf seine Weise?«

Thea nickte lebhaft. »Er hat vor einem Jahr nicht Thelma, sondern Susan mit diesem Schal gesehen. Das muss sein Gehirn abgespeichert haben. Er hat Callan und mir gesagt, dass er mit eigenen Augen gesehen hat, wie seine Nachbarin sie auf dem Friedhof erschlagen und in ein Loch geworfen hat.«

Myrna lächelte bekümmert. »So schön diese Zeugenaussage auch wäre ... George Pearl kann leider nicht vernommen werden. Er hat zu viele unsichere Momente. Kein Richter würde ihn ernst nehmen. Zumal ich dem armen Mann ungern noch mehr Stress aufhalsen möchte.« Sie setzte sich auf ihren Stuhl gegenüber der Pinnwand und starrte auf die Fäden und Namen. »Also ist nun doch Jolene Downing unsere Hauptverdächtige? Eine Frau, die am Stock geht? Ich halte sie für grantig, vielleicht sogar für verrückt, allerdings nicht für eine Mörderin.«

Callan mischte sich ein. »Aber sie wollte dich umbringen!«, rief er entrüstet. »Sie hat mit ihrem Volvo direkt auf dich zugesteuert, falls du dich erinnerst. Du wurdest nur nicht überfahren, weil sich Hank für dich geopfert hat.«

»Der Fahrer war viel zu groß. Das kann nicht Jolene gewesen sein.«

»Vielleicht saß sie auf einem Kissen. Du kannst es nicht wissen.«

»Eben, wir wissen gar nichts.«

Thea räusperte sich laut, sodass ihre Diskussion verebbte. »So wichtig die Sache mit Hanks Unfall und dem Auto auch ist, wir haben hier immer noch einen Mordfall zu klären, Leute. Lasst uns alles der Reihe nach machen. Wir müssen herausfinden, was Jolene mit Susans Tod zu tun hat.« Sie wandte sich an Callan. »Kannst du irgendwie an die Gästeliste aus dem letzten Jahr kommen? Sie hat doch einen Computer, hast du gesagt?«

»Hat sie, und ich bin bereits vorbereitet.«

Myrna schnellte herum. »Du bist *was*?«

Callan errötete. »Na ja, ich wollte auf alles eingestellt sein. Und nun brauchen wir meine Technik ja auch, wie du siehst.« Hilfe suchend blickte er zu Thea.

»Komm schon, Evans. Es geht nur um eine blöde Liste, die sie uns aus Trotz verweigert«, sagte diese.

Myrna atmete hörbar aus. »Ihr wisst, was das heißt.«

Thea rollte mit den Augen und leierte herunter: »Dass wir die Beweise, die wir finden, nicht vor Gericht benutzen können. Das hatten wir jetzt schon ein paarmal, und hat es uns oder der Ermittlung geschadet? Nein.«

»Wie schnell braucht ihr diese Liste?« Er klickte ein paarmal auf seine Tastatur und runzelte die Stirn. »Das könnte dauern. Jolenes Rechner ist zwar uralt, aber sie hat Unmengen an Dateien gespeichert. Natürlich alle ohne Titel. Es hätte auch so einfach sein können.« Er seufzte lang gezogen.

»Das schaffst du schon. Wir glauben an dich«, sagte Thea, um ihm Mut zu machen.

An Myrnas Miene sah sie, dass diese von seiner illegalen Idee nicht angetan war. Thea konnte ihre Freundin mit einer heißen Schokolade besänftigen.

***

Der nächste Morgen brachte neue Erkenntnisse und neuen Schnee. Außerdem stand Weihnachten vor der Tür. Myrna war gerade dabei, das Chamberling-Anwesen festlich zu schmücken, als ihr Handy vibrierte und nicht mehr aufhörte.

»Ward, was ist los? Brennt es an allen Ecken und Enden?«, fragte sie am Telefon.

»Sie werden nie erraten, was der Schriftabgleich ergeben hat!«, brüllte er aufgeregt.

Sie hielt das Gerät vom Ohr weg und verzog das Gesicht. »Sie werden es mir sicher gleich verraten. Ein bekannter Verbrecher aus der Kartei?«

»Nein. Sie haben noch einen Versuch.«

Myrna überlegte. »Dann ist es Susans Kollege gewesen, dieser Silva Ammond.«

»Auch falsch. Es war kein Geringerer als Reverend Hughing, der Susan Angst eingejagt hat.«

Myrna wäre beinahe das Telefon aus der Hand gefallen. Sie stieg sicherheitshalber von der Leiter und setzte sich. »Was ... sagen Sie da? Wiederholen Sie das bitte noch einmal, aber langsam.«

»Es war Reverend Hughing. Mir kam diese Handschrift gleich bekannt vor, ich wusste aber nicht, woher. Und als ich gestern meine Briefe durchgesehen habe und einer von St. Benet's dabei gewesen ist, hat es *klick* gemacht. Hughing schreibt jedes Jahr zu den Feiertagen persönlich an die Gemeindemitglieder. So hält er es schon seit Jahren.«

Myrna war sprachlos. »Wow«, sagte sie nur und musste sich erst sammeln. »Das bedeutet, dass wir unseren eigenen Pfarrer verhaften müssen? Finden Sie das nicht seltsam?«

»Er ist ein Mensch mit Fehlern wie jeder andere. Und wenn er diesen Mord begangen hat, sollte er nicht länger Reverend von St. Benet's sein, finden Sie nicht?«

Myrna nickte, obwohl er es nicht sah. Sie leckte sich über die Lippen und dachte sofort an Thea. Die Ärmste würde die Welt nicht mehr verstehen.

»Wir treffen uns gleich vor der Kirche. Ich glaube, er hat eine Frühmesse. Danach fangen wir ihn ab. Nicht dass er flieht oder andere Dummheiten begeht. Am besten, wir gehen diese Sache ruhig und besonnen an. Bringen Sie bitte eine Kopie der Drohbriefe mit, in denen er ihr ankündigt, sie zu töten und ihre Firma oder das Haus niederzubrennen, wenn sie nicht verschwindet. Hat sich das ein Profi angesehen?«

»Natürlich. Halten Sie mich etwa für einen Neuling?« Ward echauffierte sich richtig. Er klang fast schon zickig.

»Entschuldigen Sie, aber hierbei darf uns auf keinen Fall ein Fehler unterlaufen. Dann nehmen Sie am besten auch das Gutachten mit. Wir sollten die Beweislage besser klar vorlegen können. Ob er auch den Mord an ihr begangen hat, müssen wir sehen. Vielleicht redet er von selbst, wenn wir Glück haben.« Sie wollte auflegen. »Ach, und Ward!«, rief sie schnell.

»Ja?«

»Machen Sie sich auf einen Proteststurm gefasst, vor allem von Thea. Sie hängt sehr an Hughing und ist persönlich involviert.«

»Darauf bin ich vorbereitet.«

Myrna legte auf und brauchte einen Moment, um sich zu sammeln. Reverend Hughing war also ein widerlicher Erpresser, der einer alleinstehenden Frau mit dem Tod drohte? Dieses Bild wollte einfach nicht in ihren Kopf, aber sie hatte gelernt, dass Beweise immer die Wahrheit sagten.

***

Thea sah auf, als sie den Tumult vor der Kirche hörte. *Nanu? Was ist da los?*

Sie streifte ihre Handschuhe ab und legte sie in die Schubkarre.

Die Stimmen wurden lauter. Eine Frau schrie sogar. Thea beschleunigte ihre Schritte, die knirschten, weil sie keine Stunde zuvor die Wege gestreut hatte.

Sie erschrak, als sie Myrna und Harrison sah, die dem Pfarrer ein Blatt Papier unter die Nase hielten. »Ist das hier Ihre Handschrift? Haben Sie Susan Mcanally gedroht und wollten sie aus der Stadt jagen?«

Hughing wurde ganz bleich. Thea reckte ihren Hals, um zu lesen. Es war das Drohschreiben an die Ermordete. Darin kündigte man ihr Konsequenzen an wie Schläge, ein zerkratztes Auto und das Anzünden ihres Hauses, während sie schlief, wenn sie nicht auf der Stelle verschwand.

Er nahm die Kopie zur Hand und zitterte deutlich. Hughing sah kurz zu den Menschen, die sie neugierig beobachteten. Seine Augen blieben an irgendeinem Punkt hängen und schauten so niedergeschlagen drein wie schon lange nicht mehr. Thea folgte seinem Blick, wusste aber nicht, wen oder was er meinte.

Seine Lippen bebten, als er sagte: »Ja ... Ja, das ist meine Handschrift. Ich habe das hier verfasst.«

»Dann besteht der dringende Tatverdacht, dass Sie Susan Mcanally ermordet haben. Sie können dazu schweigen oder eine Aussage machen. Gern auf dem Revier mit Ihrem Anwalt.«

Thea war froh, dass Hughing wenigstens keine Handschellen trug, aber natürlich hatten es die Bewohner Pendles erfahren und standen nun in einer tuschelnden Traube um sie herum. Das Gemurmel wurde lauter. Erstickte Schreie waren zu hören.

»Sie sollten sich schämen, einfach unseren Pfarrer zu verhaften!«, rief jemand.

»Ich habe immer gewusst, dass mit dem was nicht stimmt«, murmelte ein anderer.

Auch Myrna wurde nun ganz fahl um die Nase. Sie hatte anscheinend nicht mit solch einem schnellen Geständnis gerechnet oder gehofft, dass er sich als unschuldig herausstellte. »Es tut mir leid, Reverend, aber uns bleibt nun keine andere Wahl. Ich mache das hier nicht gern. Entweder kommen Sie freiwillig mit, oder wir müssen Sie abführen.«

»Ich komme aus freien Stücken mit Ihnen und werde meine Aussage auf dem Revier wiederholen. Es besteht keine Fluchtgefahr. Vor Gott kann man sich nicht verstecken.«

»Was soll das hier werden? Was macht ihr mit ihm? Das ist ja wohl ein schlechter Scherz!«, rief Thea fassungslos. »Evans, du weißt doch ganz genau, dass er unschuldig ist!«

Myrna bedachte sie mit einem mitfühlenden Ausdruck. »Es tut mir leid, Thea, aber es gibt Beweise für seine Schuld wie diesen Brief. Außerdem hat er es gerade gestanden, wie du selbst hören konntest. Es spricht alles gegen ihn. Wir müssen Mr Hughing jetzt auf dem Revier noch einmal zu den Details verhören und ihn erst einmal dabehalten.«

»Aber ... er kann es nicht gewesen sein«, wisperte Thea. Ihre Welt brach zusammen.

»Gehen Sie dahin, wo Sie herkommen, Städterin!«, keifte eine Frau, die sie in der Menge nicht ausmachen konnte. Thea wusste nicht, ob sie sie oder Myrna gemeint hatte.

Harrison beruhigte die Leute und erklärte die Situation. Bestürzte, aschfahle Gesichter waren die Folge.

Kaum jemand wollte glauben, dass ausgerechnet Reverend Hughing eine Straftat begangen hatte.

»Bitte, Evans, fass dir ein Herz! Dieser Brief ist noch lange kein Beweis für einen Mord!« Theas Stimme schraubte sich eine Oktave höher. Sie war selten so verzweifelt gewesen wie heute.

Hughing drehte sich zu ihr. Er lächelte traurig. »Es ist alles richtig, Alethea.« Sie sah, dass sein Blick erneut über die Menschentraube schweifte und an einem ganz bestimmten Punkt hängen blieb. Thea hatte das Gefühl, dass er nicht zu ihr sprach, als er sagte: »Ich habe Susan Mcanally ermordet und in das Grab gelegt, um ihre Leiche zu verstecken.«

Theas Knie wurden weich. Sie war froh, dass Oakley seinen Arm um sie legte und sie hielt. »Nein«, hauchte sie erschüttert. »Das ist nicht wahr. Das *darf* einfach nicht wahr sein.«

»Lass gut sein, Thea. Du kannst ihm jetzt nicht helfen«, raunte er.

Myrna setzte Hughing in ihren Dienstwagen und warf ihr einen letzten entschuldigenden Blick zu. Dann fuhren sie davon.

Ward befragte unterdessen die Kirchgänger, die ihm bereitwillig Auskunft über den Reverend gaben und über ihn herzogen, als wäre er nie Teil der Gemeinde gewesen.

»Ihr solltet euch schämen, ihm jetzt in den Rücken zu fallen!«, brüllte Thea sie an. »Gerade eben war er noch euer geliebter Pfarrer, dem ihr eure schlimmsten Geheimnisse anvertraut habt, und nun wollt ihr ihn immer schon verdächtig gefunden haben?« Sie spuckte in den Schnee. »Geht dahin, wo der Pfeffer wächst! Auf

Menschen wie euch kann er verzichten! Und ich auch! Würde mich nicht wundern, wenn es einer von euch gewesen ist!« Sie achtete nicht auf die empörten Gesichter, sondern stapfte davon.

Dieses Geständnis änderte alles. Nun hatte Thea keine Möglichkeit mehr, Hughing vor der Justiz zu bewahren. Außer, sie fand den wahren Täter und entlastete ihn dadurch.

# 14. Kapitel

Thea saß schlotternd auf der Veranda vor ihrem Haus, als Myrna eintraf. Die frühe Dunkelheit und die plötzliche Beichte des Pfarrers setzten ihr zu. Alles fühlte sich wie ein schlimmer Traum an, aus dem sie einfach nicht erwachte.

»Ich werde die Spuren, Briefe und Berichte noch einmal mit Harrison auswerten, um sicherzugehen«, sagte Myrna und versuchte sich vergeblich an einem tröstenden Tonfall. »Es tut mir wahnsinnig leid, Thea. Das hätte ich doch auch nie erwartet.«

»Ach nein?«, fauchte sie. »Du hast ihn doch von Anfang an auf deiner Liste gehabt.«

»Das haben wir beide. Erinnerst du dich an die Pinnwand? Wir mussten es tun, weil er das stärkste Motiv und die beste Möglichkeit hatte, diesen Mord zu begehen. Außerdem hat er ihn gestanden. Was soll ich dagegen machen?«

»Den echten Täter finden! Es war deutlich, dass er für jemanden in der Menge gesprochen hat. Hast du das nicht bemerkt?«

Myrna fuhr sich durchs Haar. »Die halbe Gemeinde war versammelt. Vielleicht hat er auch bloß allgemein zu ihnen gesprochen. Das können wir nicht wissen. Ich werde ihn danach fragen, wenn es dich beruhigt.«

Thea drosselte ihre Lautstärke und unterdrückte ihre Wut. »Gut. Tut mir leid, dass ich so ... so ...«

Myrna setzte sich zu ihr und berührte Thea am Arm. »Ich weiß. Mir geht es ähnlich, aber ich muss jetzt meinen Job erledigen. Es macht nicht immer Spaß, eine Kommissarin zu sein, das kannst du mir glauben.«

»Und diese Louise? Sie war doch genauso vor Ort. Was ist mit Lucretia? Sie hätte es auch tun können.« Thea gab noch nicht auf und suchte Verdächtige an allen Ecken und Enden.

Myrnas Griff wurde fester. Sie sah ihr tief in die Augen. »Louise Fairchild war bereits weg, als der Streit ausbrach, wie wir dank Lucretia wissen. Und jene kommt wiederum nicht infrage, weil ihre Größe nicht mit dem Täter übereinstimmen kann. Sie ist viel zu klein, um Susan beim ersten Schlag auf den Hinterkopf aus diesem Winkel getroffen zu haben. Hughing soll Susan nachgelaufen sein. Er war wütend und hat seine Kirche bedroht gesehen. Vielleicht können wir ihren Tod als eine Tat im Affekt behandeln und nicht als Mord. Dann muss er nicht so lange hinter Gitter.«

»Er ist siebzig Jahre alt und wird tot sein, ehe er seine Kirche wiedersieht.« Thea schniefte leise.

»Das ist schrecklich, aber wenn er einen Menschen ermordet hat, ist das die gerechte Strafe. Ich habe die Gesetze nicht gemacht, Thea. Seine Aussage deckt sich mit dem, was wir wissen.«

»Ja, weil wir es ihm selbst erzählt haben. Denk doch mal nach!« Nun wurde sie richtig garstig. Thea wusste natürlich, dass Myrna bloß ihren Job erledigte, aber sie war dennoch wütend auf ihre Freundin.

»Alles spricht gegen ihn. Versteh das doch bitte.« Myrnas Stimme wurde immer brüchiger. Sie litt ebenfalls Qualen und zog Thea in eine Umarmung, gegen die sich jene nicht wehrte.

»Weißt du, was seit unserem letzten Fall dein Problem ist, Evans?«

»Was?«

»Dass du mehr auf das hörst, was man dir als Beweis präsentiert, als auf das, was dir dein Herz sagt. Du weißt insgeheim, dass ihr den Falschen habt.«

Myrna rieb sich die Augen. »Ich weiß nur, dass ich nicht mehr raten darf. Außerdem kann ich das Risiko nicht eingehen, ihn laufen zu lassen. Er hat diese schlimmen Briefe geschrieben. Es ist seine Handschrift. Und er hat alles zugegeben, sogar den Mord an Susan.«

»Lüge!« Thea stieß sie weg und sprang auf.

»Benimm dich nicht wie ein kleines Kind!«, entgegnete Myrna nun genauso streng. »Wir müssen bei den Tatsachen bleiben, Thea. Sei endlich vernünftig.«

»Und was ist mit seinem Kollegen, diesem Josh Palmer? Den habt ihr noch nicht einmal befragt.«

»Er ist unwichtig geworden, seit es Beweise für Hughings Schuld gibt. Sein Geständnis belastet ihn obendrein. Tut mir leid, aber ich kann es nicht ändern.«

»So etwas sagtest du schon«, knurrte sie und ballte die Fäuste, bis sich die Fingernägel schmerzhaft in ihr Fleisch bohrten.

»Ich muss jetzt los. Bitte stell keinen Unsinn an. Du kannst deine Follower beruhigen, weil wir den Fall gelöst haben. Und diese Emilia hat es nicht, also gewinnst du sogar deine sinnfreie Wette. Ist das nichts wert?«

»Ich würde alles davon gegen seine Unschuld eintauschen«, wisperte sie.

»Ich muss jetzt leider zurück zur Arrestzelle und ihn noch einmal befragen. Wir brauchen mehr Details zu der Mordnacht vor einem Jahr. Bleib am besten zu Hause und lenk dich etwas ab. Ich bin heute Abend wieder da. Oder hol Oakley zu uns. Ihr könntet einen Film sehen.«

Thea antwortete nur noch mit Kopfbewegungen statt Worten. Ihre Stimme versagte jedes Mal, wenn sie ansetzte. Der Schock saß zu tief, aber die Wut auf den wahren Täter kochte umso höher. Hier wurde ein abgekartetes Spiel gespielt, bei dem der alte Pfarrer der Sündenbock war. Sie glaubte kein Wort von dem, was sie gesehen und gehört hatte.

Myrna brauste davon. Erst als der rote Kleinwagen auch am Horizont nicht mehr zu sehen war, ging sie die Verandastufen hinunter und schwang sich aufs Fahrrad.

***

Es war mühsam, sich durch den Schnee zu kämpfen. Mit einem Auto wäre sie schneller und mit weniger Schweißausbrüchen bis nach Great Mitton gekommen. Ihr Zorn trieb sie allerdings gut voran.

Thea freute sich auf die Befragung des Pfarrers. Sie hatte Josh Palmer bereits im Internet ausgekundschaftet. Er war deutlich jünger als Reverend Hughing und scharte gern Jugendgruppen um sich, spielte Billard und Gitarre und sah auch noch wahnsinnig attraktiv dabei aus. Palmer betrieb sogar einen eigenen

*YouTube*-Channel für seine Reden und selbst geschriebenen Songs. Frauen himmelten ihn an, während Männer ihn beneideten. Er war Thea einfach eine Spur zu perfekt. Fast wie einer dieser Hollywood-Superstars auf dem roten Teppich. Alles war nur eine Blase, die sie heute hoffentlich zum Platzen brachte, um Palmers wahres Ich zu erkennen und Hughing zu entlasten. Jeder Mensch hatte seine Abgründe und Geheimnisse.

Auf ihrem Blog hingegen tummelten sich die Spekulationen rund um den Reverend der St. Benet's Church. ›Wookieeboy‹ war sich sicher, dass er den Mord an Susan begangen hatte. Selbst Theas Einwände brachten ihn nicht davon ab. Irgendwann war sie wieder wütend geworden und hatte nicht mehr geantwortet. Ihrer Meinung nach war es möglich, aber Unfug. Hughing würde niemanden auf seinem eigenen Friedhof erschlagen und danach in das Grab, das für Mr O'Connor vorgesehen war, legen.

Ja, er hatte sie enttäuscht. Schwer enttäuscht sogar. Aber ein eiskalter Killer war er nicht. Hughing hatte ein schlechtes Gewissen gehabt, das sie ihm deutlich angesehen hatte. Und auch Lucretia, Tratschtante und Vogelscheuche in einem, sah nicht den Mörder in ihm, auch wenn sie ihn mit ihrer Aussage sogar belastet hatte.

Thea musste erst zu Atem kommen, als sie endlich vor der großen steinernen Kirche hielt, die St. Benet's um Welten überbot. Sie war riesig, ihre helle Turmuhr ein wahrer Gigant. Außerdem war der Garten penibel gepflegt und von Schnee befreit worden, genauso der Friedhof. Hier bezahlte jemand viele Gärtner.

Soeben strömten die Leute aus St. Michael's. Ihr Pfarrer ließ nicht lange auf sich warten. Thea beobachtete ihn eine Weile aus der Ferne, bevor sie auf ihn zuging. Er badete sichtlich gern in der Menge und strahlte übers ganze Gesicht.

Sein Humpeln versuchte er unter der langen Soutane zu verbergen, aber an seinem sportlichen, jedoch nicht ganz geraden Gang konnte sie es trotzdem sofort erkennen.

»Mr Palmer? Kann ich Sie kurz sprechen? Es ist dringend.«

Er lächelte smart. Sein dunkles Haar saß perfekt, und seine Zähne waren so weiß, dass Thea vermutete, er hatte sie gebleacht. »Aber natürlich, mein Kind. Der Beichtstuhl steht jedem offen. Bitte stellen Sie sich hinten an.«

»Ich möchte nichts beichten, sondern Sie zu den Vorwürfen gegen Reverend Hughing befragen.«

Er hielt kurz inne. Seine Augenbrauen zuckten auf und ab. »Sind Sie von der Presse? Ich habe nichts zu den Verfehlungen meines Kollegen zu sagen.«

»Auch nicht, wenn es Zweifel an den Beweisen gibt?« Sie bluffte, aber das würde er sowieso nie herausfinden, wenn er nicht gerade engen Kontakt zur Polizei pflegte. Und das würde er nicht, wenn es stimmte, was sie nun über ihn dachte.

»Nicht hier und heute. Das ist ein Tag des Glücks und der Freude. Morgen ist Weihnachten. Bitte stören Sie unsere Feier nicht mit Ihren Fragen, Miss ...«

»... Shaw. Alethea Shaw.« Sie verschränkte die Arme und erhob ihre Stimme. »Also interessiert es Sie gar nicht, dass ein enger Kollege von Ihnen unschuldig im

Gefängnis sitzt? Wo ist denn die Nächstenliebe geblieben?«

Er fasste sie am Arm und zog sie von den anderen weg. »Bitte nicht so laut«, zischte er und lächelte verkrampft, als ihn ein Pärchen misstrauisch musterte. »Ich möchte dieses Thema nicht in oder an meiner Kirche haben. Kommen Sie später wieder, dann nehme ich mir gern die Zeit, um ...«

»Ist es Ihnen unangenehm, wenn man Sie direkt mit einem Problem konfrontiert, das auch mit Ihnen in Verbindung steht?« Thea hatte richtig Spaß daran, ihn zu unterbrechen. Sie traute diesem aalglatten Geistlichen nicht über den Weg. In seinen braunen Augen sah sie nichts als Kälte. Sie waren ausdruckslos wie die eines Haifischs, während Reverend Hughings Augen Wärme und Geborgenheit ausstrahlten.

»Mit mir? Wie darf ich das verstehen? Ich kann doch nichts dafür, dass dieser Pfarrer korrupt und besessen ist.«

Theas Zorn steigerte sich. Sie mochte es nicht, wenn man so über ihren Freund sprach. Er hatte zwar Fehler begangen und war ihr noch einige Antworten schuldig geblieben, aber er war definitiv kein Verbrecher. »Korrupt und besessen passt vortrefflich zum Thema. Sie humpeln, habe ich gesehen. Ein Unfall?«

Er schien verwirrt angesichts des abrupten Themenwechsels. »Das tue ich seit meiner Kindheit. Ein angeborener Fehler, der von meinen Eltern nie beseitigt wurde. Nun muss ich mit einer schiefen Hüfte leben.«

»Versuchen Sie sich deshalb mit allen gut zu stellen und möglichst beliebt zu sein?«

Palmer schüttelte langsam mit dem Kopf. Wieder sah er sich um, um zu überprüfen, dass niemand sie hörte. Sein Ruf war ihm das Wichtigste. Wahrscheinlich wichtiger als jeder Mensch, der sich gerade auf dem Platz aufhielt. »Was wollen Sie eigentlich wirklich? Sie stellen ziemlich seltsame Fragen. Kommen Sie später in den Beichtstuhl, da können wir länger reden. Ich muss jetzt weiter.«

»Eine letzte Frage, Reverend! Wie standen Sie zu Susan Mcanally?«

»Susan ... wer? Ist das die Frau, deren Knochen bei Peter gefunden wurden? Ich kannte sie nicht und möchte mit dieser Sache auch nichts zu tun haben. Lassen Sie mich in Ruhe. Ihr Klatschblatt soll meine Kirche nicht weiter behelligen.«

Thea lächelte aufmüpfig. »Sie lügen, Reverend. Miss Mcanally wollte Ihre Kirche genauso aufkaufen und abreißen lassen wie die von Mr Hughing.«

Er zog sie noch ein Stück weiter bis hinter eine große Tanne. Der Schnee unter ihren Schuhen knirschte.

Auf seiner Stirn sammelte sich Schweiß. »Von welcher Zeitung kommen Sie?«

»Von keiner.«

»Also sind Sie freischaffend?«

Thea hätte beinahe gelächelt. »So könnte man es auch nennen. Aber nicht, wie Sie denken.«

Sein Mundwinkel zuckte angespannt. »Also sind Sie von der Polizei?«

»Schlimmer noch. Ich bin Privatermittlerin und versuche, den Pfarrer zu entlasten. Sein Geständnis wurde erzwungen und basiert auf haltlosen Indizien. Aber St. Benet's hat noch viel mehr Geheimnisse zu verbergen.

Zum Beispiel sind wir auf der Suche nach einem Goldräuber. Sie können dazu nicht zufällig Hinweise geben?«

»Ich? Wieso denn ich? Habe ich etwas mit St. Benet's zu tun?« Sie konnte die Panik in seinem Gesicht ablesen.

»Der Täter hat sich am Familienschmuck Verstorbener bedient und das Gold später auf dem Friedhof in Pendle vergraben. Er war groß, schlank und männlich.« Sie sah auf seine Beine herab. »Und er hat gehumpelt.«

Palmers Augenlid zuckte nun im selben Takt wie sein Mundwinkel. »Was wollen Sie damit andeuten? Dass ich ein Dieb bin? Das verbitte ich mir!«, raunte er gefährlich ruhig. »Ich werde Sie verklagen, wenn Sie nicht auf der Stelle aufhören, mich zu beleidigen.«

»Wir können hier beide unbeschadet rauskommen, wenn Sie mir einfach sagen, was Sie zu Susan Mcanally und ihrem Tod wissen. Es geht mir nicht um das Gold und auch nicht um all Ihre anderen dubiosen Geschäfte. Ich möchte lediglich Peter Hughing entlasten.« Als er keine Anstalten machte, zu sprechen, setzte Thea ihn doch wieder unter Druck. Sie hatte keine Zeit für diese Spielchen. »Ich an Ihrer Stelle würde besser antworten, ehe ich Inspector Evans verrate, wer den Goldschmuck der Familien heimlich im Garten von St. Benet's vergräbt. Wir haben Sie sogar auf Band, Palmer. Man kann Sie eindeutig an Ihrem Humpelgang und Ihrer Statur erkennen. Ein besseres Video folgt bald. Außerdem würden Sie Ihre Beute niemals im eigenen Garten vergraben. Dann doch lieber beim ungeliebten Konkurrenten, auf dessen Gläubige Sie scharf sind.« Thea schoss ins Blaue, aber an seinen aufgerissenen Augen sah sie, dass sie mit allem recht hatte. *Erwischt!*

»Was versprechen Sie sich davon? Einen Anteil? Ja, ich finanziere mein Leben und meine Kirche mit diesen Dingen. Ist das etwa ein Verbrechen? Die Familien vermachen mir eben gern wertvolle Gegenstände, aber das passiert alles freiwillig. Ich kann es sogar beweisen.«

»Und wieso sollten Sie diese Geschenke dann mühsam und heimlich auf einem Friedhof verstecken? Ich tippe darauf, dass Sie den Schmuck an der Steuer vorbei schmuggeln, dann auf dem Schwarzmarkt verkaufen und dadurch immer reicher werden.«

Seine Augen wurden noch ein Stück größer. Inzwischen weiteten sich auch seine Nasenlöcher verräterisch. *Wieder erwischt!* Dieser Pfarrer war ein offenes Buch für sie.

»Wer sind Sie, verflucht?«, knurrte er.

»Ich bin die Totengräberin und Ihr schlimmster Feind, wenn Sie nicht endlich mit der Sprache herausrücken.« Thea lächelte zuckersüß. »Wo waren Sie am 15. Dezember vor einem Jahr? Haben Sie Susan gesehen oder gesprochen?«

Sie konnte dabei zusehen, wie seine Fassade in sich zusammenfiel. »Ich habe ihr nichts getan, das schwöre ich. Ich war tatsächlich am Abend ihres Verschwindens dort. Das habe ich mir so gut gemerkt, weil ich danach nichts mehr von ihr gehört habe, obwohl sie mir am nächsten Tag den Vertrag vorlegen wollte. Sie hat auch um St. Michael's sehr gekämpft und mir sogar gedroht, mich rauszuschmeißen, wenn ich nicht freiwillig gehe.«

Thea machte sich Notizen im Kopf, um nicht in ihrer Tasche zu wühlen und den Moment zu zerstören. »Das heißt, Sie hatten genauso ein Motiv wie Hughing.«

Palmer baute sich vor Thea auf, aber sie rückte nicht von ihm ab. Sie hatte bei Myrna gelernt, dass ihr Gegner noch so stark sein konnte. Wenn sie seinen Schwachpunkt kannte, hatte er keine Chance. Und in seinem Fall war es das Hinkebein.

»Sie stand rauchend vorm Friedhofstor, als ich mich an ihr vorbeigeschlichen habe. Das war das letzte Mal, dass ich sie gesehen habe. Auf dem Rückweg habe ich nicht mehr an sie gedacht, weil Peter wie ein Wahnsinniger auf mich losgegangen ist. In der Zwischenzeit hatten sie wohl geredet. Irgendwie muss sie ihn wieder provoziert haben.«

»Was wollte er?« *Also seinetwegen ist Hughing rausgerannt. Nicht wegen Susan.*

»Ich hatte das Gefühl, dass er ihretwegen sauer war. Ich war mit meiner Graberei länger beschäftigt und habe die Zeit aus den Augen verloren. Er hat mich zum Glück erst danach erwischt und dachte, dass ich spioniere oder so. Der arme Peter hat in jedem Menschen einen Feind gesehen.«

»Da Sie Verstorbene ausnehmen und das Diebesgut auf seinem Friedhof vergraben, sind Sie ja auch sein Feind«, meinte sie trocken.

»Ich kann nichts dafür, wenn er durchdreht und sie ermordet«, flüsterte er gereizt. »Er hat mehrmals erzählt, wie sehr er sie verabscheut. Ich traue ihm alles zu, nachdem ich ihn so erlebt habe. Es ist ein Jahr her, und trotzdem erinnere ich mich noch genau daran.«

»Wieso haben Sie nichts gesehen oder gehört? Susan hat vielleicht um ihr Leben gekämpft.«

Palmer senkte den Blick. Zum ersten Mal hatte Thea das Gefühl, dass er ein schlechtes Gewissen hatte. »Er hat mich wahrscheinlich durch ein Fenster auf der Rückseite gesehen und ist dann einmal um die Kirche gerannt. Sie war jedenfalls nicht dort, und ich habe auch nichts gehört. Ihre Seele wird nun, da er verhaftet ist, hoffentlich in Frieden ruhen.«

»Wissen Sie von den Briefen?«

»Welche Briefe?«, fragte er ehrlich überrascht.

»Hughing hat Drohbriefe an Susan geschickt, um sie zu vergraulen. Er droht ihr darin mit dem Tod, wenn sie nicht verschwindet und die Kirche in Frieden lässt.«

Thea hatte erwartet, dass er ihr zustimmte oder seinen Kollegen wenigstens noch einmal durch den Dreck zog, aber er lachte laut los und zog nun doch ein paar Blicke auf sich.

»Was ist daran so witzig?«

Palmer wischte sich eine Träne aus dem Augenwinkel. »Weil Peter niemals Briefe schreiben würde. Ich kann ihn nicht ausstehen, aber das ist nun wirklich Blödsinn. Woher wollen Sie wissen, dass er es war?«

»Es war laut Gutachten seine Handschrift.«

»Dann bedaure ich die Ermittler, die sein Geschreibsel lesen mussten. Ich kenne ihn nun auch schon eine Weile und weiß, dass er Probleme hat.«

Thea machte noch einen Schritt auf ihn zu, bis sie direkt vor Palmer stand. »Probleme? Was denn für Probleme?« Ihr Instinkt sagte ihr, dass sie auf der richtigen Spur war.

Der Reverend lächelte schief. »Peter hat zwar Schreiben und Lesen gelernt, aber er hat eine immense Rechtschreibschwäche. Auch die Grammatik lässt bei ihm zu wünschen übrig. Sie hätten sofort gemerkt, wenn dieser Text von ihm gewesen wäre. Er schafft es ja nicht einmal, eine Passage fehlerfrei abzuschreiben. Wussten Sie das gar nicht? Ich dachte, Sie stehen sich nah.«

Thea wurde abwechselnd heiß und kalt. Sie atmete schneller und hörte ihr Herz im Kopf. »Und wer hat dann all die Briefe zu den Feiertagen verschickt, wenn nicht er?«

»Das müssen Sie selbst herausfinden. Ich weiß nur, was ich Ihnen eben gesagt habe. Kann ich jetzt gehen? Ich habe Gläubige zu betreuen und möchte sie nicht warten lassen.«

Er drehte sich um und war fort, ehe sie ihn noch einmal aufhalten konnte.

*Dich schnappe ich mir später, Freundchen. So einfach kommst du mit deinen Taten nicht davon*, versprach sie eisern.

***

»Evans!«, rief Thea, als sie wieder zu Hause war und Licht im Studierzimmer brennen sah. »Ich habe Neuigkeiten!«

Myrna saß über den alten Akten aus dem Tunnelsystem unter ihrem Haus. »Ich hätte schwören können, dass es letztens noch eine mehr in diesem Karton war«, murmelte sie. »Vielleicht muss ich Callan verdeutlichen, wie wichtig Ordnung für uns ist.« Sie sah auf.

»Neuigkeiten? Hat Oakley um deine Hand angehalten?«

Thea lotste sie in die Bibliothek. »Besser als das. Du weißt, ich bin ein Heiratsmuffel.« Sie schnappte sich sofort eine Karteikarte und schrieb Josh Palmer auf.

Myrna riss entsetzt die Augen auf. »Sag mir nicht, dass du allein bei einer Befragung warst!«

»Du wolltest ja nicht hin, also habe ich ihn verhört.«

»Aber nichts davon ist offiziell.«

Thea drückte sie auf den Stuhl und sortierte ein paar Kärtchen aus, während sie andere umsteckte und neue Dreiecke bildete. »Ich habe inzwischen verstanden, was uns Mr Pearl sagen wollte.«

»Er hat beobachtet, wie Jolene seine Frau ...«

»Falsch!«

Myrnas Mund blieb offen stehen. »Falsch?«

Thea war ganz euphorisch, als sie ihr erklärte: »Er hat jemanden aus Jolenes Haus gesehen und diese Person deshalb als seine Nachbarin bezeichnet.«

»Also war es ein Gast.«

»Richtig.« Thea fuhr mit dem Finger an den Fäden entlang und erläuterte ihre Theorie. »Er hat zufällig beobachtet, wie ein Zimmergast aus Jolenes Cottage Susan erschlagen hat. Da sie vorher im Pub war und somit einmal durch Pendle gelaufen sein muss, kam sie, um zur Kirche zu gelangen, notgedrungen an George Pearls Haus vorbei. Von seinem ersten Stock aus hat er einen guten Blick auf den Friedhof und kann direkt durch das Tor linsen. Zumindest besser als Jolene. Von ihr kann man höchstens bis dahin sehen, aber nicht auf den Friedhof selbst.«

Myrna nickte. »Ich verstehe. Aber was hat das Ganze mit Josh Palmer zu tun?«

»Dazu komme ich jetzt.« Wieder zog sie die Fäden imaginär nach. »Mr Palmer wurde von der Wärmebildkamera einer gewissen Emilia Tremblay aufgezeichnet.«

»Woher wissen wir, dass er es war?« Myrna kniff die Augen zusammen. Sie hatte längst angebissen. Ihre steife Haltung und das Funkeln in ihren Augen verrieten es.

»Statur und Gang stimmen überein. Ich habe ihn heute überprüft und in die Enge getrieben. Außerdem hat Callan das Überwachungsvideo des Pubs besorgt. Da ist er besser zu erkennen.«

»Oh, Thea!« Myrna stöhnte und warf die Hände vors Gesicht. »Was, wenn er dich jetzt anzeigt? Das hättest du alles gar nicht tun dürfen!«

»Wird er nicht, denn er hat die Erbschleicherei gestanden. Also wird er die Füße stillhalten und nichts tun, um sich nicht selbst ans Messer zu liefern. Palmer ist sein Ruf wichtiger als alles und jeder. Du hättest diesen Fatzke sehen sollen!«

»Also ist Josh Palmer ein Erbschleicher und Dieb und vergräbt seine Beute auf dem St. Benet's Churchyard. Ich werde Ward mit dem Fall betrauen, um die nötigen Beweise zu sichern. Bei euch steht am Ende Aussage gegen Aussage, und die Bilder der Kameras darf ich eher nicht vor Gericht verwenden. Aber wir werden einen Weg finden, ihn zu bestrafen. Gute Arbeit, Kollegin.« Myrna zeigte sich trotz ihres Alleingangs zufrieden.

»Ich bin noch nicht am Schluss. Das Beste kommt erst noch. Palmer hat ausgesagt, dass Hughing am 15.

Dezember 2022 auf ihn und nicht auf Susan losgegangen ist. Er hat sich auf dem Friedhof mit ihm gestritten.«

»Aber dann hätten sie Susan doch sehen müssen.«

Myrnas Einwand konnte schnell aus der Welt geschafft werden. »Sie standen auf der anderen Seite der Kirche. So laut, wie der Wind wahrscheinlich gepfiffen hat, konnten sie nichts hören. Palmer wird danach durch das zweite Tor gegangen sein und Reverend Hughing zurück in die Kirche.«

Myrna verschränkte die Arme und schlug die Beine elegant übereinander. »Du versuchst, Hughing zu rehabilitieren, was ich dir hoch anrechne, aber du kennst die Sachlage. Er hat die Briefe geschrieben und die Tat sogar gestanden.«

Thea stellte sich vor Myrna und hob den Zeigefinger, um die volle Aufmerksamkeit zu bekommen. »Er hat gestanden, um jemanden zu schützen.«

»Wen?«

»Den wahren Mörder. Ich warte nur noch auf Callan, dann werde ich es wissen.«

»Da bin ich ja mal gespannt«, erwiderte Myrna amüsiert. »Und die Briefe? Hat Hughing sie erpresst?«

»Palmer hat mir erzählt, dass der Reverend eine starke Rechtschreib- und Grammatikschwäche hat, und das sogar, wenn er Texte abschreibt. Er kann diesen fehlerfreien, wenn auch vulgären Brief nicht geschrieben haben. Das hätte er gar nicht geschafft. Ihr solltet seine Handschrift noch einmal kontrollieren und ihn aktuell etwas schreiben lassen, um das zu prüfen.«

Zum ersten Mal an diesem Abend entglitten Myrna die Gesichtszüge. Sie war offenkundig schockiert, weil sie schon wieder einen Fehler gemacht und nicht alle Möglichkeiten bedacht hatte. Sie öffnete den Mund, als die Tür aufflog.

Callan keuchte, als wäre er gerannt. Er wedelte mit ein paar Ausdrucken durch die Luft. »Ich habe mich die ganze Nacht lang mit Jolenes Dateien beschäftigt. Hier ist die Gästeliste aus dem letzten Jahr.« Er platzte fast vor Stolz.

»Gut gemacht!«, rief Thea und schnappte ihm gierig das Papier aus den Händen. Sie überflog die Zeilen und fand, was sie wollte. »Und wir haben auch einen Eintrag am 15. Dezember. Volltreffer!« Während sie auf den Namen zeigte, erläuterte sie weiter, damit sie verstanden, worauf sie abzielte.

Myrna und Callan wechselten erstaunte Blicke.

»Und nun brauchen wir einen Plan, wie wir den Mörder aus seiner Deckung holen«, meinte Thea zum Abschluss.

»Ich habe eine Idee«, sagte Myrna, die ganz kleinlaut geworden war. Thea hätte ein schlechtes Gewissen gehabt, wenn es nicht um die Freiheit des Reverends gegangen wäre. »Aber dafür brauchen wir die Unterstützung von jemandem, den ich unter normalen Umständen nicht um Hilfe bitten würde.«

Callan hing gespannt an ihren Lippen, und auch Thea lauschte aufmerksam.

# 15. Kapitel

Emilia reckte den Hals und streckte ihren Rücken durch. Sie stand auf Zehenspitzen und verlor beinahe das Gleichgewicht auf dem rutschigen Boden.

Als Callan auftauchte, duckte sie sich schnell. Er betrat das Chamberling-Haus mit schwungvollen Schritten. Kurz darauf konnte sie ihn dumpf reden hören. Leider hatten die drei zu gut renoviert, um sie durch die Fenster zu verstehen.

Ein Räuspern ließ sie herumfahren. Theas Freund Oakley Miller stand vor ihr und bedachte sie mit einem strengen Blick. Er hielt Einkaufstüten in den Händen. »Was treibst du in Theas Garten? Bist du nicht das Mädchen, das bei Jolene untergekommen ist?«

Emilia hatte ihn schon ein paarmal vor dem Haus beim Schneeschippen gesehen. Wenn er nicht modelte, sollte er es dringend in Erwägung ziehen. Seine tätowierten Arme waren muskulös, sein rabenschwarzes Haar lang und wild wie das eines Rockstars. Und erst diese stahlblauen Augen ... *Wäre ich mal ein paar Jahre älter*, dachte sie träumerisch. Als sich das sommersprossige Gesicht und die eng stehenden grünen Augen von Callan Healy vor Oakleys hübsche Züge schoben, kam sie endlich zur Besinnung.

Spätestens, als er mit Nachdruck sagte: »Ich habe dich was gefragt.«

»Ich wollte nur sehen, ob jemand zu Hause ist. Mehr nicht.«

»Das prüft man normalerweise mit der Klingel. Das hier nennt sich Hausfriedensbruch.«

»Du stehst doch selbst im Garten einer anderen.«

»Sie ist meine Freundin.«

»Meine auch!«, rief sie und drosselte ihre Lautstärke sofort. »Thea kennt mich länger als dich, also mach mal halblang.«

Er runzelte die Stirn. Dahinter schien es zu arbeiten.

Sie stellte sich direkt vor ihn und lächelte mit dem Kopf im Nacken zu ihm auf. Oakley war viel größer, als sie sich ihn vorgestellt hatte. »Du verrätst mich doch nicht, oder?« Um besonders süß und unschuldig auszusehen, klimperte sie mit den Wimpern.

»Natürlich tue ich das.« Er erwiderte das Lächeln schief. »Aber vielleicht hast du ja gute Gründe, die du mir zuerst nennen willst?«

Emilia zog eine Schnute und tat, als überlegte sie. »Nö, lieber nicht. Das würde euch alle nur aufregen. Ich bin nämlich so kurz davor, den Fall zu lösen.« Sie zeigte ihm mit den Fingern, wie knapp es war.

»Ich dachte, unser Pfarrer ist der Killer.«

»Ich denke genauso wenig wie Thea, dass er es war. Wieso sollte Hughing die Leiche auf seinem eigenen Friedhof verstecken? Das ist Unsinn. Ich habe den wahren Mörder sogar auf Band.« Sie reckte ihr Kinn.

Er stellte die Tüten ab und stemmte seine Hände in die Seiten. Oakley musterte sie mit einer hochgezogenen Augenbraue. »Und weil du ach so weit gekommen bist, musst du bei *Churchyard Crimes* lauschen, statt den Reverend mit deinen tollen Beweisen zu entlasten?

Ich glaube dir kein Wort. Du bluffst nur und hast gar nichts. Wir sollten ...«

In diesem Moment flog die Tür auf, und die drei kamen heraus.

Emilia packte Oakley am Arm. »Bitte verrate mich nicht!«, zischte sie.

Er schüttelte sie ab. »Thea! Wir müssen reden!«, rief er zu ihrem Entsetzen.

Nun wurde ihr abwechselnd heiß und kalt. Wenn sie noch häufiger beim Schnüffeln erwischt wurde, würde ihr Myrna irgendwann einen Strich durch die Rechnung machen und sie ganz von den Ermittlungen ausschließen. Vielleicht würde sie sogar nicht mehr in ihrer Nähe sein dürfen. So etwas konnte der Inspector veranlassen, wenn er wollte ... glaubte sie zumindest.

Thea drehte sich kurz um und winkte. »Wir reden später, okay? Es gibt viel zu tun. Wir sind auf der Zielgeraden.« Sie eilte den anderen hinterher, ohne auf ihren Freund zu achten, der die Schultern wieder sinken ließ.

»Na toll«, murmelte er und bemerkte zu spät, dass sich Emilia durch das Gestrüpp, das sich einen Garten nannte, längst aus dem Staub gemacht hatte.

Von Weitem beobachtete sie, wie er sich um die eigene Achse drehte, genervt schnaufte und dann nach den Tüten griff. Sie musste sich das Lachen verkneifen. Leider schlug er dieselbe Richtung wie die kleine Gruppe ein, weshalb sie ihr nicht mehr folgen konnte.

Emilia wurde wieder einmal ausgebremst, dabei hatte sie sich endlich beweisen wollen. Verärgert machte sie sich mit ihrer Kamera zum Pendle Hill auf, um die Zeit sinnvoll zu nutzen.

Sie hatte ganz eindeutig Wärmesignaturen auf den letzten Aufnahmen gehabt. Mehrere sogar.

In Pendle gab es viele gefangene Seelen, denen sie einen Ausweg zeigen musste, ehe sie zu bösartigen Geistern wurden. Wenigstens Hope Fernsby hatte ihre letzte Ruhe durch Thea, Myrna und Callan gefunden. Nun war es an Emilia, ihr Werk fortzusetzen und fester Bestandteil der Gruppe zu werden. Und es war nie zu spät für etwas paranormale Hilfestellung.

***

Myrna atmete tief durch und klingelte bei Jolene. Sie öffnete ihnen erst nach einer Weile, die sich wie ein Jahr anfühlte.

Ihre Lider waren geschwollen, als wäre sie kaum zu Schlaf gekommen. »Was wollt ihr von mir?« Als sie Callan entdeckte, weiteten sich ihre Augen für den Bruchteil einer Sekunde. Myrna bildete sich ein, dass sie leicht mit dem Kopf schüttelte, als würde sie ihm etwas sagen wollen.

»Wir möchten Sie um einen Gefallen bitten.«

»Einen ... Gefallen? Von mir?« Sie zeigte irritiert auf sich selbst. »Was könnte ich schon für euch drei machen?«

Thea schob sich vor Myrna. Sie war in Eile, und das merkte man. »Wir brauchen dich für einen kleinen Auftrag morgen Abend in der Kirche. Es ist doch Weihnachten, und Reverend Hughing wird entlassen. Er kann also, wie geplant, die Messe leiten.«

»Was soll ich in St. Benet's? Mich interessiert das Geschwafel von diesem Pfaffen nicht«, erwiderte sie emotionslos. »Und ein nacktes Baby in einem Stall will ich mir auch nicht ansehen.«

Thea versuchte, es ihr schmackhaft zu machen. »Du könntest dabei helfen, Susan Mcanallys Mörder festzunehmen. Das würde dir wieder ein paar Punkte bei deinen Mitmenschen einbringen.«

Jolene verzog ihren Mund zu einem fiesen Lächeln. »Die Meinung der anderen interessiert mich genauso wenig.«

»Ach nein?«

»Thea, warte ...«, raunte Myrna, aber ihre Freundin war wieder einmal nicht zu bremsen.

»Wir wissen, dass dein Auto der Unfallwagen war, mit dem Hank überfahren wurde. Der Fahrer muss aber größer als du gewesen sein. Nun fragt sich, wer an die Schlüssel kommen kann, wenn nicht jemand aus deinem eigenen Haus ... oder deiner eigenen Familie.«

Myrna fuhr herum. »Du meinst, Brian wollte mich umbringen?« Plötzlich ergab alles Sinn. Er und sein Kumpel waren mehr als wütend auf Myrna gewesen, weil sie sie für ihren Kneipenrauswurf und ein paar Blessuren bei ihrem ersten Aufeinandertreffen verantwortlich machten. Außerdem hatte der Fahrer nicht allein im Wagen gesessen.

Callan nickte im Hintergrund, blieb aber stumm. Er mischte sich fast absichtlich nicht ein, was ungewöhnlich für ihn war. Allgemein war er viel stiller geworden.

»Dann muss ich Sie bitten, Brian zur Tür zu holen.«

»Er ist nicht da!«, keifte Jolene sofort und verstellte ihnen den Weg. »Verschwindet endlich!«

Myrna nahm sie in Augenschein. Jolene wirkte ängstlich, fast panisch. Sie hielt sich verkrampft an ihrem

Gehstock fest und hob ihn wie eine Waffe, als sie näher kamen. Myrna hatte das Gefühl, dass diese Frau nicht für sich kämpfte.

»Mrs Downing, Hank hat ein Recht darauf, zu erfahren, was passiert ist und wieso. Wir wollen diese Fragen in Ruhe klären und niemanden direkt vor Gericht zerren. Wenn Ihr Sohn etwas damit zu tun hat …«

»Hat er nicht! Das ist eine freche Lüge! Eine Verschwörung, um uns Downings endgültig aus Pendle zu vertreiben!«, krächzte sie wie wahnsinnig geworden. Jolene schaukelte sich immer höher. »Finger weg von meinem Jungen! Habt ihr keine anderen Nachbarn, denen ihr auf den Zeiger gehen könnt?«

Thea zog eine Schnute. »Eigentlich nicht. Dann werde ich Harrison sagen müssen, dass er deinen Sohn gesondert auf dem Revier verhören soll. Da er erwachsen ist, musst du ja nicht dabei sein.« Sie drückte den Stachel nur noch tiefer in Jolenes Wunde.

Deren Schultern sackten herab, und sie musste sich am Türrahmen abstützen, als die Gehhilfe wegrutschte. Mit einem Klappern landete sie auf dem Boden. »Nein«, hauchte sie. »Nicht Brian. Er ist alles, was ich noch habe.«

So verzweifelt kannte Myrna Jolene gar nicht. Fast war es ihr peinlich, sie so zu sehen. Sie bekam sofort Mitleid und hätte die alte Dame am liebsten in ihre Arme geschlossen.

Thea zeigte weniger Mitleid. »Ich rufe ihn jetzt gleich an, um die Sache zu beschleunigen. Du willst uns ja nicht helfen.« Um ihre Drohung zu untermalen, zückte sie ihr Handy und wählte eine Nummer.

Als sie sich das Telefon ans Ohr hielt, rief Jolene: »Bitte nicht! Ich gestehe! Ich gestehe alles!«

»Was gestehen Sie?«, fragte Myrna nach, um ganz sicherzugehen, dass Jolene wusste, was sie da sagte.

Sie konnte ihnen nicht die Augen sehen, sondern starrte auf den freigeschaufelten und frisch gestreuten Fußweg. »Ich wollte dich umfahren, als du mit Hank vor dem Pub gestanden hast.«

»Sind Sie sich sicher, dass Sie das aussagen wollen? Ich kann das nicht recht glauben.«

»Doch, ich war es!«, erwiderte Jolene etwas energischer, suchte endlich ihren Blick und hielt ihn fest. Sie packte all ihr Schauspieltalent in diesen einen Moment, aber Myrna durchschaute sie trotzdem.

Sie machte einen Schritt auf Jolene zu und legte ihre Hand sachte an ihren Arm. »Ich kann Ihnen ansehen, dass das nicht der Wahrheit entspricht. Soll ich raten, wieso Sie uns anlügen und die Schuld für einen Unfall mit Fahrerflucht auf sich nehmen?«

»Nicht nötig, ich stelle mich freiwillig«, sagte plötzlich Brian, der an der Treppe auftauchte und mit hängenden Mundwinkeln und getrübtem Blick seine Mutter ansah. »Du musst dich nicht für mich opfern, Mum. Ich weiß, was ich getan habe, und werde dafür geradestehen.« Seine Augen ruhten nun auf Myrna. »Es tut mir leid, was wir angestellt haben. Nate dachte, es wäre eine tolle Idee, dir mit Dads altem Auto Angst einzujagen. Er hat die Kontrolle verloren und hat Hank erwischt.«

»Also ist dein Freund gefahren?«, fragte Myrna.

»Ich wollte ihn schützen und habe deshalb nichts gesagt.«

»Oh, Brian«, wisperte seine Mutter und legte ihre Hände an seine Wangen. »Du armer, dummer Junge. Wieso hast du das denn nicht gleich gesagt?«

»Weil er mein bester Freund ist, Mum. Ich konnte ja nicht wissen, dass du dich für mich opferst. Jetzt musste ich was sagen, ehe sie dich abführen.«

Thea hatte sich in den Hintergrund zu Callan gestellt, mischte sich nun aber doch wieder ein: »Gibt es Beweise dafür, dass nicht du gefahren bist? Du könntest alles behaupten, um deinen Kopf aus der Schlinge zu ziehen.«

»Ich habe das Lenkrad und den Schalthebel nie berührt. Es dürften nur Nates Fingerabdrücke und die von meinen Eltern zu finden sein. Wir haben das Auto auf einem alten Schrottplatz bei Burnley versteckt. Ich kann dich hinführen. Mum könnte das nicht, weil sie nichts mit der Sache zu tun hat.«

»Hast du noch Kontakt zu Nate?«, fragte Myrna.

Brian schüttelte den Kopf und schloss die Augen. »Seit dem Unfall mit Hank habe ich ihn gemieden und nur mal zufällig im Pub getroffen. Es tut mir leid, was passiert ist.«

Myrnas Wut kehrte zurück, als sie an Hank dachte, der durch die Luft geschleudert wurde. Sie hatte stundenlang um sein Leben gebangt. »Entschuldige dich lieber bei deinem Schankwirt und mach es dort wieder gut. Wenn du Glück hast, sieht er von einer Schadensersatzklage ab. Das wäre beinahe ins Auge gegangen. Ihr hättet uns beide umbringen können. Eine selten dämliche Idee, jemanden mit einem Fahrzeug einzuschüchtern und es dann nicht steuern zu können.«

Brian nickte schuldbewusst. Selbst seine Elvis-Frisur hing traurig herab. »Ich werde gleich morgen zu ihm gehen und mit ihm reden. Ich weiß, dass ich mich dämlich verhalten habe. Eigentlich ist es sogar meine Schuld, dass Hank getroffen wurde.«

»Warum das?«

»Ich habe an Nates Arm gezerrt, um ihn aufzuhalten. Er hatte diesen irren Blick. Wie ein Besessener. Keine Ahnung, ob er Ernst gemacht hätte.«

Myrna blies die Wangen auf und dachte nach. »Du hast deine Mutter durch das Geständnis definitiv entlastet, aber ich werde auf dich zurückkommen, wenn wir den Mordfall rund um St. Benet's gelöst haben. Ich schicke dir gleich Sergeant Harrison vorbei, um deine Aussage offiziell aufzunehmen. Denk daran, dass eine Flucht keine Lösung ist. Du würdest alles nur noch schlimmer machen. Jetzt hast du noch eine Chance, auf den rechten Pfad zurückzufinden. Nutze sie weise.«

Brian nickte. Myrna hatte das Gefühl, dass sie ihm vertrauen konnte, rief aber dennoch sofort ihren Kollegen an, damit er übernahm.

Callan bedachte Jolene mit einem kleinen Lächeln. Irgendwie benahm er sich heute seltsam. Myrna wurde nicht schlau aus ihm. »Können wir jetzt auf deine Hilfe setzen?«, fragte er Jolene und erntete ein Nicken.

»Wenn es Brians Strafe verringert, gern.«

Myrna telefonierte knapp und legte auf. »Dafür kann ich nicht garantieren. Aber ich könnte im Gegenzug ein gutes Wort bei Hank einlegen, wenn das reicht. Ob es noch weitere Konsequenzen geben wird, hängt letztendlich von ihm ab.«

Beide Downings nickten im Einklang. Noch nie hatten sie so niedergeschlagen, aber vereint gewirkt. Aus dem Rowdy war ein kleines scheues Reh geworden, und auch Jolenes angriffslustiges Funkeln in den Augen fehlte.

»Was soll ich machen?«

Myrna schmunzelte mit Thea um die Wette und überließ die Bühne ihr.

»Du wirst dafür eine kleine Allianz schließen müssen.«

***

Jolene und Lucretia betraten die St. Benet's Church polternd.

»Sei doch leise! Musst du denn ständig so ein Trampel sein, Lu?«

»Besser als eine gefühlskalte Ziege wie du!«, erwiderte Lucretia und hob ihr Kinn, damit sie größer neben ihrer Freundin aussah. »Das habe ich ganz sicher nicht an dir vermisst.«

»Pssst!«, zischte ein Mann erbost und drehte sich wieder weg. Die Menschen waren gekommen, um die Weihnachtsmesse zu besuchen, die Reverend Hughings Ministrantin gerade noch vorbereitete, bevor der Pfarrer die Glocke läuten ließ und die Kirche betrat, um fröhlich mit seinen Mitmenschen zu singen und Gottes Sohn zu ehren.

»Diese ganzen Gaffer sind doch nur hier, weil er frisch aus dem Knast kommt«, murrte Jolene und brachte Lucretia zum Kichern.

»Wieso haben sie den eigentlich wieder auf freien Fuß gesetzt? Ich dachte, er ist ein Mörder«, sagte Lucretia so laut, dass es jeder im Kirchenschiff mitbekam.

»Weil die Beweise nicht ausgereicht haben. Die Polizei musste ihn also freilassen. Stell dich nicht dümmer an, als du aussiehst.«

Sie streiften schimpfend durch die voll besetzten Reihen, traten auf Füße und Mäntel, ohne sich zu entschuldigen, suchten sich immer wieder einen neuen Platz und ließen die ganze Kirche wissen, dass sie da waren.

»Seid doch still, ihr alten Tratschtanten!«, fauchte jemand.

»Immer diese beiden Hexen!«, rief ein anderer.

»Ach, seid doch selber still!«, entgegnete Jolene barsch. »Ihr seid doch bloß hier, weil unser Pfarrer bald wieder ins Gefängnis wandert.«

»Blödsinn!«, schnarrte Agnes McAllister, die neben ihrem Bruder Bernie in der vorletzten Reihe saß. »Er wurde doch gerade erst entlassen. Ihr habt selbst gesagt, dass die Beweise nicht ausgereicht haben.«

»Ja, für Weihnachten vielleicht, aber danach geht er wieder in den Bau, habe ich gehört. Nicht wahr, Lu?«

Sie nickte eifrig und stimmte ihrer Freundin zu. »Genau. Es sollen neue Aussagen und Beweise aufgetaucht sein, die ihn belasten. Peter wird uns bald verlassen und nie wiederkommen. Stellt euch darauf ein.«

Jolene hatte die Führung übernommen und steuerte nach ihrem kleinen Auftritt auf eine alte Tür zu. Lucretia brauchte doppelt so viele Schritte und rannte Jolene schon wieder wie ein kleiner treuer Hund hinterher.

»Hey, warte doch!«, zischte sie und hielt sie am Ärmel fest.

»Was ist denn? Kriegst du etwa kalte Füße?«

Lucretia legte den Kopf schief und beäugte sie von unten. »Diese Masche kenne ich inzwischen. Du weißt, dass du mich nicht mehr in der Hand hast.«

»Wir haben keine Zeit für Albernheiten. Lass uns lieber zugucken und die Show genießen. Es sind fast alle da. Die Reihen sind voll besetzt. Alethea hat gesagt, dass sich der Mörder bald zeigen wird. Das will ich auf keinen Fall versäumen.«

Sie beließen es bei einem Spalt, durch den sie das Kirchenschiff genau im Visier hatten.

Lucretia erkannte neben den McAllisters auch George Pearl mit seinem Sohn, die Fernsbys und lauter Rotschöpfe, die zur Familie Healy gehörten. Anscheinend war der Vater des Jungen endlich nach Hause gekommen und hatte gleich Callans drei ältere Brüder mitgebracht.

Die Messdienerin mit den dunklen Locken trug eine kirchliche Robe und legte in diesem Augenblick ein großes, verziertes Buch auf den Altar. Es erinnerte Lucretia an das Begräbnisbuch aus dem Pfarrhaus, in dem alle Beerdigungen eingetragen wurden. Danach entzündete das Mädchen die letzten großen Kerzen und lief eilig zum Eingang, durch den jeden Moment der Reverend zusammen mit ihr einziehen würde.

Dank der Menschenmenge, die sich zum Weihnachtsgottesdienst eingefunden hatte, wurde es endlich einmal warm in der Kirche. Die vielen flackernden Kerzen taten ihr Übriges.

Als sich nichts rührte, wechselten sie einen skeptischen Blick. Weder Reverend noch Gehilfin tauchten auf, obwohl die Zeit gekommen war, die Glocke zu läuten und zu beginnen.

Gemurmel brach aus, und Köpfe wurden gewendet. Unruhig rutschten die Besucher auf den Kirchenbänken herum.

»Da stimmt was nicht. Lass uns nachsehen«, meinte Jolene und kam aus ihrem Versteck.

»Haben wir versagt? Ich fand unsere kleine Show eigentlich recht gut.« Lucretia warf einen fragenden Blick zu Myrna und Alethea, die in der letzten Reihe saßen und sich nichts anmerken ließen. Dafür reckte Callan Healy neugierig seinen Hals und zuckte mit den Schultern.

»Wir haben unseren Teil der Abmachung erledigt. Lass uns gehen und einen heißen Grog bei mir trinken.« Jolenes Vorschlag klang toll. Lucretia hatte auf einmal wieder richtig Lust, Zeit mit ihr zu verbringen. Ihr kleiner Job hatte ihr gezeigt, was sie alles vermisst hatte. Selbst Jolenes ewiges Gezeter klang auf einmal wie der schönste Gesang in ihren Ohren.

»Hier braucht man uns sowieso nicht mehr. Oakley wird mir sicher erzählen, wie es war. Aber Alkohol geht nicht, ich bin noch auf Tabletten.«

»Wie du willst. Aber du erzählst mir dann alles über deinen Sohn. Und lass ja kein schmutziges Detail aus.« Jolene hakte sich bei ihr unter wie bei einer guten Freundin und schlenderte zusammen mit Lucretia aus der Kirche. »Weißt du was? Ich lade dich lieber zum Essen ein. Und wenn wir keinen freien Platz mehr finden, fahren wir mit dem Taxi nach Preston und machen den Weihnachtsmarkt unsicher. Was sagst du dazu?«

Lucretia lächelte glücklich. »Mit einer alten Schnepfe wie dir, die sich vor grellen Lichtern, bunten Farben und Menschenmassen fürchtet? Ziemlich gern sogar. Das wird ein Spaß! Aber du zahlst alles, was ich haben will. Das bist du mir schuldig, nachdem du mich auf dem Friedhof hast sitzen lassen. Ich habe immerhin in der Klinik gelegen und wäre fast gestorben.«

»Wird das jetzt ewig so gehen?« Jolene rollte mit den Augen, fiel aber in Lucretias Lachen ein.

***

Thea saß neben Myrna in der letzten Reihe. Sie hatte mitbekommen, wie die beiden streitenden Tratschtanten eingetroffen waren, doch nun wurde sie nervös. Dieser Plan funktionierte nur, wenn alle mitspielten und der Mörder exakt so reagierte, wie sie es vorausgesagt hatten.

»Wo bleibt der Reverend?«

»Wir sollten nachsehen. Ich habe ein ganz schlechtes Gefühl«, flüsterte Myrna. Sie rutschten unauffällig von der Bank und schlichen bis zum Ausgang. »Wo sind die zwei hin?«

»Warte, ich höre etwas.«

Callan kam aus der Kirche gelaufen und stellte sich zu ihnen. »Hat es geklappt?«

»Das wissen wir noch nicht«, erwiderte Myrna.

»Psst, ich muss lauschen!«, zischte Thea und schloss die Augen. Sie hörte den Wind, der den Schnee verwehte und für eisige Kälte an ihrem Ohr sorgte. »Da sind leise Stimmen. Sie kommen von hinten. Wir müssen einmal um die Kirche.«

Sie beeilten sich und konnten eine Diskussion zwischen Hughing und Louise beobachten.

»... müssen verschwinden! Ich bitte Sie, Reverend! Das ist Ihre letzte Chance! Miss Miller und Mrs Downing waren gerade da und haben gesagt, dass Sie zurück ins Gefängnis gehen. Es gibt neue Beweise, die Sie belasten!« Louise weinte sogar. Ihr Schniefen war selbst aus der Ferne zu hören. »Sie dürfen nicht ins Gefängnis. Das lasse ich nicht zu!«

Thea zog Callan grob zurück, bis er gegen die Steinwand knallte.

»Aua! Musste das schon wieder sein? Ich bin doch kein Hund, den du an der Leine ausführst.«

Thea legte einen Finger an ihre Lippen. »Sei still, sonst hören sie uns. Willst du, dass sie uns entdecken, bevor wir haben, was wir brauchen?«

Zu dritt pressten sie sich gegen die Mauer und spähten um die Ecke.

Der Reverend legte seine Hände behutsam auf ihre bebenden Schultern. »Ich kann und werde mich nicht vor der Justiz verstecken, mein Kind. Du weißt, was ich getan habe. Es gibt nur einen Weg, alles wiedergutzumachen. Lass mich meine gerechte Strafe erhalten. Ich werde dich in meine Gebete einschließen, solange ich lebe.«

»Aber, Reverend!« Sie heulte auf. »Sie sind doch gar kein Mörder! Wieso lügen Sie?«

Hughing lächelte wehmütig. »Weil ich jemanden kenne, der es im Leben nicht immer leicht hatte und meine Kirche als einen Zufluchtsort ansieht. Ich weiß, wie viel sie dir bedeutet, Louise. Du hast hier ein erstes Zuhause gefunden, nachdem du von der Straße und diesen schlimmen Bandenkriegen weggekommen bist. Ich war dir gern ein Ersatzvater und habe dir alles beigebracht, was du wissen musst. Aber eine Sache habe ich dich nicht gelehrt: zu töten.«

Myrna ließ seit fünf Minuten ein Aufnahmegerät für den Notfall laufen. So würde Louise ihr Geständnis zumindest nicht vor ihnen leugnen können. Gleich würden sie haben, was sie brauchten, um diesen Fall abzuschließen.

Louise brach weinend in seinen Armen zusammen. »Ich wollte es nicht, das schwöre ich!«

»Ich weiß, mein Kind, ich weiß.«

*Endlich!*, dachte Thea und wäre am liebsten aus ihrem Versteck gesprungen, hielt sich für Myrna aber zurück, die noch keine Anstalten machte, einzugreifen.

Der Reverend wirkte bestürzt. »Wieso kamst du nicht gleich zu mir und hast es gebeichtet?«

»Weil ich für den Mord an Susan Mcanally sowieso in die Hölle komme. Aber diese Frau hat es verdient.«

Er löste sich von ihr, weil ihr harscher Tonfall ihn offenbar erschreckte. »Aber, Louise ... Niemand hat es verdient, erschlagen zu werden, nicht einmal diese Frau.«

Der Hass in ihren Augen ließ selbst Thea schlucken. Das war nicht mehr die kleine schüchterne Ministrantin, die sie kennengelernt hatte, sondern eine richtige Verbrecherin.

»Ich habe sie dafür gehasst, was sie Ihnen angetan hat. Sie waren immer wie ein Vater für mich und die Kirche mein Zuhause. Ich freue mich nur deshalb auf Weihnachten, weil Sie mir gezeigt haben, was es heißt, eine Bestimmung zu haben. Aber Susan Mcanally wollte alles, was ich hatte, zerstören. Sie musste weg, damit wir weiterleben können. Verstehen Sie das denn nicht?« Hughing antwortete nicht, weshalb sie einfach weitersprach und *Churchyard Crimes* weiterhin lauschte. »Ich habe draußen auf Susan gewartet und ihr den Schädel eingeschlagen. Zuerst war es ein schlimmes Gefühl. Fast hätte ich den Stein fallen gelassen. Aber ab dem zweiten Schlag war ich wie im Rausch.« Sie sagte das mit einer Begeisterung, die verstörend war.

»So, genug der Worte!«, rief Myrna und löste das Ganze auf. Sie klatschte mehrmals in die Hände. »Bravo, Miss Fairchild. Ein besseres und ausführlicheres Geständnis hätten Sie uns nicht liefern können. Die Details klären wir dann auf dem Revier.«

Louises schockierter Blick wanderte von ihnen zu Hughing und zurück. »Sie ... Sie haben mich reingelegt!«, schrie sie vorwurfsvoll und rannte zurück zur Kirche.

»Louise, warte!«, brüllte der Pfarrer, aber es war zu spät. Callan blieb bei ihm, während Myrna und Thea der Täterin hinterherhetzten.

»Wo ist sie hin?« Myrna drehte sich im Kreis.

Thea deutete auf eine angelehnte Tür, die sich im Wind bewegte. »Die war vorhin noch geschlossen, jetzt steht sie offen. Los, rein da!« Thea rannte voran und übernahm die Führung.

»Wo geht es dort entlang?« Myrna zeigte auf zwei gegenüberliegende Türen gleichzeitig.

»Ein Weg führt zum Dach, der andere zum Keller.«

Sie teilten sich auf, um das Mädchen schnell zu finden. Thea nahm die Treppe nach oben, während Myrna den Keller checkte und Harrison anrief.

Thea ahnte Schlimmes, als auch die Tür zum Flachdach offen stand. *Louise wird doch nicht …*

Sie trat hindurch und hielt inne. Der Teenager saß mit dem Rücken zum Abgrund auf dem Geländer. Ihre schwarzen Locken wehten um ihren Kopf, und sie zitterte am ganzen Leib. Eine falsche Bewegung, und sie würde fallen.

»Komm ja nicht näher!«, rief sie panisch, als Thea zwei Schritte auf sie zuging. »Ich … Ich springe sonst!«

Thea hörte nicht auf sie, weil sie ihr nicht glaubte. Dennoch bewegte sie sich vorsichtig und wagte sich nicht zu weit vor. Sie hielt einen Sicherheitsabstand ein, der Louise nicht unnötig nervös machte.

»Du hast um das Wohl der Kirche gefürchtet. Ich verstehe, dass du deinen sicheren Platz nicht verlieren wolltest. Weder St. Benet's noch St. Michael's oder die anderen Kirchen.«

»Was weißt du schon von einem Zuhause? Du schätzt es doch nicht einmal, dass dein Vater noch lebt und dir trotzdem dieses große Haus vermacht hat!«

»Woher weißt du das alles? Hat Hughing es dir erzählt?«

»Nein, aber ich habe Augen und Ohren im Kopf. Alle halten mich für einfältig und unwichtig, vor allem diese blöde Kuh Susan! Sie hat nur an sich gedacht und meine Warnungen nicht ernst genommen!«

Thea fühlte sich gekränkt, dass sogar Hughings kleiner Weihnachtswichtel von ihrem Vater gewusst hatte. Louise musste sie im Laufe des halben Jahres, in denen

Nathan angeblich tot gewesen war, belauscht oder zumindest zusammen gesehen und eins und eins zusammengezählt haben. Ein unscheinbares Mädchen wie sie fiel nicht schnell auf.

»Du hast also die Drohbriefe geschrieben? Das war deine Handschrift, nicht die des Pfarrers. Du schreibst alle seine Briefe, weil er es nicht kann.«

»Ich helfe ihm, wenn er mich braucht. Das habe ich mir geschworen.«

»Und diese Parolen? Der Überfall auf der Firmenfeier? Das warst doch auch du.« Thea riet nun mehr, als dass sie es wusste.

Louise lächelte grimmig. »Wäre sie nach den Briefen einfach zu Hause geblieben, hätte ich meine Jungs gar nicht erst schicken müssen. Aber sie hat ja bis zuletzt nicht auf mich gehört. Ich pflege viel Kontakt zu Menschen, mit denen du dich gar nicht erst abgeben würdest. Sie waren perfekt für meinen Plan, Susan zu vergraulen und ihrem Image zu schaden. Diese Frau hat mich angekotzt mit ihrer Hochnäsigkeit!«

Thea verstand. »Und als Susan dennoch aufgetaucht ist und wiederum deinen Pfarrer bedroht hat, hast du rotgesehen. Leider muss ich dir sagen, dass du sie durch deine Drohungen erst recht angestachelt hast.«

»Wie meinst du das?« Sie legte ihre Stirn in erschrockene Falten und riss die Augen weit auf.

Thea ließ den Kopf hängen. »Susan war laut Aussage ihres Kollegen eine Frau, die, je eingeschüchterter sie war, umso stärker um sich geschlagen hat. Du hast also genau das Gegenteil bewirkt.«

Louise antwortete nicht und starrte sie geschockt an. »Aber ich wusste doch nicht ...« Sie nickte energisch, verzog das Gesicht und weinte, während sie gefährlich auf dem Geländer herumrutschte.

Vorsichtig hob Thea eine Hand. »Wir können über alles reden, aber bitte komm da endlich runter. Du machst mich ganz nervös. Das hier ist keine Lösung für deine Probleme und macht Susan auch nicht wieder lebendig.« Thea streckte sich noch etwas weiter. »Ich kann dir helfen, das alles zu verarbeiten, aber dafür brauche ich jetzt deine Unterstützung.«

»Blödsinn! Niemand braucht mich! Meine Eltern haben mich ins Heim gegeben, als ich noch ein Baby war! Danach bin ich weggelaufen und auf der Straße gelandet, wurde kriminell und vieles mehr. Du hast doch gar keine Ahnung von meinem Leben! Die Kirche war alles, was mir Kraft gegeben hat!« Sie schluchzte laut. »Diese Susan wollte mein Leben zerstören und ein Gotteshaus nach dem anderen schließen lassen. *Nicht mehr zeitgemäß*, hat sie gesagt.« Sie äffte den Tonfall der Ermordeten nach, endete aber erneut in einem Weinkrampf.

»Damit hatte sie unrecht«, sprach Thea erstaunlich ruhig auf sie ein, obwohl sie selbst vor Kälte und Angst zitterte. »Ich bin nicht gläubig, weiß aber, dass die Menschen ihre Kirche brauchen. Ich habe auch nie einen sicheren Platz gehabt, bis ich nach Pendle gekommen bin. Hier habe ich zum ersten Mal Freunde gefunden und eine richtige Aufgabe erhalten. Ich weiß definitiv, wie es ist, anzuecken und nie zu genügen.«

Sie schien zu ihr durchzudringen. Louise nickte und keuchte vor Kälte und Tränen. Sie trug nur ein dünnes Gewand und zitterte wie Espenlaub.

Theas Panik wuchs, als sich das Mädchen leicht nach hinten beugte. »Bitte nicht! Das ist Susan nicht wert! Du bist noch jung und kannst einen anderen Weg wählen!«, schrie sie vor Angst und wäre beinahe nach vorne gehechtet. Sie zuckte nur kurz, weil Louise doch nicht sprang.

Thea hatte gelesen, dass die meisten Todesfälle durch Stürze aus geringer Höhe verursacht wurden. Louise würde sich mindestens ein paar Knochen brechen, sollte sie unten aufschlagen. Wenn sie Pech hatten, wäre es ihr Genick.

Thea hörte die Tür aufgehen und jemanden abrupt stoppen. »Ruhig Blut«, raunte Myrna in ihrem Rücken. »Mach jetzt keinen Fehler.«

Leichter gesagt, als getan. Gerade konnte wirklich alles zur Katastrophe führen.

Thea beobachtete, wie sich die Besucher langsam in der Gegend verteilten. Sie bemerkten das Drama auf dem Kirchendach nicht. Vielleicht hatte der Reverend sie nach Hause geschickt und die Feierlichkeiten unter einem Vorwand abgesagt.

In Zeitlupe kam Thea näher und erhoffte sich mehr Zeit, damit Myrna ihren Kollegen und weitere Rettungskräfte rufen konnte. Allein würde sie diese kritische Situation wohl kaum unter Kontrolle bekommen.

»Bitte stell keinen Unsinn an. Du bist viel zu jung, keine siebzehn, um jetzt schon zu sterben. Ich verspreche dir, dass ich mich vor Gericht für dich einsetzen werde. Als du den Mord begangen hast, warst du erst fünfzehn. Dir droht höchstens der Jugendknast. Susan war kein netter Mensch. Sie wollte vielen Leuten ihre Daseinsberechtigung nehmen. Du hast aus Wut und ohne Plan gehandelt, als du auf sie eingeschlagen hast.« Louise schien nicht interessiert an diesem Gespräch, denn sie sah weg und in die Tiefe, also änderte Thea ihre Strategie. »Was hast du als Tatwaffe benutzt?«

Das Mädchen starrte wieder in ihre Richtung, aber mehr durch Thea hindurch und lächelte fast träumerisch. »Es war ein Ziegelstein, der auf dem Friedhof gelegen und auf mich gewartet hat. Ich konnte sie telefonieren hören. Dieses Miststück hätte keine Gnade gezeigt und wollte uns alle um jeden Preis vernichten. Also habe ich ihr damit auf den Kopf geschlagen. Erst zögerlich, dann immer härter. Ich wollte sie nicht töten, aber als sie den Reverend beschimpft und bezichtigt hat, sie verletzt zu haben, konnte ich nicht mehr anders.« Louise heulte auf.

Thea wäre bei ihrem nächsten Schritt beinahe ausgerutscht. Der Boden war spiegelglatt, ebenso das rutschige Geländer, auf dem Louise saß.

*Du musst sie beschäftigen, bis die anderen hier sind,* dachte sie hektisch und versuchte, Ruhe auszustrahlen. Thea fragte sich, was Myrna in ihrem Rücken tat. Sie hatte schon eine Weile keine Schritte mehr gehört. »Und ihre Leiche hast du dann verschwinden lassen?«

Louise nickte bedrückt und klammerte sich fester um das Geländer. Ihre Hände waren weiß und wahrscheinlich eiskalt, ihre Nase gerötet. »Ich habe sie in das offene Grab geworfen, das sowieso da war. Ihren Körper habe ich dann mit Erde bedeckt, damit man sie nicht findet. Als es geschlossen wurde, habe ich aufgeatmet und gedacht, dass Susan einfach vergessen wird.«

»Und dann hat mich Hughing gebeten, ausgerechnet Mr O'Connors Sarg umzubetten. Tja, was für ein Pech aber auch. Komm jetzt sofort da runter und benimm dich wie eine Erwachsene! Willst du deinem Pfarrer etwa als Leiche wiederbegegnen und ihm direkt vor die Füße fallen? Ich habe Bilder solcher Selbstmörder gesehen. Sieht nicht schön aus. Dein Gehirn wird in der Gegend verteilt, und deine Gelenke brechen nicht nur ein Mal. Deinetwegen wurde Hughing erst verdächtigt, also steh gefälligst zu deiner Schuld. Das, was du hier machst, ist selbstgerecht und unnötig!«

»Thea, Vorsicht«, sagte Myrna leise. Der warnende Unterton war deutlich herauszuhören. »Du provozierst sie unnötig.«

Doch die Taktikänderung zeigte Wirkung.

»Ich ... Ich ... bin nicht selbstgerecht!«, kreischte Louise und biss die Zähne fest aufeinander.

Thea ging immer weiter auf sie zu, ohne dass sie es bemerkte. Sie hatte Louise so wütend gemacht, dass sie nicht mehr richtig nachdachte.

»Spring doch, wenn du so feige sein willst! Dann wird dich Reverend Hughing beerdigen und betrauern. Ist es das, was du willst? Nach einem Jahr würdest eher du vergessen sein als Susan Mcanally. Stattdessen könntest du leben, deine Strafe absitzen und danach wieder Gutes tun, ohne vor dem Gesetz zu flüchten.«

»Ich kann nicht!«, rief Louise und machte sich bereit für den Sturz.

Theas Handflächen schwitzten. Sie wischte sie geistesgegenwärtig an ihrer Hose ab, bevor Louise ihr einen letzten verzweifelten Blick zuwarf.

»Vergib mir, denn ich habe gesündigt«, hauchte sie, nicht stärker als der Wind. Die Tränen auf ihren blassen Wangen waren getrocknet.

Sie stieß sich ab und kippte nach hinten auf den Abgrund zu.

»Neeeein!«, schrien Thea und Myrna wie aus einem Munde.

Todesmutig hechtete Thea hinterher. Sie bekam ihr Handgelenk knapp zu fassen und hielt sich nun kopfüber selbst am Geländer fest. Es war eiskalt und rutschig, wie sie erwartet hatte. Sofort brannte ihre Haut. Das Gewicht an ihrem Arm zerrte unnachgiebig an ihr.

Ihre Finger verloren den Halt. *O nein, nein, nein!* Sie stürzte zusammen mit Louise in die Tiefe.

# 16. Kapitel

Thea schloss bereits mit ihrem Leben ab und bereute einige Dinge, die sie getan oder nicht getan hatte, als sich eine große, warme Hand auch um ihren Arm schloss und sie gemeinsam mit Louise zurück aufs Dach zog.

»Gerade noch rechtzeitig, Evans«, sagte sie keuchend und schaute auf.

Abermals schoss ihr das Adrenalin durch die Adern, obwohl ihr der Schreck noch in den Knochen saß. »Wer sind Sie?«, fragte sie den dunkel gekleideten Mann um die fünfzig, der sie aus braunen Augen ansah und zaghaft lächelte. Er strahlte eine Traurigkeit aus, die sie sofort ansteckte. Sein dunkelblondes Haar war grau meliert und feucht vom Schnee.

»Erkennst du mich denn nicht, Thea?«

»Woher kennen Sie meinen Namen? Was soll das?«, krächzte sie und kümmerte sich gemeinsam mit Myrna lieber um Louise, damit sie jemand anderen vor der Nase hatte und ihre wirren Gedanken ordnen konnte.

Sie bewachten das Mädchen, bis Harrison mit den Handschellen eintraf und sie abführte. Noch einmal würde Louise ihnen nicht entwischen.

»Gut gemacht, Thea. Du hast eine Gabe, von der ich noch gar nichts wusste: Du kannst dir den Mund fusselig reden, wenn es nötig ist.«

»Kommt nicht wieder vor«, brummte sie halb ernst, halb scherzhaft.

Auch Myrnas Blick blieb nun an dem Mann hängen. Der Ausdruck der Erkenntnis schlich sich in ihr Gesicht, aber sie musste weiter, als Harrison eintraf und sie Louise gemeinsam abführten. Auf Myrna wartete genug Bürokram.

Thea entdeckte Reverend Hughing an der Tür, der seinen Schützling sicher auf die Wache begleiten würde. Er nickte ihr und dem Fremden dankbar zu.

Sie blieben allein zurück und standen sich unschlüssig gegenüber. Nervös rieb sich Thea über den Oberarm.

»Das hast du schon als kleines Kind getan, wenn du nicht weiterwusstest«, sagte er und löste das Rätsel mit diesem einen Satz in Luft auf.

Ja, er war definitiv der Mann auf dem Foto, das Myrna ihr gezeigt hatte. Daran gab es keinen Zweifel. Das und die Reaktionen der anderen besagten es.

»Dad?«, hauchte sie und brach nun selbst in Tränen aus.

***

Callan hämmerte gegen Jolenes Tür, bis sie aufmachte.

»Was ist so dringend, dass du schon wieder bei mir aufkreuzt?«

»Ich bringe dir das hier.« Er reichte ihr die Akte ihres Nazi-Vaters. »Du kannst nichts dafür, dass er ein Schwein war, also gehört sie dir.«

Perplex starrte sie auf das braune Papier und dann wieder zu ihm. »Ist das dein Ernst? Und du hast sie noch nicht deinen Freunden gezeigt?«

»Ich habe die Fotos gelöscht und ihnen nie davon erzählt. Das bleibt unter uns, wenn du willst. Das hier hat nichts auf Theas Blog zu suchen.«

Jolenes Mund stand offen. Callan glaubte, dass sie erstarrt war. Beinahe hätte er den Arm ausgestreckt und mit der Hand vor ihrem Gesicht herumgewedelt.

»Aber ... wieso bist du so nett zu mir?«

»Wieso nicht? Wir sind auch Nachbarn. Zwar entfernte, aber Pendle ist klein.«

»Zum Beispiel, weil ich immer grantig zu dir bin.« *Wow, so viel Einsicht hätte ich ihr gar nicht zugetraut.* »Oder weil du dich damit bei den beiden einschmeicheln könntest.«

Callan zuckte mit den Schultern. »Das habe ich nicht mehr nötig. Dein Vater hat dir auf dem Sterbebett ein Versprechen abgenommen, hast du erzählt. Wir Healys haben einen großen Familiensinn und ehren unsere Verstorbenen, auch wenn sie noch so schlimme Menschen gewesen sind. Meine Mum wäre enttäuscht von mir, wenn ich sie dir nicht geben und die Aufarbeitung eurer Geschichte nicht dir überlassen würde.« *Oder wenn ich wieder Trauerkränze stehle.* »Also ist sie bei dir in den besten Händen. Du kannst ab sofort beruhigt schlafen und selbst entscheiden, was damit passiert. Dein Vater kann sowieso nicht mehr belangt werden, aber ich würde an deiner Stelle das Porträt von der Wand nehmen.«

Er wollte sich umdrehen und gehen, als sie sich räusperte.

Jolene presste die Akte wie einen Schatz an ihre Brust. Ihre Augen schimmerten verräterisch. »Ich bin nicht wirklich gut darin, aber … danke«, sagte sie vorsichtig und schluckte mehrmals.

Callan war zufriedengestellt. Mehr nette Worte erwartete er gar nicht von ihr. Sicher hatte sie sich dazu durchringen müssen.

Sie verzog ihr Gesicht daraufhin wieder zu der Fratze, die er kannte. »Und nun verschwinde von meiner Veranda, bevor du sie mit deinen Teenagerkeimen besudelst.«

Er grinste und bildete sich ein, dass sie auch lächelte, als sie die Tür schloss.

***

»Ich muss mich bei Ihnen bedanken, Alethea«, sagte Reverend Hughing und wartete, bis sie aus dem Bagger geklettert war und sich vor ihn hinstellte. »Sie haben die ganze Zeit an meine Unschuld geglaubt, obwohl ich Sie zum Narren gehalten habe.«

»Dafür haben Sie die Quittung bereits bekommen.« Thea lächelte verhalten. »Danken Sie lieber Ihrer schlechten Rechtschreibung und Josh Palmer, der mir den Tipp gegeben hat.«

»Haben Sie auch davon gehört, dass er sich freiwillig gestellt haben soll? Wodurch wohl dieser plötzliche Sinneswandel kam?« Hughing grinste, weil er genau wusste, dass Thea seinen Kollegen in die Mangel genommen hatte.

Palmer erhoffte sich laut Myrna einen Straferlass und war Theas Aussage dadurch zuvorgekommen. Ihr war es gleich. Hauptsache, der Erbschleicher wurde aus dem Verkehr gezogen und bediente sich nicht mehr am Vermögen anderer, um sich ein schönes Leben zu machen.

Hughing wurde plötzlich ganz still. Er schien zu hoffen, dass sie redete, aber den Gefallen tat sie ihm nicht. Noch nicht. »Also ... wenn Sie Fragen haben, dann ...«

»Ich habe Unmengen an Fragen!« Es war wie immer einfach aus ihr herausgesprudelt. Thea war nicht gut darin, sich zurückzuhalten. »Wieso haben Sie beide so getan, als wäre Nathan tot?«

»Das kann und wird er Ihnen sicher bald sagen.« Schon wieder wich der Pfarrer aus und schob die Verantwortung woanders hin.

»Hat er die Glocke geläutet, während Sie geschlafen haben? Harrison und Oakley haben gleich Verdacht geschöpft, als sie an diesem einen Abend vor ein paar Monaten bei Ihnen geklopft haben.«

Hughing nickte schmunzelnd. »Hat er. Ich habe ihm geholfen und er mir. Es war ein Geben und Nehmen. Außerdem ist Nathan ein alter Freund.«

»Aber wieso haben Sie dieses abgekartete Spiel überhaupt mitgemacht? Nur, weil er ein Freund ist? Das kaufe ich Ihnen nicht ab.«

Er seufzte und setzte sich auf eine überdachte Bank, die vom Neuschnee verschont geblieben war. Seine sehnigen Hände rieben langsam über den schwarzen Stoff der Soutane. »Nathan hat mir sehr mit dem Chamberling-Anwesen und dem Labyrinth geholfen und dafür seine Familie aufgegeben. Er hat das größte Opfer gebracht, das ich mir vorstellen konnte, nur um seine Aufgabe in Pendle, seiner alten Heimat, zu erfüllen.«

»Seine Aufgabe?«

Hughing überging ihre Frage und sprach einfach weiter. »Es war das Mindeste, für ihn da zu sein, so gut ich konnte. Aber auch das wird er Ihnen besser erklären können als ich.«

»Es wird eine Weile dauern, bis ich wieder Vertrauen zu Ihnen fasse. Ihre rätselhaften Antworten sorgen nicht gerade für eine Verbesserung.« Sie schenkte ihm einen skeptischen Blick.

»Das verstehe ich vollkommen.«

Thea half ihm wieder auf die Beine. Sie gingen ein Stück gemeinsam über den leeren Friedhof.

»Was werden Sie nun wegen Nathan unternehmen?«, fragte er.

Sie schürzte die Lippen. »Ich weiß es nicht. Erst wollte er sich bei mir einnisten, weil es sein Haus ist, aber das habe ich nicht erlaubt und ihn einfach verjagt. Es ist mir egal, wo er bleibt.«

»Er kann gern wieder bei mir unterkommen. Die Dachkammer ist frei.« Er lächelte warm. »Werden Sie auch ihm eines Tages eine zweite Chance geben?«

Thea überdachte ihre Antwort genau und blickte in die Ferne. »Das kann ich jetzt noch nicht sagen. Er hat sich zwanzig Jahre lang nicht blicken lassen. Meine Mum ist in dieser Zeit krank geworden und gestorben. Nein, ich denke, das kann ich ihm niemals verzeihen. Er hat uns im Stich gelassen, um sich um ein dämliches Haus zu kümmern.« Sie schnaufte verächtlich.

»*Niemals* ist ein großes Wort, das wir meistens nicht so meinen, wie wir es sagen.«

Thea stemmte die Fäuste in ihre Seiten und musterte ihn. »Sie wieder mit Ihren weisen Sprüchen!«

Hughing zwinkerte so vergnügt wie zu der Zeit, als sie sich kennengelernt hatten. »Besser weise und frei als dumm und im Gefängnis.« Er wurde wieder ernst. »Was wird nun aus Louise? Haben Sie von ihr gehört?«

»Evans setzt sich für eine mildere Strafe ein und plädiert auf Totschlag. Louise ist nicht volljährig, wird aber für ihre Tat geradestehen müssen. Sie wird wohl für einige Jahre ins Jugendgefängnis gehen.«

Hughing schloss die Augen schmerzerfüllt und fasste sich ans Herz. »Das arme, fehlgeleitete Kind. Ich frage mich, ob ich die Tat hätte verhindern können.«

Thea winkte ab. »Sicher nicht. Sie hat diese Frau gehasst. Es fehlte bloß der Tropfen, der das Fass zum Überlaufen gebracht hat. Geben Sie sich bitte nicht die Schuld dafür. Sie haben ihr ununterbrochen geholfen. Es war doch Ihr Geld, mit dem Louise eine Zeit lang bei Jolene untergekommen ist, um ein Dach über dem Kopf zu haben, bevor sie in eine Pflegefamilie kam? Mr Pearl hat Louise als das Mädchen von nebenan wiedererkannt und sie auf dem Friedhof mit Susan gesehen.«

»Ich habe gedacht, dass es ihrer Entwicklung hilft. Leider scheine ich mich geirrt zu haben.«

Thea winkte ab. »Reden Sie sich das gar nicht erst ein, denn es ist Unsinn.«

Hughing nickte erleichtert, doch der traurige Ausdruck in seinen Augen blieb bestehen. »Danke, Alethea. Ich rechne es Ihnen hoch an, dass Sie immer noch hier sind und mir mit den Gräbern helfen.«

»Ich brauche Geld wie jeder andere auch«, antwortete sie schnell. »Na ja, und ich habe mich irgendwie an Sie gewöhnt. So schnell vergrault man mich nicht von einem Ort.«

Dieses Mal erwiderte sie sein Lächeln sogar recht munter. Vielleicht hatten sie ja doch noch eine Chance – wenn erst einmal alle Fragen geklärt waren.

***

Myrna drehte und wendete den Briefumschlag eine Weile in ihren Händen. Sie traute sich nicht, hineinzusehen, weil sie ihre Kündigung erwartete.

*Wieso sollte dir dein Vorgesetzter sonst schreiben?*, dachte sie ständig. *Na schön, Augen zu und durch!*

Mit fahrigen Fingern riss sie das Kuvert auf und atmete tief durch, bevor sie zu lesen begann. Entgeistert ließ sie es zu Boden gleiten.

In diesem Moment kam Callan herein. »Du hast da was fallen lassen.« Er hob es auf. Bevor er lesen konnte, riss sie ihm den Brief aus der Hand.

»Ach, das ist nur Werbung! Nichts weiter!«

Callan kniff die Augen zusammen. »Und wieso ist deine Stimme dann so schrill?«

»Weil ich ... Weil wir ...« Myrna sah sich nach einer Ausrede um und erschrak. »Weil wir Ratten haben!«, schrie sie und versteckte sich hinter Callan, dessen schlaksiger Körper kaum Schutz bot.

Er lachte schallend. »Sag bloß, die mutige Myrna Evans hat Angst vor Mäusen!«

»Da gibt es nichts zu lachen. Sieh nur!« Sie zeigte auf das dicke graue Nagetier mit dem langen Schwanz.

Callan legte den Kopf schief. »Sie hat irgendwas Glänzendes im Maul.«

Er öffnete die Türen und scheuchte die Ratte auf die Veranda. »Dann sollten wir jetzt wohl besser überprüfen, woher sie kam. Nicht dass da noch mehr warten und euch dann nachts überraschen.«

Myrna schüttelte sich bei dieser Vorstellung. *Grausig!*

»Ich kann dir sagen, woher sie stammt.« Sie deutete auf ein Loch in der Wand neben dem verschiebbaren Regal in der Bibliothek. »Sie muss über die Tunnel eingedrungen sein.«

»Dann wird es da unten noch mehr Nager geben. Am besten, wir gehen noch einmal rein.«

»Aber nicht mehr heute. Ich werde das Loch schließen und Thea bitten, ein Auge darauf zu haben. Ins Obergeschoss kommen sie hoffentlich nicht, bis wir weiterwissen.« Myrnas Körper wurde von einer Gänsehaut überzogen. Ein Schauer des Ekels lief ihr über den Rücken.

Callan streckte seine flache Hand aus. »Schau mal, das hier hat sie verloren, als ich sie weggejagt habe.«

Myrna beugte sich vor und verzog das Gesicht. »Wasch dir bloß gründlich die Hände. Du könntest dir Krankheiten einfangen.«

Er stöhnte genervt. »Nun sieh dir doch endlich an, was es ist! Es glänzt wie Gold und fasst sich auch so an.«

Myrna nahm es mit einem Taschentuch auf und drehte das wertvolle Stück mehrmals im Licht. »Wow, das könnte eine uralte Goldmünze sein. Ob sie echt ist, müssten wir prüfen lassen.«

Callan wippte auf und ab. Das Grün seiner Iriden leuchtete. »Du weißt, was das heißt.«

»Ach, weiß ich das?« Sie stellte sich absichtlich dumm, damit er nicht mitbekam, dass sie den Brief des Polizeichefs unter Theas aktuelle Lektüre schob und somit aus seinem Sichtfeld verbannte. Darum würde sie sich später kümmern.

»Na, das kann nur zu dem Kirchenschatz der Mönche gehören. Evans, es gibt ihn wirklich! Das ist nicht nur eine alte Legende!«

Myrna konnte seine Freude nicht recht teilen, weil sie ständig an den Brief dachte, bevor ihre Gedanken zu Hank und Thea wanderten.

Sie wollte Callan nicht die gute Laune verderben und lachte deshalb mit ihm über diesen kleinen Fortschritt, was die Geheimnisse des alten Herrenhauses anging.

»Lass uns ins ›Hills Inn‹ gehen. Ich brauche jetzt unbedingt ein Ale. Außerdem wollten wir Theas letzten Blogbeitrag gemeinsam verfassen. Vielleicht ist diese Münze der Anfang eines neuen, aufregenden Kriminalfalles.«

Myrnas letzter Blick ruhte auf dem Buch, unter dem der Brief lag, der sie heute sicher mit Bauchschmerzen ins Bett gehen ließ.

***

Emilia machte einen Spaziergang durch Pendle, um den Kopf frei zu bekommen. Eiskalte Luft war dafür am besten. Sie begegnete ein nur wenigen Einwohnern. Seit sich der Trubel um den Mord an Susan Mcanally gelegt hatte und ihre Knochen endlich beerdigt waren, schien der kleine Ort wieder in einen Winterschlaf zu fallen.

Sie ärgerte sich darüber, dass sie immer noch kein Mitglied von *Churchyard Crimes* war. Dabei hatte sie wichtige Details geliefert. *Banausen!* Die drei wollten wohl unter sich bleiben, also suchten sie Ausreden, um Emilia nicht bei sich aufzunehmen. Sie hätte besser Hinweise auf den Mörder finden sollen, wie sie großspurig angekündigt hatte, anstatt *nur* einen Erbschleicher und Dieb zu überführen. Der Mann hatte sich leider nicht als der Killer herausgestellt, also war ihre Verabredung mit Callan hinfällig geworden.

Sie beschleunigte ihre Schritte Richtung Ortsausgang. Ein paar Tage würde sie sicher noch bleiben. Ihre Eltern vermissten sie ohnehin nicht, seit die Scheidung im vollen Gange war und sie sich um Möbel, Geld und den Hund stritten.

Emilia stutzte, als sie ein bekanntes Gesicht sah, das sie hier und heute nicht erwartet hätte. Sie zückte ihr Handy und machte heimlich Fotos, um sie mit dem Online-Artikel zu vergleichen, den sie im letzten Frühling gelesen hatte, nachdem Thea und Myrna ihren ersten gemeinsamen Fall gelöst hatten.

Ja, er war es wirklich! John Birming streifte durch Pendle. Der ehemalige Bürgermeister saß also nicht mehr im Gefängnis, wie ganz Pendle wahrscheinlich dachte. Was er wohl hier wollte?

Emilia ließ ihren Blick hinabwandern und entdeckte eine Beule an seinem Hosenbein. *Eine Fußfessel*, dachte sie sofort, zoomte heran und machte auch davon Bilder. *Na, wenn das mal nicht für ein neues Abenteuer und etwas Aufregung im Borough sorgt, weiß ich auch nicht.*

# ENDE

# Nachwort

Vielen Dank, dass ihr meinen Krimi gelesen habt! Ich hoffe, er konnte euch ein paar Stunden vom Alltag ablenken und hat euch eine spannende Zeit beschert.
Wie ihr sicher bemerkt habt, sind einige Informationen über das Borough Pendle in Lancashire Fakt, während andere meiner Autorenfantasie entspringen, um euch das Lesevergnügen so angenehm wie möglich zu machen und euch auf eine spannende Reise rund um Totengräberin Alethea Shaw und Inspector Myrna Evans mitzunehmen.
Nicht alles über Pendle entspricht der Wahrheit, weshalb ich trotz Hexenprozessen und seltsamen Erscheinungen immer zu einem Besuch des urigen Städtchens raten würde. Lasst euch von den herrlichen Landschaften verzaubern, genießt ein Ale im ›Pendle Inn‹ oder wandert rings um den Pendle Hill. Ob ihr ihn betretet, überlasse ich euch, denn bis heute soll es dort spuken ... ;-)

# Danksagung

Danke an das Team von dp DIGITAL PUBLISHERS für die nette Betreuung und die Chance, endlich einmal wieder in einem Verlag zu veröffentlichen!

Ein besonderer Dank gilt meiner fleißigen Lektorin Katrin Gönnewig, mit der das Arbeiten so angenehm wie möglich wurde. Danke für deine Mühe und die netten Gespräche. Das Buch hat durch dich den letzten Schliff bekommen.

Außerdem möchte ich mich bei Anne Peisler vom dp Verlag bedanken, die das Projekt wunderbar begleitet hat, und bei Gisela B. Schmidt, die mich durch ihre Reihe erst wieder auf das Genre Cosy Crime brachte.

Ohne euch wäre das Buch nicht das, was es heute ist.